KETNER

Remerciements

Je voudrais remercier toutes les personnes qui m'ont accompagné pour la création et l'écriture de ce roman. Particulièrement mes deux amis qui ont rendu tout cela possible et ma compagne et future femme qui m'a poussé à aller au bout de ce projet.

Un grand merci à ma famille pour l'avoir lu et m'avoir fait des critiques constructives pour améliorer le récit et qui ont toujours cru en moi.

Merci également à la graphiste Laura Lefebvre alias Lucief z (lucief.net) qui a fait cette magnifique couverture.

PRÉFACE

Cette histoire, à l'origine, je l'ai inventé pour jouer à un jeu de rôles avec deux de mes amis Alexandre et Axel. La nostalgie de ces jeux sur papier de notre adolescence avec Axel a resurgi en voyant des youtubeurs y jouer sur un site. J'ai alors regardé ce qu'on pouvait faire sur ce logiciel et j'ai vu qu'on pouvait y mettre nos propres images, faire notre propre aventure. J'ai donc commencé à créer une histoire pour jouer avec mes amis, car cela permettait d'outrepasser les problèmes de distance que le temps avait su instaurer. Je suis passionné de l'espace et des phénomènes à la limite du concevable qui s'y passe. Le thème était alors choisi, ce serait un thème de science-fiction où ils rencontreront des êtres touchants et des mondes plus étranges et beaux les uns que les autres. Pour que ce soit plus facile pour eux de se fondre dans leur personnage, j'ai décidé qu'ils seraient leur propre personnage dans cette aventure. Je connaissais mes aventuriers et le lieu.

En tant que joueur de jeux vidéo, j'ai souvent été ému par l'histoire, l'univers et l'intrigue de certains jeux. J'ai alors voulu placer le plus possible de monde en y faisant référence. J'espère qu'ils ne seront ni trop ni trop peu subtils pour les initiés. Pour ceux dont cette culture leur est peu familière, je vous rassure, elle n'est pas nécessaire à la compréhension. J'ai ainsi retranscrit certains détails de ces univers fabuleux pour faire partager mes sentiments. Il ne me restait plus qu'à trouver un moyen cohérent d'assembler le tout. Je me suis inspiré pour la toile de fond d'un jeu de type space opera, dans lequel vous possédez votre propre vaisseau et vous pouvez choisir votre destination dans toute la galaxie, à défaut de suivre ou pas la mission principale. Pour un jeu de rôle, c'était idéal puisque vous ne forcez pas les joueurs dans une direction. Il ne faut jamais frustrer un joueur, ce sont des êtres étranges et lunatiques, il faut en prendre grand soin.

Pour garder mes joueurs en haleine j'ai alors essayé de créer une ligne continue de missions sans les brider ni les laisser faire n'importe quoi. Aussi une grande partie des décisions, des conversations et des actions sont issues de leurs choix. L'histoire est là et ce sont eux qui l'ont modelé. En revanche, j'ai dû romancer une partie de leurs exploits et des détails qu'ils n'ont pas vus en jouant. Aussi pour toute décision discutable, faits divers et autres, je vous prierai de vous en prendre à eux. C'était une aventure très enrichissante et plaisante que j'ai voulu retranscrire par écrit. Je pense que des remerciements ne suffiraient pas pour exprimer mes sentiments vis-à-vis de mes deux amis. C'est grâce à eux que tout ceci a pu passer de l'état de rêve de jeune homme à un roman. Merci à ma compagne qui même si c'est un univers qui ne la touche pas, est restée à me soutenir et à critiquer mon récit pour qu'il soit meilleur. Merci aussi à ceux qui m'ont soutenu et m'ont dit de continuer malgré mes doutes et ma fainéantise. C'était un véritable exploit.

CHAPITRE 1

Cela fait maintenant plusieurs années que ces trois amis se connaissaient ! Et après deux mois de préparation, leurs vacances sur les plages normandes commençaient enfin. Alexandre, que tout le monde appelle Alex, est arrivé depuis Paris jusqu'à Évreux où vit Paul. Ils se connaissent depuis leur rencontre à Taïwan pendant un semestre à l'international organisé par leur école et sont restés de bons amis même après l'obtention de leur diplôme. C'est maintenant au tour d'Éric d'arriver, qui est de la région également. Son amitié avec Paul est bien plus vieille puisqu'elle remonte à la 6e où ils se sont retrouvés dans la même classe et ont développé des atomes crochus. De par les jeux en ligne et quelques rencontres, Éric et Alex sont également devenus proches si bien qu'en ce jour ensoleillé de juin, ces trois jeunes hommes ont pris quelques congés pour partir en direction de la mer. Une manière pour Éric et Paul de prouver à Alex le sudiste que, oui il fait beau en Normandie et que même si l'eau est moins chaude, avec quelques verres on peut si baigner. Après plusieurs jours de pétanques, jeux de cartes et autres divertissements, les voilà en voiture pour faire une randonnée qu'ils avaient repérée la veille sur internet. Sur la route, Paul eut un besoin urgent de satisfaire un besoin des plus naturels. Éric qui conduisait s'arrêta alors sur le bord d'une route en notant la proximité de Paul et sa vessie à la gent féminine. À ce moment, une sirène de pompiers retentit. Éric s'étonna de l'entendre étant donné qu'on était assez loin du premier mercredi du mois. Alex rajouta qu'en Normandie cela ne risque pas d'être un incendie non plus au vu de la pluie fréquente qui afflige souvent la région. Finissant son affaire, Paul dit à Éric qu'on avait peut-être détecté une fuite radioactive qui provenait de son froc. Alors qu'il retournait à la voiture, un énorme flash blanc engloba tout et plongea nos trois amis dans l'inconscient.

Alex fut le premier à ouvrir les yeux, et ce qu'il vit n'est certainement pas ce à quoi il aurait pu s'attendre. Encore sonné, il ne réalisa pas immédiatement ce qu'il venait de voir. Il passa de la position allongée à la position assise tout en se tenant la tête avec un violent mal de crâne qui ferait passer une migraine pour une démangeaison. Il tenta de retrouver ses esprits tout en fermant les yeux, car la lumière lui faisait encore l'effet de phares dans la nuit. Au fur et à mesure que son corps s'adaptait à ce réveil brutal, il fut interpellé par d'étranges sons et bruits qu'il n'avait pas encore remarqués. N'en comprenant aucun sens, il fit un nouvel effort et ouvrit tant bien que mal les yeux.
— (Alex) Wow !
Alex recula autant qu'il le pouvait. Il se frotta les yeux et regarda de nouveau. Oui, ce qu'il venait de voir n'a pas été mal interprété par son cerveau. Il s'agit d'une créature verte presque gigantesque. La créature le regardait avec insistance, mais ne bougeait pas. Elle était assise sur une sorte de tabouret en bois et malgré cela, elle devait faire dans les 2 m. Plutôt fine avec une peau imberbe virant au vert foncé, elle portait de simples vêtements faits de cuir. Les yeux d'Alex balayèrent alors dans tous les sens l'intérieur de cette grande tente dans l'espoir d'y voir quelque chose de familier alors que son rythme cardiaque s'emballait. Ses yeux se posèrent sur Éric qui gisait sur une sorte de lit fait en planche de bois à quelques mètres de lui sur sa gauche. Sa respiration était déjà laborieuse et sous l'effet du stress, il commença à haleter, et au bout d'un certain temps la créature se leva et se dirigea vers une sorte de bureau. Voyant cette créature bouger, Alex la fixait du regard, son instinct ne lui disait pas pourtant de fuir, il resta assis et attendit de voir ce qu'elle faisait. Peut-être n'avait-il senti aucune animosité chez cette bizarrerie de la

nature ou tout simplement avait-il compris que vu son état émotionnel et sa faculté à respirer il ne serait pas allé bien loin ? Surtout en portant Éric avec lui. Toujours silencieusement, la chose revint tenant dans l'appendice qui lui servait de main, mais avec beaucoup trop de doigts selon toute vraisemblance, une sorte de feuille aussi verte que la créature. Alex accepta alors l'offrande qu'on lui confiait et ne sachant pas quoi faire d'une feuille, il la sentit instinctivement en lançant de temps à autre un regard à Éric avec la confirmation que définitivement, Éric était un gros dormeur. La curiosité poussa Alex à goûter cette étrange épice et malgré un goût plutôt amer cela semblait comestible. Encouragé par des gestes d'approbations de ce qui semble maintenant être leur sauveur, il continua à mâcher cette feuille et finit par respirer de mieux en mieux. Avec sa respiration qui allait en s'améliorant son rythme cardiaque se calma et il reprit un peu plus confiance en lui et commença à raisonner sur la situation. Sa culture cinématographique et vidéoludique surtout, lui permit de conjecturer que lui et Éric avaient atterri par un procédé inconnu, sur une autre planète. Il sourit alors à l'Alien et se leva lentement pour aller constater l'état de son ami. Il se sentit plus léger, qu'à l'accoutumée, mais il n'y fit pas plus attention et se dirigeât vers Éric. Il lâcha un léger souffle de soulagement teinté d'énervement envers son ami qui était à la limite du ronflement. Il secoua Éric pour le réveiller, et ce sans douceur, après tout il n'avait qu'à ne pas dormir autant, se dit Alex. Éric ouvrit alors les yeux en faisant l'une de ses plus belles grimaces et demanda à Alex ce qui s'était passé.

— (Alex) Alors, c'est un peu compliqué, tu ne vas pas y croire, mais je crois qu'on est plus sur terre.

— (Éric) Je ne sais pas ce que tu as pris, mais ça a l'air trop fort pour toi.

— (Alex) Juste une feuille et tu devrais en prendre aussi d'ailleurs.

— (Éric) Hein ?!

Alex se retourna vers l'Alien pour lui demander ce remède homéopathique, qui lui avait permis de respirer sur cette planète. Pendant ce temps, Éric reprit peu à peu du poil de la bête et remarqua enfin la créature avant de laisser s'échapper sa stupéfaction.

— (Éric) Putain c'est quoi ça !?

— (Alex) Je t'avais dit que tu ne me croirais pas, mais calmes toi il nous a sauvé, enfin je crois.

— (Alex) Je crois ? Ce n'est pas vraiment rassurant.

Éric lui aussi en reprenant une activité normale commença à haleter.

Alex arrivait devant la créature :

— (Alex) Bonjour euh... on va dire Bob ce sera plus simple, de toute façon je ne sais même pas si tu es capable de parler alors euh... peux-tu me donner une feuille pour lui.

Tout en montrant Éric et ce qu'il lui restait de la feuille pour essayer de lui faire comprendre sa requête en prononçant bien chaque mot comme si cela pouvait aider la conversation. La créature qui faisait déjà sa taille assise se leva et se dirigea vers le même établi que précédemment. En se levant, Alex ne put refréner un petit pas en arrière devant cette créature imposante. Il lui teint la feuille et Alex le remercia avec un salut presque japonais, en baissant la tête avec un sourire tout en prenant la feuille. Le premier contact avec une race Alien était établi. Il la donna à Éric qui tentait toujours de comprendre ce qui se passait.

— (Alex) Allez, mange !

— (Éric) Tu es fou ! Je ne mange pas ça moi !

— (Alex) Fais-le je te dis ! Moi, ça m'a aidé à respirer.

De la même manière qu'Alex avant lui, il reniflât la feuille avant de la goûter avec une nouvelle grimace. Au bout de quelques secondes, il retrouva son souffle et son esprit puisque ses premiers mots étaient une critique.

— (Éric) Le mec, il rencontre une race Alien qui ressemble à des avatars en vert et le premier non qu'il lui trouve c'est Bob. Paye ton imagination.

— (Alex) Bah je vois que tu vas mieux ça fait plaisir.

— (Éric) Juste une question comme ça. Qu'est-ce qu'on fout là ?

— (Alex) Ça, c'est la vraie question.

— (Éric) Et je ne suis pas sûr que l'autre risque de nous répondre.

Éric sortit également de son lit de fortune et avec Alex suivit le dénommé Bob en dehors de la tente. Une odeur de fumée parvint à leurs narines. Alors qu'ils s'avançaient dans l'ouverture de peau de bête qui couvrait l'entrée, un petit village se dessinait. Le bruit de plusieurs créatures affairé à dresser ce qui semble être une table de géant, et des créatures, plus petites, qui jouent autour d'un animal qui ressemble à un gros chat avec deux queues d'après la description d'Éric. Alex prononçait d'un ton soulagé :

— (Éric) Ça tombe bien, j'ai la dalle !

— (Alex) J'avoue que j'ai faim aussi.

Les enfants, bien que faisant déjà presque 1m60, se précipitaient vers eux les yeux pétillants devant c'est deux créatures, pleines de curiosités. L'un d'eux tendit une sorte de larve à Alex qui devait bien faire 10 cm de long et d'une couleur sombre.

— (Alex) Je ne sais pas si c'est mangeable ou s'ils se foutent de ma tronche et attendent que je mange ce truc dégueu ?

— (Éric) Goûte et tu me diras.

Éric portait un sourire moqueur. La nature bienveillante d'Alex à croire en la gentillesse des autres et les yeux pleins d'étoiles des enfants le poussa à goûter, du moins gober l'invertébré. S'en suivit un haussement de cœur, mais les enfants sautaient d'excitation et de joie. Alex venait de se faire de nouveaux amis bien étranges. Les enfants s'écartèrent suite aux quelques mots que prononça un Alien adulte aux côtés de Bob. Celui-ci, comparé aux autres et même à Bob se distinguait de par quelques vêtements de meilleure qualité et de couleurs plus vives. Il fait peu de doute que ce soit le chef de ce petit village comptant une trentaine d'âmes. Il s'avança vers nos deux étrangers et leur dit :

— (chef du village) Bonjour humains !

— (Éric) Il parle !

— (Alex) Euh bonjour monsieur. Si je me réfère à votre prestance et votre allure, vous êtes sans doute le chef de cet humble village !

— (Éric) Carrément ?

— (Alex) Évidemment ! Le mec, il nous sauve, il nous accueille et tout c'est la moindre des choses.

— (chef du village) Oui, je suis le chef. Pour le bien de mon village, je dois vous demander d'où vous venez.

— (Éric) Nous venons d'une planète appelée terre. Mais comment connaissiez-vous notre langue ?

— (chef du village) Un autre humain il y a bien des cycles est venu sur cette planète et il m'a appris votre langue.

— (Alex) Et il est encore ici ? D'où venait-il ?

— (chef du village) Il est mort il y a maintenant longtemps lorsque j'étais encore un simple enfant. Il me racontait souvent son histoire. Il venait des étoiles, là-bas. Il y a des milliers d'autres mondes et autres peuples comme nous, mais je n'en sais pas plus sur ces mondes mystérieux.

— (Alex) Pourquoi est-il venu ?

— (chef du village) Son bateau s'est écrasé et il n'a pas pu repartir et a décidé de rester avec nous.

Éric tapota l'épaule d'Alex.

— (Éric) Alex, Alex !

— (Alex) Quoi ? Je discute.

— (Éric) On a oublié un truc hyper important !

— (Alex) Quoi ?

— (Éric) Paul ? Il est où ?

— (Alex) Oh putain ? Merde ! Euh chef, où nous avez-vous trouvés ? Y avait-il quelqu'un d'autre ?

— (chef du village) Jiba vous a trouvé allongé sur le sol à quelques centaines de mètres d'ici et il n'y avait que vous deux. Nous avons cherché aux alentours si d'autres étaient apparus étrangement comme vous, mais nous n'avons trouvé personne. Et comment êtes-vous arrivé ici ?

— (Alex) À vrai dire, nous ne le savons pas nous-mêmes.

— Alex sentit qu'il pouvait expliquer son histoire sans risque.

— (Alex) Nous étions chez nous puis un grand flash blanc est apparu et nous nous sommes réveillés ici.

— (chef du village) C'est étrange en effet, peut-être trouverez-vous des indices dans les objets de mon ami qu'il avait en arrivant ici.

— (Alex) Ce serait très généreux de votre part et cela nous aidera beaucoup.

Éric prit part à la conversation en demandant si cela ne gênait pas la créature de les laisser fouiller dans les affaires de son ami défunt.

— (chef du village) Non, ces objets font partie de sa vie passée et comme il a certainement changé de vie à présent cela ne représente plus rien. Si cela peut vous être d'une quelconque aide, au moins je n'aurai pas gardé ces objets pour rien.

— (Éric) Nous verrons si nous pouvons en apprendre d'avantage après manger.

Les yeux d'Éric venaient de poser son regard sur l'animal qui cuisait à la broche ramenée maintenant par deux créatures vers la table.

Le repas auquel assistaient ces deux nouveaux membres de cette communauté fort altruiste était à leur grande surprise assez bon. Même si la biologie des deux espèces pouvait différer et le fait que l'estomac du français moyen ne soit pas assez préparé à digérer des aliments Alien, ils étaient affamés. Surtout quand cela sent aussi bon. « Après tout, à part les fleurs, qu'est-ce qui sent bon mais n'est pas comestible", se demanda Éric avant de prendre sa première bouchée de viande. Alex quant à lui, avait déjà fait les étapes mentales pour un tel effort et se mit en quête du mets le plus alléchant tout en demandant la permission pour ne froisser personne. Paradoxalement, la chose la moins comestible, la moins bonne, était l'eau qui avait un goût très argileux.

Après ce repas presque copieux, qu'on aurait dit fait en leur honneur, Alex commença à débarrasser suivit de près par Éric, mais les adultes leur firent signe de se rasseoir. Le chef leur expliqua que c'est le rôle des enfants que de nettoyer la table.

Alex et Éric demandèrent alors la permission de voir les effets personnels du capitaine. Le chef du village qui avait également fini de manger, se leva et se dirigea vers sa tente. À l'intérieur, il avait une sorte de lit avec beaucoup de peaux de bêtes et d'ornements ainsi qu'un foyer pour le feu et dans un coin de l'autre côté du lit, se trouvait une boîte en bois tel un coffre. Le chef l'ouvrit en sorti plusieurs objets étranges. Des bijoux féminins primitifs et enfin des vêtements beaucoup plus sophistiqués ainsi qu'un objet métallique.

— (Éric) Ça doit être les vêtements du gars, c'est sûr, il ne venait pas de cette planète.

Alex prit en main l'objet métallique, qui ressemblait en dimension à un gros briquet. Après avoir analysé l'objet avec minutie, il finit par essayer d'appuyer à différents endroits, de l'ouvrir et de le dévisser puis l'objet se mit à faire un son :

Capitaine Orbis du vaisseau crrrrrrr (bruit) d'exploration crrrrrr. Jour 37, cela fait maintenant 10 jours que les autochtones crrrrr recueillis. D'après leur taille et leur couleur, il s'agit d'une tribu de Hun'kut, ce qui voudrait dire que je suis sur la planète Jigulus dans le secteur 5 cadran 9. Je ne suis plus très loin de crrrr. Mais personne ne vient par ici. C'est bien ma veine... j'ai besoin de remplacer les crrrrrr, j'en ai, mais si je ne trouve pas de source d'énergie assez importante pour le remettre la navcrrrr en route je suis bloqué ici, d'autant plus que sur cette fichue planète il n'y a que de la foutue jungle de merde ! Et comme si ça ne suffisait pas, je n'ai pas le mot de passe du pilote.

Capitaine Orbis, jour 50, je commence à en avoir marre de cette bouffe ! Sinon je cherche toujours une source d'énergie. Il y a très peu de métal sur cette planète ou bien trop bien enfoui pour y accéder. Ce qui explique leur accoutrement et leur crrr. Je comprends pourquoi cette planète n'intéresse personne.

Capitaine, jour 100, je crois. Je pense que je ne trouverai jamais le moyen d'alimenter la navette... je pense accepter ma condition et puis finalement on s'habitue à la nourriture et ces créatures sont sympathiques...

Hur'ala, jour inconnu. J'ai passé le rite de passage, je suis un Hun'kut, je suis plus heureux maintenant. Ils m'ont aidé à accepter mon destin. Ceci sera ma dernière retranscription, à tous ceux et celles qui entendront ça ou qui seront coincés comme moi, appréciez bien la vie avec ces gens, mais ne vous approchez jamais des limaces vertes !

À la fin du journal du capitaine, il y eut un silence, dans l'espoir vain d'une suite qui donnerait un avenir un peu moins sombre. Mais l'objet resta muet et Éric finit par dire :

— (Éric) Au moins on a une piste maintenant, tu es ingénieur en aéronautique tu devrais bien savoir réparer la navette non ?

— (Alex) Oui pourquoi pas, un avion, un putain de vaisseau spatial c'est pareil ! Tu es sérieux ? Mais tu as raison tant qu'on ne connaît pas le problème on ne peut rien faire. Il faut retrouver cette navette !

— (Éric) Chef, savez-vous de quoi il parle quand il parle de navette ?

— (chef du village) Oui, c'est le bateau avec lequel il est arrivé dans ce monde et qui est dans la grotte sacrée.

— (Alex) La grotte sacrée ?

— (chef du village) C'est une cavité qui est creusée dans le flanc de la montagne.

— (Éric) Pouvez-vous nous y conduire si cela nous est permis ?

— (chef du village) Je peux vous donner la direction et vous accompagner une partie du chemin, mais pas plus loin, après il s'agit du domaine des dieux. Vous ne faites pas partie de notre monde alors je suppose que vous pouvez y aller. C'est peut-être la volonté des dieux que vous alliez à leur rencontre.

Alex et Éric remercièrent le chef et se préparèrent à aller visiter cette grotte. Après avoir salué les enfants de la tribu, qui imitèrent leurs gestes avec beaucoup d'enthousiasme, le chef les accompagna une partie du chemin. Au bout d'une heure de marche environ, le chef s'arrêta.

— (chef du village) Voilà le début du domaine des dieux. La grotte sacrée se situe un peu plus loin dans la même direction. J'espère que vous trouverez ce que vous cherchez. Je vous fais donc mes adieux. Et dépêchez-vous, les dieux vont laisser tomber de l'eau pour la forêt bientôt.

Ils remercièrent le chef avant de continuer leur chemin. Ils avancèrent tranquillement, prenant bien soin d'observer les alentours. Des bruits d'animaux venant de cette jungle dense se frayaient un chemin à travers la pluie qui commençait à s'abattre. Leurs pas devinrent de plus en plus rapides afin de trouver cette grotte pour s'y abriter. Le vent se mit à souffler avec suffisamment de force pour faire tomber un invertébré visqueux sur l'épaule d'Éric qui avait du mal à avancer, regardant surtout ses pieds. Éric sentit alors un poids et tourna la tête naturellement pour voir ce qu'il avait sur le dos et sursauta en voyant cette énorme chenille sur son dos.

— (Éric) Ah dégage, dégage !

Il poussa la chenille d'un violent revers de main.

— (Alex) Qu'est-ce qu'il y a ?

— (Éric) J'avais une saloperie de limace sur l'épaule !

— (Alex) Si elle était verte, ne la mange pas, Orbis l'a déconseillé !

— (Éric) Je n'ai pas vu ça tronche, je l'ai juste poussé j'en ai plein la main c'est dégueu ! J'espère que je ne vais pas choper le sida de l'espace.

Le temps se fit de plus en plus sombre et l'orage se mit à tomber alors qu'Éric essayait de s'essuyer.

Une fois le plus gros enlevé, en partie grâce à l'aide de la pluie, Éric vit tombé à ses pieds une autre de ces chenilles et leva la tête pour observer la canopée en plissant les yeux à cause de la pluie. Tout était vert en il ne décerna rien dans ce mélange de feuilles et de branches quand un éclair frappa. Il vit alors sur la plupart des feuilles au-dessus d'eux l'ombre projetée de dizaines si ce n'est plus encore de ces créatures. Éric ne perdit pas une seconde à contempler ce spectacle.

— (Éric) Cours Alex !

— (Alex) Quoi ?

— (Éric) Cours je te dis ! Magne-toi on se casse !

Après quelques minutes ils arrivèrent enfin à la grotte trempés et exténués. Ils reprirent quelque peu leur souffle avant de continuer. Alex sortit son téléphone de sa poche et regarda s'il avait du réseau, « après tout on peut toujours rêver », se dit-il. Il restait encore beaucoup de batteries et activa la lampe torche pour avancer dans la grotte. Au bout de quelques virages se trouvaient différentes boîtes de métal définitivement pas de manufacture Hun'kut. Autour il y avait d'autres objets ainsi que le foyer d'un feu éteint depuis longtemps. Alex qui tenait la torche s'approcha.

— (Alex) Ça doit être ici que le capitaine est arrivé et a dû faire un campement.

— (Éric) Éclaire-moi s'il te plaît !

Éric entreprit d'ouvrir l'une des grandes caisses et un gaz s'échappa de la caisse englobant d'une odeur horrible la zone environnante. Il y découvrit avec stupeur un corps en décomposition.

— (Alex) Que-ce qui pue comme ça ?

Éric recula en se retenant de vomir.

— (Éric) Regarde, c'est un cadavre !

— (Alex) Ah. Ce doit être l'équipage.

— (Éric) Mais il y a quatre caisses.

— (Alex) On doit trouver des indices, il faut les ouvrir.

— (Éric) Bah vas-y, toi, tu as la lumière.

— (Alex) Pff…

Alex entreprit alors l'ouverture de trois des caisses restantes qui ne contenait rien à part des boîtes vides.

— (Éric) Bon, ça devait être leur réserve de nourriture et la dernière ?

Cette boîte un peu plus petite contenait des papiers, des crayons, un couteau et un médaillon. Alex commença à lire les documents :

Jour 1 : Capitaine Orbis. Nous nous sommes écrasés sur cette planète avec la navette. La foudre nous a frappés et le moteur du vaisseau s'est arrêté. Notre pilote nous a sauvés la vie en réussissant à diriger la navette vers cette grotte au lieu de s'écraser sur le flanc de la montagne. Malheureusement, l'impact fut terrible pour l'équipage. La navette n'a pas trop souffert, mais le pilote s'est cogné la tête et ne reprend pas connaissance. Évidemment, c'est lui qui sait faire redémarrer la navette donc on va partir pour récupérer les objets qui sont tombés dans la forêt lors du crash.

Jour 5 : Le pilote n'a toujours pas repris connaissance et son état empire, je crois qu'il a de la fièvre maintenant. Si l'on ne trouve pas de quoi le soigner, j'ai bien peur qu'on le perde. Avec François, on a réussi à retrouver quelques caisses dans la jungle, mais celle-ci est dense et les boîtes sont lourdes. Au moins maintenant on a de quoi manger pour quelques jours. Pendant ce temps on va voir ce qu'on peut réparer sur la navette pour qu'on puisse partir d'ici au plus vite.

Jour7 : L'état du pilote ne s'améliore pas. On le nourrit comme on peut, mais il a besoin d'un médecin. Côté matériel, la navette n'a pas subi de dégâts critiques, mais les fusibles ont sauté. On en avait de rechange, mais impossible de réalimenter la navette. Côté vivre, ça s'annonce mal. Une partie des rations de survie n'ont pas tenu le choc et on va devoir allez trouver de quoi manger dans la jungle. On part demain pour chasser ou trouver des baies comestibles en passant sur la trajectoire du crash au cas où on aurait loupé quelque chose.

Jour 11 : C'est la catastrophe ! À peine quelques heures après être partie on a trouvé une caisse de matériel. On a à peine eu le temps de l'ouvrir et de récupérer les objets de valeur qu'on s'est fait attaquer par une créature immense à deux têtes. On s'est défendu comme on a pu, mais les armes que nous avions étaient peu efficaces. Avec ses nombreux tentacules, elle m'a projeté et j'ai perdu mon arme. En me relevant, j'ai vu François se faire attraper la jambe et se faire manger dans la foulée. La tête qui ne s'occupait pas de François s'est tournée vers moi avec ce regard. Mon Dieu je n'oublierai jamais ce regard. J'ai vu ma mort dans ses yeux. J'ai alors couru aussi vite que j'ai pu sans me retourner. Je ne sais pas combien de temps j'ai couru, mais j'étais perdu. Après quatre jours, j'ai fini par retrouver la grotte, mais le pilote avait succombé. Je n'ai pas de quoi l'enterrer dignement alors l'une des caisses servira de cercueil. Ironiquement le seul objet que j'ai ramené presque intact de cette expédition c'est ce magnétophone. Au moins maintenant je n'ai plus à écrire sur des bouts de papier. Je vais partir dans une direction sans jamais faire demi-tour. Il doit bien y avoir quelqu'un sur cette planète qui pourra m'aider.

Le tonner fit écho dans la grotte. Rappelant aux aventuriers qu'ils étaient dans une situation similaire. Éric pour ne pas perdre espoir continua dans la grotte en poussant Alex à le suivre pour voir cette fameuse navette. À quelques virages sinueux de là, de la lumière naturelle apparut et projetait l'ombre de la navette. Leurs yeux s'illuminèrent d'espoir. Il était là. Le moyen d'avancer, de quitter cette planète. Ils couraient presque pour la rejoindre et commencèrent à l'inspecter. Ils finirent par l'ouvrir et rentrer à l'intérieur. La plupart des dégâts encore visibles étaient réparés par le rafistolage du précédent équipage. Éric commença à récapituler la situation à voix haute pour trouver une solution.

— (Éric) Alors, on a une navette cassée, rafistolée au scotch qui n'a plus de batterie c'est bien ça ?

— (Alex) Oui et regarde ce n'est pas très différent de ce qu'on a pu voir dans la science-fiction. J'ai l'impression que mis à part tous les boutons le principe reste clair. On dirait les mêmes commandes qu'un avion.

— (Éric) Je vais te laisser le piloter alors, les avions c'est ton domaine non ?

— (Alex) Pas trop, moi je sais comment il marche je ne sais pas les piloter. J'ai étudié leur fabrication c'est tout.

— (Éric) Bon, on verra et donc comment on réalimente les batteries ? Faudrait déjà savoir comment elle marche et où elles sont.

Ils se mirent à réfléchir à une solution en fixant un point dans le vide. Un éclair illumina un instant la grotte et les deux venaient trouver la réponse

— (Alex) J'ai !

— (Éric) trouvé !

Ils cherchèrent l'équipement nécessaire et le trouvère rapidement parmi les débris et les matériaux récupérés par Orbis. Éric attacha une tige de métal à une extrémité d'un câble et courut vers la sortie de la grotte pour l'utiliser comme para tonner. Pendant ce temps, Alex cherchait où accrocher l'autre extrémité du câble. Il regarda différents endroits, dans le cockpit, les panneaux de contrôles, les fusibles. Il vit par le pare-brise Éric qui arrivait dehors et puis se décida que n'importe où conviendrait et maintenant le câble plaqué contre la carrosserie du bout du bras il attendait le coup de foudre. Éric, alors arrivé à l'extérieur sous la pluie se demandait comment faire pour tenir l'antenne de fortune suffisamment haut et surtout loin de lui. Il commença alors l'escalade d'un arbre et priant pour que la foudre ne vienne pas à ce moment-là. Il descendit à toute hâte et courut jusqu'à la grotte où il voyait Alex mettre en place des pierres autour du câble pour le maintenir en contact avec le métal. Après réflexion le tenir à bout de bras n'était pas la meilleure des idées. Ils s'écartèrent et attendirent sans dire un mot le prochain éclair. Le bruit de la pluie n'était rivalisé qu'avec le son de la respiration haletante d'Éric qui reprenait son souffle. Un éclair survint, mais trop loin de là où ils se situaient.

— (Éric) Ça a marché ?

— (Alex) Non c'était trop loin.

Un nouvel éclair, puis un deuxième, mais toujours pas sur leur antenne.

— (Alex) Allez ! lança Alex qui commençait à s'impatienter.

Mais toujours rien. Éric s'énerva aussi pris d'angoisse qu'il ne l'avait peut-être pas placé assez haut ou qu'elle fût tombée.

— (Éric) Tu vas marcher oui !

Comme par magie la foudre frappa l'antenne et l'arbre qui la soutenait. Des étincelles jaillirent de part et d'autre de la navette. Une partie du câble prit feu sous la puissance du courant, mais des lumières s'allumèrent dans le cockpit. Ils reculèrent mettant leur bras devant leur visage pour se protéger puis les descendirent lentement regardant la navette qui reprenait vie. Leurs cris de joie firent écho dans toute la grotte. Ils avaient réussi. Ils se précipitèrent dedans en faisait attention à ne pas prend un coup de jus résiduel puis inspectèrent les écrans qui venaient de s'afficher. Éric se mit aux commandes pour voir ce qu'il pouvait faire :

— (Éric) Bon, déjà les fusibles ont tenu sinon on n'aurait pas de jus. Maintenant on dirait que je dois rentrer un mot de passe. Au moins c'est notre alphabet.

— (Alex) En même temps, ils parlaient français alors ça aurait été une grosse coïncidence.

— (Éric) Oui, c'est vrai, mais on fait quoi du coup je mets des trucs au pif ?

— (Alex) Non imagine c'est comme sur un portable, au bout de trois on bloque le système ? On aura l'air con.

— (Éric) Il n'y a pas un truc écrit quelque part ? Un post-it ? Je ne sais pas.

Alex remarqua sous le siège un bout de papier avec des symboles pour le coup, pas issu de la langue française :

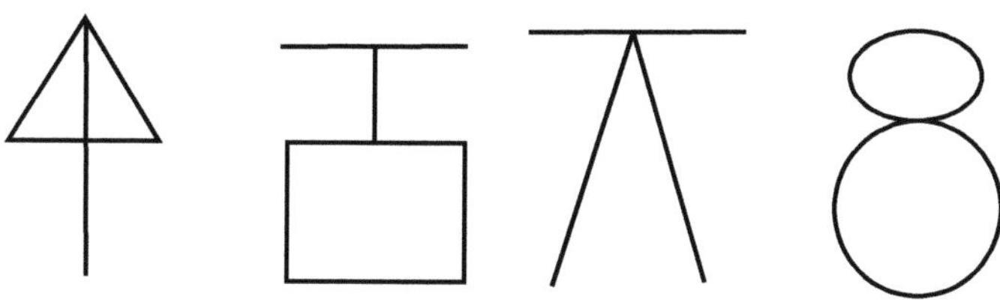

— (Alex) Regarde Éric on dirait une énigme.

— (Éric) Oh attend, attend je connais ça ! Hum. Éric chercha très fort dans sa mémoire où il avait vu ce genre de symbole. Ça me revient, c'est du miroir ! Genre le premier symbole tu écris un 4 normal et collé à celui-ci, tu écris un autre 4, mais à l'envers, et ça donne le primer symbole.

— (Alex) Ah oui je vois du coup faut couper au milieu. Une symétrie en fait. Alors ça ferait 427 et du coup 8 ?

— (Éric) Ouais, on va essayer ça

Éric rentra les chiffres, mais une fois validé un message d'erreur apparut. Mauvais mot de passe. Encore deux essais.

— (Éric) Merde ! Je me suis peut-être trompé en tapant les chiffres je recommence.

Il vérifiant minutieusement qu'il tapait les bons chiffres, mais l'erreur revint et ils n'avaient plus qu'une chance maintenant. Alex reprit le papier et relut attentivement les symboles.

— (Alex) On a plus le droit à l'erreur maintenant. Du coup le 8 c'est peut-être un 3 en fait ?

— (Éric) Oui, mais tu es sûr du coup ?

— (Alex) Non, je ne suis pas sûr du tout.

— (Éric) Je fais quoi j'essaye ?

— (Alex) Non attend ! J'ai compris ! Ah le coup de femme de petite vertu ! Regarde, c'est fait en miroir une fois sur deux !

— (Éric) Quoi ?

— (Alex) Normalement, un 8 aurait donné 88, or là on a qu'un 8. Le premier c'est son opposé collé à droite puis à gauche et ainsi de suite.

— (Éric) Ah oui OK et du coup ce n'est pas un 2 c'est un 5 ! Allez, je tente.

Éric inscrivit les chiffres 4573et regarda Alex avant d'appuyer sur valider. L'écran changea et les moteurs s'allumèrent. Ils se félicitèrent de nouveau, pensant être en ce moment les plus intelligents de l'univers. Sur l'écran s'affichèrent différents messages d'avaries et proposa de passer en pilotage automatique. Éric appuya sur le bouton qui lui semblait être utilisé pour cette fonction en se disant que la navette ira certainement plus loin d'elle-même que pilotée par lui. La navette s'extrayant lentement du sol où elle était encore en prise, rentra les trains d'atterrissage et fit demi-tour pour sortir de la grotte. Éric et Alex s'attachèrent comme ils purent et fixaient l'horizon priant pour arriver à bon port. Soulagé d'être partie Alex lâchât avec sarcasme :

— Ce serait vraiment bête de se reprendre la foudre maintenant.

À ce moment un éclair frappa un arbre à l'horizon.

— (Éric) La prochaine fois, sans déconner, tu la fermes !

— (Alex) Oui promis je ne le ferai plus. Par contre on monte vachement haut là. Même pour un avion ça fait haut.

La navette traversa les épais nuages et continua son ascension vers les étoiles.

— (Éric) J'espère que la cabine est encore hermétique après tout ce temps.

— (Alex) Normalement, on aurait déjà dû sentir les effets à cette altitude ça devrait aller.

Répondit Alex comme pour se convaincre au passage.

Au bout quelques minutes de silence où ils étaient à l'affût du moindre bruit suspect venant de la coque, leurs corps furent encore plus légers et les différents débris se mirent un peu partout à s'envoler. Éric que la joie inonde en ce moment ne peut retenir son excitation.

— (Éric) Alex, on est dans l'espace ! On y est ! C'est énorme !

— (Alex) Tiens, attrape !

Alex le sourire jusqu'aux oreilles avait attrapé un morceau de terre à sa portée et l'avait lancé en direction d'Éric. Éric en se retournant se là prit en pleine poire et les deux se mirent à rigoler et commença alors leur première bataille spatiale à coup de lancer de cailloux, d'écrous et d'objets en tous genres. Éric finit par voir à travers le cockpit un vaisseau grossir de plus en plus.

— (Éric) Regarde Alex ! Il y a un vaisseau !

— (Alex) Wow ! Il a l'air balèze ! Tu crois qu'il y a du monde dedans ?

— (Éric) Ça, on va le savoir bientôt, on fonce droit dessus.

Le vaisseau qui se faisait de plus en plus gros ressemblait à une tortue. Du corps principal se dessiner des excroissances là où se situeraient les pattes de l'animal, avec le cockpit pour tête. Elle ne semblait pas endommagée et il était difficile de dire si quelque chose était encore vivant à l'intérieur.

La navette arriva vers l'équivalent de la patte arrière droite à l'intérieur d'un hangar encore ouvert. Nos deux astronautes mirent des combinaisons spatiales qui étaient dans la navette et ouvrirent le sas pour inspecter le vaisseau. Ils avancèrent dans la pénombre. Le vaisseau paraissait comme endormi, en veille. Une faible lumière glissait lentement le long d'une paroi et s'évanouissait plus loin dans l'obscurité. Comme l'étoile Polaire pour un marin, ils la suivirent pour arriver à destination, au poste de commande du vaisseau. Ils cherchèrent un interrupteur, un bouton n'importe quoi qui pouvait allumer le vaisseau et Éric s'approchant du plus gros des écrans approcha sa main et il prit un coup de jus sur le doigt. Ce petit filament bleu qui venait de surgir commençait à réactiver le vaisseau dormant. Une puissante vibration se fit sentir dans tout le vaisseau, mais sans bruit, car il n'y avait plus aucun gaz à l'intérieur. Les lumières s'allumèrent les unes après les autres, de l'air commençait à affluer dans le vaisseau et une voix féminine robotique se fit entendre. Ces mots saccadés captaient toute l'attention des deux pilleurs d'épaves.

— (IA) Remise en marche des systèmes vitaux. Niveau d'oxygène à 20 % et stable. État du vaisseau. Correct. Niveau énergétique. Très bas. Erreur de récupération mémoire. Définir le capitaine du vaisseau.

Éric et Alex écoutaient attentivement chaque mot. À la fin de check-up fait par la voix Éric prononça sa candidature au poste de capitaine.

— (Éric) Bonjour, c'est moi le nouveau capitaine ! Je m'appelle Éric.

— (IA) Actualisation en cours. Paramétrage des droits. Bienvenue à bord Capitaine.

— (Éric) Allez ! C'est moi le capitaine !

— (Alex) Pff je m'en fous. S'adressant maintenant à la voix en regardant en l'air. Qui es-tu ? Quel est ce vaisseau ? Pourquoi est-il ici ? Depuis combien de temps est-il en orbite ? Qu'est advenu l'ancien équipage ?

— (IA) Intelligence artificielle de classe 3. Vaisseau d'exploration de classe MK-11. Vaisseau d'exploration Grumbok. Donnée corrompue. État de l'équipage inconnu.

Éric reprit vivement.

— (Éric) Peux-tu trouver des formes de vie humaine sur la planète ?

— (IA) Précision des capteurs insuffisante.

Éric se tourna alors vers Alex.

— (Éric) Bon, je propose de trouver là d'où venait le vaisseau et de trouver de l'aide pour retrouver Paul.

— (Alex) Oui parce que je ne sais pas comment on va faire pour le retrouver sur cette planète sinon.

— (Éric) Commençons par explorer le vaisseau.

— (Alex) Oui bonne idée je te suis.

Ils enlevèrent leur combinaison qu'ils laissèrent flotter dans le poste de commande et se dirigeaient vers l'aile droite en sortant. Chacune des salles étaient reliées par le couloir principal qui allait d'un bout à l'autre du vaisseau. Leur première porte ouverte donnait sur une salle qui semblait faire office de salon. Des étagères, des meubles, des tables et canapés étaient installés dans cette pièce complètement fixée. Différentes boissons et sachet de nourriture se trouvaient dans les différents compartiments fouillés. Au fond de cette salle, deux portes se tenaient côte à côte. Celle de gauche, la plus au nord, était la chambre du capitaine. Éric se précipita à l'intérieur de cette grande chambre au design épuré et proclama que comme c'était lui le capitaine c'était sa chambre. Alex accepta sans broncher, il n'accordait pas d'importance à cela. Mis à part quelques photos de l'équipage et de familles, il n'y avait pas beaucoup d'objets. Ce côté spartiate de la chambre était en contradiction avec une médaille brillant d'un gris étincelant. Leurs regards se posèrent dessus et ils virent inscrit « Capitaine Orbis, Explorateur des confins » et au dos « Sponsorisé par la noble famille Galagel ».

Par signe de respect, ils la laissèrent à sa place et reprirent leur exploration. L'autre porte donnait sur les quartiers de l'équipage et de même, la plupart des objets trouvés étaient sans grand intérêt. Un jeu de cartes étranges et autres jeux de divertissement se trouvait çà et là. En face du couloir se trouvait la salle de réunion. Une grande salle avec une table ovale blanche entourée de sièges de la même couleur et fort confortable. Toutes les chaises étaient identiques, aucune place attitrée au capitaine ou à quelques formes de hiérarchie. Des systèmes de communication se trouvaient dans des armoires au fond de la salle et permettaient à l'IA du vaisseau de communiquer autrement qu'avec les haut-parleurs. Ces dispositifs avaient l'allure de bouchons d'oreille et une fois mis, se gonflaient afin d'épouser et combler le dispositif auditif. Alex grommela que c'était un peu gênant. Une salle plus basse du même côté du vaisseau émerveilla leurs yeux. C'était l'armurerie. Ils se précipitèrent sur les armes telles des enfants le jour de Noël. Pour une civilisation aussi développée, leurs armes sont assez proches des nôtres remarqua Éric. Alex reprit sur le fait que grâce à cela ils pourraient les utiliser facilement. Après avoir pris quelques photos avec le peu de batteries qu'il leur restait dans leur téléphone, ils reposèrent leurs armes et continuèrent dans une salle plus basse. Celle-ci faisait office de salle de méditation et offrait une vue impressionnante sur l'espace. Quelques plantes mortes et des peintures abstraites sur l'un des murs meublaient la pièce assez vide. Ils retournèrent du côté droit du vaisseau dans la pièce en face à la baie d'observation et trouvèrent le compartiment de stockage. Celui-ci était allongé pourvu d'étagères plus ou moins remplies et de quelques conteneurs sellés. L'un d'eux ne l'était pas et comportait une inscription. « Trésor de l'équipage » celui-ci contenait différents jetons dorés et des platines qui servaient de monnaie dans cet univers d'après l'IA. Elle expliqua également que les dorées s'appelaient clang et celles ayant le plus de valeur étaient des clings. L'existence de ce coffre couplé avec les sièges de la salle de réunion furent remarqués par Éric comme démontrant un équipage extrêmement soudé. Une quantité non négligeable de boîtes de conserve et de nourriture étaient encore présentes ainsi qu'outils et système de rechange pour des équipements défaillants. La salle au sud de celle-ci étant le hangar ils continuèrent tout droit vers la salle des machines. Elle comportait de nombre panneaux de contrôle et de systèmes électriques. Le fond de la salle était illuminé principalement par la lumière des deux réacteurs dont les écrans indiquaient une quantité d'énergie alarmante. Alex cherchant dans tous les recoins trouva une sorte de magazine holographique pornographique d'une race Alien caché entre des tuyaux et le garda, pour la science. La dernière salle sur leur gauche en sortant était l'infirmerie et disposait d'un bureau et d'une capsule de médecine pour des opérations chirurgicales importantes, supposa Éric. Alex remarqua le judicieux placement de cette salle en face du hangar, au cas où les missions se seraient très mal passées. L'IA contacta Éric et Alex au poste de commande et sans dire un mot, ils remarquèrent que sa voix était moins saccadée à présent. Arrivé au poste de commande, l'IA s'exprima :

— (IA) Capitaine, j'ai effectué une restauration des systèmes de mémoires et j'ai pu retrouver l'adresse du commanditaire de la mission et une carte basique de la galaxie. Malheureusement, ni mon nom ni celui du vaisseau n'ont pu être retrouvés.

— (Alex) Éric, le vaisseau, on l'appelle comment ? Faut trouver un nom classe !

— (Éric) Je ne sais pas, je n'y ai pas pensé, mais pas un truc connu comme le faucon millénium ou Enterprise.

— (Alex) Ouais, l'interstelar, ça passe ?

— (Éric) Mouais. Oh, si on rajoute 42 !

— (Alex) Oui, j'aime bien l'idée ! L'interstelar42 c'est stylé !

— (Éric) Validé. Et pour l'IA il faut un nom de femme de l'est. Pour aller avec sa voix sensuelle. Exprima Éric

— (Alex) Oui, un truc comme Natasha ou Samantha ? Un truc en a ?

— (Éric) Non un truc plus doux, pour que quand on rentre de mission on se sente à la maison. Un truc genre Saphir.

— (Alex) Haha, oui là c'est pas mal. Je valide pour Saphir.

— (Saphir) Bien, à présent je m'appelle Saphir, IA de catégorie 2 du vaisseau l'interstelar42.

— (Éric) Bon la carte maintenant ! On va où ?

Demanda Éric en se dirigeant vers la carte qui venait de s'afficher.

— (Alex) On dirait que la galaxie est récente. Elle est encore circulaire et n'a pas développé d'hélice comme la Voie lactée. Enfin, ça ou totalement l'inverse.

— (Éric) En tout cas, on est là et on veut aller où ?

Demanda Éric ayant déjà oublié tout ce qu'avait dit Saphir. La carte montrait en grossissant, les étoiles d'intérêt. Celles-ci correspondaient à des planètes capitales d'empires et autrement importantes. Un cercle en pointillés de couleur bleue tournait autour de l'étoile qui symbolisait le système où ils se trouvaient. Celui-ci était insignifiant d'après la carte affichée. Heureusement pour eux leur destination ne se trouvait pas loin et cela les arrangeait bien, car avec le carburant qu'il leur restait, ils ne pouvaient pas allez bien loin. Saphir indiqua le trajet en rouge sur la carte et Éric demanda combien de temps durerait le voyage. Le voyage allez être de plusieurs heures. Alex demanda à quoi correspondait une heure, car sur terre cela est défini à partir de règles qui pourraient être totalement différentes ici.

— (Saphir) Une heure est composée de soixante minutes elles-mêmes décomposées en 60 secondes. Une seconde correspond à la durée que met le composé chimique Eustrom pour passer de son état liquide à solide.

— (Éric) Oui, ça nous avance. Tu peux compter s'il te plaît ?

— 1, 2, 3...

— (Alex) C'est à peu près ça aussi chez nous.

— (Éric) Saphir ? Comment le vaisseau fait pour aller plus vite que la lumière ?

— (Alex) Dans les grandes lignes.

— (Saphir) Le principe repose sur la déformation de l'espace-temps. Le réacteur le comprime à l'avant et le dilate à l'arrière. Via une géométrie complexe, l'énergie nécessaire à cela est alors amenée à un niveau que le réacteur à antimatière peut fournir. Couplé avec des particules exotiques pour amorcer la réaction, le vaisseau peut voyager au maximum à environ 180 000 fois la vitesse de la lumière.

— (Alex) Quand même. Le moteur à antimatière peut générer autant de puissance ?

— (Saphir) Vous avez demandé les grandes lignes. Le moteur et la forme de la bulle le permettent.

— (Éric) On devrait arriver vite alors.

— (Saphir) D'ici une journée environ.

Saphir lança la séquence de vitesse supraluminique. Les étoiles qui étaient à l'horizon semblaient se rapprocher les unes des autres en face du vaisseau. Au fur et à mesure, elles disparaissaient à l'extrémité d'un cercle fictif que formait cet amas. Ils regardèrent une dernière fois la planète sur laquelle ils avaient atterri, pour dire un dernier au revoir aux Hun'kut dont Éric avait déjà oublié le nom. Mais également comme une prière pour que Paul, leur ami ne soit pas sur cette planète qu'ils étaient en train d'abandonner.

CHAPITRE 2

Alors que les heures passaient et bientôt la journée, ils prirent tant bien que mal une douche. On dira plutôt qu'ils faisaient une toilette et se retrouvèrent au salon pour tenter de déchiffrer les règles du jeu de cartes pendant qu'ils parlaient de leur ami Paul. Ils commençaient à s'habituer à l'apesanteur et leurs gestes devenaient plus fluides. Dû au manque d'énergie, Saphir n'avait pas alimenté le générateur de gravitons pour générer la gravité artificielle. Elle annonça que leur arrivée était imminente ce qui poussa Éric à ranger à la hâte les cartes maintenant un peu éparpillées. Arrivée au poste de commande, la planète était déjà en vue. Éric demanda à Saphir d'exprimer les données de la planète.

— (Saphir) Planète Gralia, capitale planétaire de la république Grumbok. La planète est majoritairement occupée par la race Grumbok, espèce aviaire qui a une longévité légèrement supérieure à l'homme. L'empire est en paix et autorise le tourisme de toutes les espèces. La planète a une pesanteur de 8,7 G, et son atmosphère est composée d'azote à 78 %, d'oxygène à 19 %, d'hélium à 2 % et 1 % d'autres gaz. L'homme peut y respirer normalement.

— (Éric) Bon maintenant on s'équipe et on y va ?

— (Alex) OK, Saphir peux-tu nous emmener au plus près de là où on doit aller ?

— (Saphir) Le parlement n'est pas directement accessible aux appareils volants. Je peux déposer l'interstelar42 au spatioport ou vous pouvez prendre la navette pour vous arrimer à une plate-forme.

— (Éric) Tu es fort en créneau ?(Alex) Non, c'est mort. Saphir tu peux aller au spatioport.

Ils entrèrent dans l'armurerie où Éric commença à prendre en main un fusil et se ravisa.

— (Éric) C'est peut-être un peu gros de prendre un gros fusil en pleine ville. On va passer pour des terroristes.

— (Alex) Oui, mais je ne pars pas sans rien non plus. Je prends un pistolet, c'est déjà plus discret.

— (Éric) Et pour l'argent ?

— (Alex) On prend tout ?

— (Éric) Je ne sais pas imagine un cling ça vaut un billet de 500. Je ne me trimbale pas avec des billets de 500 dans la poche.

— (Alex) Si on prend la moitié dans ce cas. Ça te va ?

— (Éric) J'aurais pris encore moins, mais vas-y.

Le vaisseau arrivait alors dans l'atmosphère et rappela aux deux amis les effets de la pesanteur assez brusquement. Une énorme cité se dessinait peu à peu avec des véhicules volants un peu partout dans fouillis général. Éric et Alex faisaient en ce moment plus confiance à Saphir et ses capacités de pilotage que les leurs et étaient contents de ne pas avoir choisi d'y aller avec la navette.

Le vaisseau se posa sur une plate-forme sur un flanc d'une immense tour d'où allaient et venaient des centaines d'autres vaisseaux. Alors qu'ils s'approchaient du sas pour sortir du hangar où était posé le vaisseau, leur compartiment se ferma et ils virent une fenêtre qui avait des écritures étranges ainsi que des onglets avec des silhouettes dont une ressemblait à un humain. Ils touchèrent l'icône et les écritures changèrent.

— (Éric) Super ! Dis Éric, d'un ton sarcastique.

— (Alex) On dirait du cyrillique, genre russe. Et là, on dirait les langues. Hum, on dirait du chinois et là ! Du français !

« Frais d'amarrage : 1 cling par jour. »

— (Alex) Je n'ai pas trop le choix en même temps.

Alex sortit une pièce métallisée de sa poche et l'enfonça dans la fente. L'écran indiqua de poser la main sur le panneau à côté de l'entrée pour servir de serrure.

— (Alex) En tant que capitaine, c'est à toi de poser ta main.

Éric posa alors sa main sur le panneau et le sas s'ouvrit. Alors que l'ouverture se faisait de plus en plus grande, le son des centaines de personnes bougeant dans tous les sens augmentait également. Telle une gare un jour de grande affluence. Des humains, des êtres hauts de deux mètres couverts de plumes et bien d'autres encore grouillaient comme dans une fourmilière. Ce spectacle laissa sans voix les deux nouveaux touristes qui ne savait plus quoi regarder tellement de choses incroyables se passaient devant leurs yeux. Ils avancèrent quelques minutes ainsi sans but, juste poussé par une curiosité naturelle. Leur niveau d'excitation étant un peu plus bas, Éric interpella un humain.

— (Éric) Bonjour ! Excusez-moi. Nous sommes nouveaux et nous voudrions aller au parlement. Pouvez-vous nous indiquer le chemin.

L'homme répondit dans une langue qui ressemblait fortement au russe et en même temps qu'ils entendaient d'une oreille le russe, de l'autre le système de communication traduisait en temps réel la conversation.

— (passant) Ho du français ! C'est rare. Hum d'ici je vous conseille de prendre une navette qui vous mènera au centre-ville et de là dirigez-vous vers le plus gros bâtiment. Il ressemble à un gros champignon vous ne devriez pas le rater. Bonne chance.

— (Alex et Alex) Merci beaucoup ! Au revoir.

Ils prirent la direction des navettes qui ressemblaient à des wagons de train volant, mais nettement plus haut et large. La navette sortant du spatioport offrait une vue imprenable sur la ville qui semblait continuer jusqu'à l'horizon. Des immeubles hauts et fins étaient assez éloignés les uns des autres. Parmi les véhicules volants, on pouvait apercevoir également des Grumboks qui planaient d'une plate-forme à une autre. Alex dit alors à Éric :

— (Alex) Donc ils peuvent voler ! C'est génial ! Ça doit être bien pratique.

— (Éric) Sauf quand tu as une crampe.

— (Alex) Par contre, ils sont vraiment partout ces Chinois. Même dans d'autres galaxies ils viennent prendre des photos.

— (Éric) Haha. Oui c'est marrant que les humains qu'on rencontre soient asiatiques ou russes.

Pendant qu'ils débattaient sur des théories de l'évolution pouvant amener à de tels faits, la navette arrivait au centre-ville. Ils virent un immense bâtiment qui devait faire la superficie de quatre stades de football sur 300 m de haut.

— (Éric) C'est sûr on ne pouvait pas le louper celui-là.

— (Alex) En tout cas, on a bien fait de ne pas prendre d'armes. Ça a l'air calme comme monde.

— (Éric) Maintenant, on fait du shopping ou on va faire la quête principale ?

— (Alex) Avec un peu de chance, on aura une récompense. Ça vaut le coup d'attendre, non ?

— (Éric) Par contre si on pouvait trouver un aigle ici ce serait cool.

— (Alex) Pourquoi ?

— (Éric) C'est l'animal préféré de Paul et c'est un peu la planète pour ça.

— (Alex) Oui, ça nous fera un souvenir d'ici, mais pour l'instant direction le parlement.

— (Éric) Ok ça me va. Let's go !

Ils arrivaient à présent devant cette construction magnifique, dont deux immenses statues d'un Grumbok guerrier et un diplomate faisaient office de garde de chaque côté de l'entrée principale. Beaucoup de personnes, humains comme Aliens allaient et venaient du parlement. Éric demanda à Alex que faire des pistolets qu'ils avaient emportés. Devant le fait évident qu'ils allaient être fouillés, ils ne devaient pas avoir d'armes sur eux. Ils décidèrent à contrecœur de s'en débarrasser dans une poubelle non loin, et gravir les quelques marches qui menaient à l'entrée. L'intérieur n'avait rien à envier à la façade extérieure. Celui-ci était orné sur les murs et plafonds d'œuvre d'art somptueuse et couplé avec les fontaines, l'accueil avait de quoi changer de statut pour devenir un musée. Certains individus prenaient d'ailleurs des sortes de photos, capture holographique ou autres moyens afin d'immortaliser ce chef-d'œuvre. Ils avancèrent jusqu'à un comptoir espérant trouver l'accueil. Éric commença la conversation.

— (Éric) Bonjour, nous sommes arrivés aujourd'hui et nous venons pour rencontrer la famille Galagel pour rendre compte d'une mission.

— (réceptionniste) Bonjour monsieur, je prends note de votre requête. Hélas! Il ne met pas possible de déranger un membre de cette famille par simple convocation orale d'un inconnu. Vous comprenez ?

— (Éric) Oui, mais le truc c'est que la personne assignée à cette mission est morte en mission.

— (réceptionniste) Comprenez que je ne peux rien pour vous, mais si vous ne pouvez m'apporter une preuve de votre identité ou de la légitimité de votre mission, alors à ce moment nous pourrons arranger un rendez-vous.

Éric sortit alors le médaillon qu'il avait pris avant de partir pour prouver leurs dires.

— (Éric) Et avec ça, ce n'est pas suffisant ?

— (réceptionniste) Je suis sincèrement navré, mais...

Un Grumbok en armure arriva, qui ressemblait à une tenue de garde, mais plus distinguée. Ayant vu le médaillon qu'Éric avait entre les mains, interpella la personne à l'accueil.

— (Garde) Merci, je vais m'occuper d'eux.

— (réceptionniste) Très bien monsieur.

Cet Alien était grand et de par sa taille imposait un certain respect à nos deux humains haut de leurs petits 180 cm.

— (Grunt) Bonjour humains, je m'appelle Grunt. J'ai vu votre médaillon. Comment l'avez-vous trouvé ?

— Alex répondit en premier

— (Alex) Dans la chambre du capitaine Orbis, dans son vaisseau.

— (Grunt) Et qu'est devenu le capitaine ?

— (Alex) Il est mort j'en ai bien peur.

— (Grunt) Et vous avez fait tout ce chemin pour quelle raison ?

— (Alex) Hum parce qu'il avait une mission et que nous voulions la terminer. En échange, nous espérions trouver des réponses à nos questions.

— (Grunt) Ce sont des actes bien rares de la part d'humains. En ce qui concerne vos questions, le député Grust sera plus à même de vous répondre. Suivez-moi, je vous prie.

Après quelques couloirs et salons traversés, ils arrivèrent devant une porte dorée gardée par des Grumbok et des humains.

Grunt poussa Éric et Alex à entrer. Le diplomate finassa de signer une lettre, posa sa plume et les salua.

— (Grust) Bonjour messieurs. Je crois ne pas avoir l'honneur de vous connaître. Je suis le représentant de la famille Galagel, Grust. Que puis-je faire pour vous ?

Grust était un Grumbok de nature distinguée, qui était vêtue d'une robe d'un tissu visiblement soyeux. Malgré le fait que cette race est dépourvue de grande expression faciale, il se dégageait de lui une aura bienveillante et apaisante. Les plumes qui parcouraient son corps ondulaient comme des vagues en partant de la tête. Le mouvement doux et fluide était presque hypnotisant. Alex se demanda si c'était de cette manière que leur corps s'exprimait, comme peuvent le faire les humains.

— (Alex) Bonjour messire. Nous sommes deux humains venants de la planète Terre et nous avons atterri dans un système non loin d'ici et nous sommes par concours de circonstances arrivé sur le vaisseau du capitaine Orbis. De là, l'IA nous a indiqué l'objectif de ce vaisseau et nous avons décidé de venir finir la mission.

— (Grust) Cela semble être une histoire intéressante. Asseyez-vous jeunes gens. Désirez-vous quelque chose à boire pendant que nous discutons.

— (Alex) Que nous proposez-vous ? À vrai dire, nous ne sommes même pas de cette galaxie, je crois, donc quelque chose à base d'eau, j'imagine.

— (Grust) Dans ce cas, il me semble que ceci conviendra parfaitement. Je crois savoir que vous appelez ça du thé.

Grust s'approcha d'une machine posée non loin de son bureau. Il réfléchit un instant puis quelques boutons poussés plus tard, il sortit trois récipients fumants. Il les posa près de ses invités et retourna s'asseoir. Ils répondirent avec courtoisie et Éric reprit la conversation. Ils s'étaient mis d'accord pour lui raconter les détails. Ils n'avaient pas grand-chose à perdre et le charisme bienfaisant de Grust les conforta dans leur idée. Ils discutèrent de la façon dont ils étaient arrivés sur Jigulus, leur rencontre avec les indigènes, le sort de l'ancien capitaine et leur arrivée ici. Grust écoutait chaque mot sans rien dire. Une fois leur histoire racontée, Grust félicita les deux aventuriers d'avoir agi si noblement. Comme touché par leur histoire, il voyait dans leurs yeux les épreuves qu'ils avaient traversées et se dit qu'une telle histoire ne pourrait s'inventer. De plus, le médaillon qu'ils avaient avec eux portait la marque de la famille Orbis.

— (Grust) Votre vaillance et votre courage méritent le plus grand respect. Je suis sincèrement désolé de ce qui vous est arrivé, mais hélas je ne connais pas de planète humaine appelée Terre. Pour votre apport à la famille Galagel, vous êtes désormais considéré comme nos hôtes. Soyez sûr que l'on prendra soin de vous et de votre équipement. Je vais faire réparer votre vaisseau et le ferai ravitailler également. Il est désormais à vous maintenant, après autant d'absence il ne figure plus dans les registres.

Cela semblait presque comme un cadeau arrangeant les deux parties. Il devrait être pénible au niveau bureaucratique de faire resurgir une telle relique des registres.

— (Alex) Merci, vraiment ! C'est très généreux de votre part ! répondit Alex alors qu'Éric était en train de sourire parce que quelqu'un d'important venant enfin de leur apporter de l'aide.

— (Grust) Ce n'est pas grand-chose voyons. Des actes aussi chevaleresques par les temps qui courent méritent d'être récompensés. Je vais faire tout mon possible pour retrouver la trace de votre ami. J'aurais d'ailleurs une faveur à vous demander.

Éric et Alex ne pensant pas mériter tant d'honneurs acceptèrent rapidement cette faveur.

— (Grust) Cette mission d'après les archives date d'une cinquantaine d'années et avait été commandité par feu Balor Galagel. Un grand-parent de l'actuel prince. Je vous demanderai, si vous voulez bien, lui transmettre en personne le sort de cette expédition qu'il a vu partir dans sa jeunesse. Je connais suffisamment le prince pour savoir que cela lui fera très plaisir.

Je comprendrai qu'au vu de votre situation cela ne soit pas votre priorité.

— (Éric) On ne refuse pas une visite au prince.

— (Grust) C'est très généreux de votre part. Aussi vous pouvez vous rendre directement à sa résidence avec Grunt ici présent ou avec Graham que le prince a également convié.

— (Alex) Qui est ce Graham ?

— (Grust) C'est un très ancien ami de notre famille et cela fait bien longtemps que nos routes se sont séparées. Si vous le cherchez, il devrait être à cette adresse.

Il tendit une sorte de plaque de verre faisant office de smartphone où il était écrit une adresse accompagnée d'une image du lieu.

— (Grust) Du moins aux dernières nouvelles.

Ils finissaient le thé qui était assez fade. Éric et Alex se regardèrent comme pour se concerter, mais ils étaient déjà d'accord. L'image de la tablette montrait la devanture d'une sorte de bar. L'idée d'une bonne bière fraîche avait fait tilt dans leur esprit et ils répondirent presque en cœur.

— (Alex et Éric) Nous irons chercher Graham. Ne vous embêtez pas.

Suite à cela et des formules de courtoisies, ils prirent la direction de la sortie. Ils se baladèrent dans les rues de la capitale au milieu des rues immenses dans cet environnement en trois dimensions. Malgré l'aide du GPS ils avaient du mal à trouver leur chemin. Ce monde était fait principalement pour des personnes capables de voler, de planer du moins. Pour les autres espèces, le déplacement est un peu plus laborieux. Des ascenseurs dans tous les coins, des navettes reliant des immeubles entre eux, et des marches innombrables. Heureusement pour eux que la gravité sur cette planète y était plus faible que sur la terre, car sinon ils n'auraient jamais pu arriver en une journée. Leur étoile était encore haute dans le ciel quand ils arrivaient devant la devanture du bar. Le vieux Gralia était le nom de cet endroit où ils devaient trouver Graham, mais aussi celui où ils pourraient goûter aux alcools locaux. L'intérieur était peu lumineux paradoxalement à la quantité de lumière de différentes couleurs faisant penser à des néons. Des écrans affichaient différents sports dont les règles semblaient échapper à toutes logiques pour un néophyte. De la musique électronique se jouait en fond, accompagné par les cris des clients regardant les matchs. Des gens de différentes espèces fréquentaient ce pub. La république Grumbok était un endroit, les aventuriers découvriront plus tard, ouvert à la galaxie. Aucune restriction due à l'espèce ne se pratiquait à Gralia. C'est pourquoi la ville grouillait de touristes et de personnes venant simplement profiter des activités que pouvait offrir la capitale. Le vieux Gralia ne faisait pas exception. Ce bar presque en plein centre-ville surplombait une place magnifique et s'étalait sur trois étages.

Éric suivait Alex qui se dirigeait vers le comptoir. Ils prirent un flyer où était écrit le nom des boissons ainsi que leur prix et cherchèrent en vain du français ou de l'anglais. Ils renoncèrent et Éric interpella le barman. Aucun des deux n'avait ces fameuses tablettes de verres qui auraient été capables de traduire les écrits.

— (Éric) Bonjour, on voudrait à boire pour deux avec ça !

— Éric du un peu élever la voix pour se faire entendre alors qu'un groupe sautait de joie derrière eux suite à une action réussie de leur équipe.

Il posa deux clings devant le barman qui n'en prit qu'une seule.

Après quelques instants où les deux impatients attendaient leur réconfort en écoutant la musique qu'ils commençaient à apprécier, le barman revint avec deux grands verres ornés de décoration en tous genres aux couleurs vives. En voyant ces somptueux cocktails, Alex se dit qu'un cling devait valoir son pesant d'or et qu'à l'avenir il serait sans doute plus économe. Ils cherchèrent alors une table pour s'asseoir quand Alex entendit une discussion en français.

— (Pascal) On en a déjà parlé des dizaines de fois Philippe ! On est forcément dans un univers parallèle ! Il y a d'autres humains ! Tu connais aussi bien que moins les probabilités qu'une espèce nous ressemblant émerge ?

— (Philippe) Et tu ne peux pas me dire qu'elle est nulle ! De plus, il est tout à fait possible qu'on ait simplement fait un bond dans l'avenir.

Éric qui continuait à avancer son verre à la main s'arrêta ne voyant pas Alex le suivre. Il se retourna et vit Alex en train d'observer les deux humains et revint sur ses pas.

— (Alex) Ta vue Éric ? Ils parlent français ceux-là ! En plus ce qu'ils disent à l'air en rapport avec nous. S'adressant aux deux hommes assis. Bonjour, je n'ai pu m'empêcher d'écouter votre discussion et j'ai l'impression qu'on est concerné mon ami et moi. On peut se joindre à vous ?

— (Philippe) Du français ! Tu entends ça Pascal ! Ils sont Français !

— (Pascal) Oui, j'ai entendu. Bien sûr, essayez-vous.

Éric et Alex s'installèrent à côté des deux hommes et Alex qui avait entendu leur discussion commença l'échange d'informations.

— (Alex) Bonjour, nous sommes Alex et Éric, on vient de France et vous avez l'air de parler de notre situation. Pouvez-vous nous dire où nous sommes ?

— (Pascal) Bonjour à vous également. Je suis Pascal et lui c'est Philippe. Nous sommes français également. Et à vrai dire, on ne sait vraiment pas où nous sommes. On n'est pas d'accord sur la question, mais on n'a aucune preuve.

— (Éric) Comment vous êtes arrivé ici vous ?

— (Philippe) On travaillait à la centrale nucléaire quand le réacteur s'est mis à s'emballer de lui-même. On a initié tous les protocoles de sécurité, mais rien à faire. Les réactions étaient incontrôlables. On a alors déclenché l'alerte et puis il y a eu le grand flash et quand on s'est réveillé on était dans un hôpital de la ville. Et vous ?

Alex lança un regard Éric pour confirmer qu'il pouvait divulguer leurs informations et répondit.

— (Alex) Nous on était en voiture près de la centrale quand c'est arrivé. Après pareil, le grand flash blanc puis on s'est retrouvé sur une planète paumée. On a réussi à venir jusqu'ici. Ça fait trois jours maintenant qu'on est arrivé, je crois, et c'est la première fois qu'on se repose un peu.

— (Pascal) Seulement trois jours ? S'interrogea Pascal qui lança un regard inquiet à son confrère.

— (Philippe) Ça fait trois semaines qu'on est là.

— (Éric) Trois semaines ? Ho vache ! Et vous avez fait quoi depuis ?

— (Pascal) Philippe nous a trouvé un job de recherche sur l'uranium sponsorisé par les Galagel.

— (Philippe) Oui dans cette galaxie c'est un élément extrêmement rare et donc nos compétences sont très courtisées.

— (Éric) Ah ba Galagel, ce n'est pas le prince qu'on va voir qui s'appelle comme ça ? Demanda Éric avant d'être interrompu par un Grumbok un peu éméché. Pendant qu'Alex sifflait rapidement son exquis breuvage.

— (Grumbok) Salut les humains ! Oh ! Vous venez de quel empire vous deux? Vos vêtements sont bizarres. Je n'en ai jamais vu des comme ça.

— Ce Grumbok un peu plus grand et musclé que les autres, portant une cicatrice le long du bec, s'approcha d'eux. Les plumes vertes qui le recouvraient, faisaient des mouvements désordonnés, dus à l'alcool ingéré.

— (Alex) Et bien, d'aucuns que vous ne connaissez en fait. Et vous êtes ?

— (Graham) Ah moi ! Hum. Je suis Graham et...

Il fut interrompu par un autre membre de son espèce assis à une table derrière lui.

— (client) Graham, ce n'est pas le déserteur. Cette sous-race ! Des Grumboks comme toi ça me dégoûte ! Tu aurais dû être exécuté sale lâche !

Graham finit son verre d'une traite se leva sans dire un mot. La rage lui montait. Il se retourna vers son détracteur aussi imbibé que lui et lui écrasa son verre contre le côté de sa tête.

— (Graham) Tu ne sais pas ce que j'ai dû faire pour l'armée ! Jamais je n'obéirais à de tels ordres, plus jamais ! Tu m'entends ?

Voyant son compagnon se faire attaquer à coup de verre vide, l'autre Grumbok se leva et attaqua Graham. S'en suivit alors un combat entre eux qui finit par dégénérer si bien qu'il impliquait maintenant de nombreux autres clients qui s'étaient fait bousculer. Pascal et Philippe étant plutôt frêle prirent la clef des champs pendant qu'Éric et Alex maîtrisèrent Graham et le menèrent dehors. Graham comme ceux de son espèce était grand, mais pas trop lourd. Cela, couplé à la force des deux Terriens qui ont un avantage certain au vu de la gravité de la planète, a permis de transporter Graham facilement. À quelques dizaines de mètres du bar, Alex quelque peu soucieux de ce qu'il avait entendu interrogea Graham encore un peu soûl.

— (Alex) Ils entendaient quoi par déserteurs les deux autres ?

— (Graham) Oui, c'est vrai j'ai déserté, mais je ne regrette pas !

— (Éric) Pourquoi ? Que s'est-il passé ?

— (Graham) Vous ne venez pas d'ici alors vous ne devez pas savoir, mais à la base l'empire Grumbok n'était pas divisé en deux comme ça. Puis il y a eu ce mouvement qui a très vite pris ampleur. Une idéologie très conservatrice. Ils voulaient rester entre eux et se séparer du gouvernement, ce qui ne leur a pas plu, pas plu du tout. Pour calmer les foules, ils ont envoyé l'armée dont je faisais partie. J'étais sniper à l'époque. J'étais fière de mon grade ! Un vrai bon soldat. Puis des émeutes ont éclaté un peu partout. On nous a demandé de tirer dans le tas. J'ai joué le jeu au début puis après c'était des femmes des enfants. Je n'oublierai jamais leur visage. Alors j'ai dit stop et j'ai déserté avec d'autres camarades. Évidemment, on s'est fait rattraper et on est passé en cour martiale. Le temps que mon tour arrive, la situation avait tellement dégénéré que finalement l'empire s'est scindé en deux. La république Grumbok où nous vivons et l'Indépendante Grumbok. Mes liens avec la famille Galagel m'ont sauvé. Ils ont fait jouer leurs relations et je n'ai jamais eu de procès. Je leur dois la vie. Mais du coup, j'ai dû couper les ponts pour leur éviter des ennuis. Voilà, maintenant vous savez tout.

Alex qui se sentait maintenant un peu coupable d'avoir jugé si vite ce pauvre Grumbok changea de ton.

— (Alex) Je comprends et pour ce que ça vaut, je trouve que vous avez bien fait. J'ai une bonne nouvelle pour vous. Le prince vous a convié. Il veut vous revoir. Peut-être est-ce le temps de   tirer un trait sur le passé ?

Éric enchaîna, lui aussi un peu bouleversé par son histoire, se disant que les humains n'étaient pas tellement différents non plus.

— (Éric) Oui je pense que s'il veut vous voir c'est une bonne chose non ?

Graham qui ne faisait que regarder dans le vide la tête entre ses pattes releva la tête comme si on venait de lui insuffler un nouvel espoir.

— (Graham) Très bien. Allons voir Bokur dans ce cas.

Ils prirent tous les trois une sorte de taxi appelé par Graham et pendant la durée du trajet Graham décuva. Ils sortaient de la ville pour arriver dans des endroits plus résidentiels. Cette nouvelle lui avait donné un coup de fouet. Ils discutèrent une nouvelle fois de leur péripétie avec leur nouveau compagnon de fortune et arrivèrent près de la résidence princière.

Alex paya le taxi et ils firent les quelques mètres pour arriver devant la grande grille de l'entrée.

La grille était dorée et dépassait les invités d'une dizaine de mètres. Elle fermait l'enceinte de la villa bordée de murs tout aussi hauts. Quand Graham approcha pour voir le gardien et entrer, il remarqua qu'il était allongé sur le sol couvert de sang. Il ne perdit pas un instant et alla à son secours. Alex et Éric voyant Graham se précipiter le rattrapèrent. Hélas il était déjà mort. Un coup de couteau le long du cou était la cause de la mort. Graham comprit immédiatement que le prince était en danger. Il sortit une arme, une sorte de pistolet et tendit l'arme de poing du défunt garde aux deux humains. Après un temps de réflexion pour analyser la situation, Éric prit le pistolet et suivit Graham qui se précipitait vers la villa. L'arme était conçue pour une main de Grumbok, aussi elle était difficile à tenir. Graham savait du premier coup d'œil qu'il n'avait jamais manié d'armes, mais que vu la situation c'était mieux que rien. À défaut de l'aider, il pourrait se défendre. Alex n'avait rien pour se défendre, il resta donc collé au dos de son ami.

À l'entrée gisaient deux autres gardes morts de la même façon. Alex, malgré les cadavres couverts de sang, se précipita sur l'un d'eux pour prendre lui aussi une arme. Même si lui non plus n'arrivait pas à la tenir correctement, il se sentait un peu plus rassuré. Graham tendit l'oreille pour entendre le moindre bruit, mais la villa étant immense, il était fort probable que des ennemis pouvaient être présents dans des chambres sans qu'il puisse les entendre. Les sens de ces trois-là étaient à l'affût. Le moindre bruit, le moindre mouvement attirait leur attention. Graham ouvrit lentement la porte et entra rapidement en regardant chaque coin. Son passé de militaire et sa connaissance des lieux, même si ses souvenirs étaient lointains, faisaient de lui le leader naturel de cette opération. Éric suivi d'Alex entra un peu plus maladroitement. Il n'y avait personne. Graham commença donc à avancer dans la direction de la chambre du prince quand Alex remarqua du sang derrière une table renversée. Il y avait eu des combats ici. Alex alla donc voir l'origine de ce sang. Un autre garde, mais celui-là avait reçu une balle. En l'examinant, Alex entendit un bruit. Il était encore vivant. Il interpella Graham et Éric :

— (Alex) Éric ! Graham ! il y a un garde là. Il est vivant !

Graham fit marche arrière en regardant toujours dans la même direction. Il s'approcha du garde, arracha un morceau de tissu d'un de ses vêtements et dit à Alex.

— (Graham) Tiens, appuie ça sur sa blessure. Je n'ai rien pour le soigner et je ne connais rien en médecine. Fais ce que tu peux. Priorité au prince.

— (Alex) OK, je vais essayer. Vous, allez sauver le prince je m'occupe de lui.

— (Graham) Éric suit-moi !

Éric suivit Graham sans dire un mot. Il était toujours aussi concentré, presque imperturbable. Alex appuyait fermement sur la plaie et tentait de se rappeler tout ce qu'il avait pu voir dans les films, ses maigres connaissances en médecine et en ornithologie après tout. Malgré tous ses efforts, le sang continuait à couler. Le garrot ne suffisait pas. Peut-être que le sang de cette espèce coagule mal se disait-il. La solution était de cautériser la plaie. Il se souvint du film Rambo et qu'avec la poudre des balles de son pistolet il pourrait refermer la plaie, mais sans moyens de l'allumer ça allait être compliqué. Il continua à chercher puis il lui vint l'idée de tirer avec le pistolet plusieurs fois. La chaleur dégagée devrait être suffisamment élevée pour être efficace, mais cela allait faire du bruit. Son idée commençait à prendre forme, plus que le problème du bruit. Attendre qu'Éric et Graham entament un combat ou reviennent sera sans doute trop long pour cette pauvre créature. À force de chercher dans sa mémoire c'est un film qu'il lui vint à l'esprit une fois de plus. Il se dirigea vers le canapé et prit les coussins les plus épais et retourna auprès du garde. Il plaça le canon de l'arme directement sur les trois oreillers empilés et tira une fois en priant pour que ce film ne lui avait pas menti. Le premier coup partit, l'arme lui échappa presque de la main, mais son idée avait marché. Il tira quatre autres fois et vérifia que le canon était chaud. À ce moment où tout son plan marchait à merveille, Alex se dit qu'il était un génie et finalisa la dernière étape de son plan. D'un geste vif, il enleva le tissu imbibé de sang qui retenait péniblement le sang et plongea le canon encore brûlant sur la plaie. La douleur occasionnée par une telle médecine réveilla le garde.

Graham et Éric continuaient leur avancée dans les couloirs labyrinthiques et arrivèrent enfin devant leur objectif. Graham s'arrêta et fit signe à Éric qu'il s'agissait de la pièce même si au vu des dimensions de la porte cela était évident. Graham fit des signes plus ou moins compréhensibles à Éric pour décrire son plan d'attaque. Éric en comprit les grandes lignes. Graham entrera et partira sur la droite et lui partirait sur la gauche. Éric répondit par un oui de la tête accompagnée d'un pouce en l'air et reprit fermement son pistolet entre ses mains. Plus question d'être discret maintenant. Graham enfonça la porte d'un coup d'épaule et tira une première fois sur un individu qui se tenait derrière le lit vide du prince. Celui-ci se coucha alors derrière le lit et commença à répliquer. Éric courut avec la vitesse d'un sprinteur vers un fauteuil qui se trouvait de son côté en tirant plusieurs coups en direction du lit sans vraiment viser. Graham attendait le bon moment, il attendait de voir l'ennemie bouger et quand un morceau d'épaule dépassa du lit il tira en plein dedans. L'ennemie poussa un léger cri de douleur, mais ce n'était là qu'une éraflure. Pourtant cette situation poussa ses nerfs un peu trop loin et il finissait de vider son chargeur un peu partout dans la pièce. Éric entendit le cliquetis reconnaissable d'un pistolet vide. Il sortit de sa cachette et courut vers l'ennemie qui était en train de recharger en panique. Sur ce bref chemin, Éric se disait que c'était l'occasion de l'interroger, il fallait donc l'appréhender. Mais une fois devant cet homme qui venait de recharger, toute pensée logique disparaissait. Seul son instinct de survie était présent, et presque inconsciemment, il appuya sur la détente. L'homme masqué tomba sur le dos agonisant. Graham avait lui aussi foncé dans sa direction et arrivait maintenant sur le lit le pointant de son arme. Éric venait de tirer sur un être vivant. Il était séparé entre le sentiment d'avoir mis fin à la vie d'un parfait inconnu contre lequel il n'avait aucun grief, qu'il l'a fait pousser par son instinct et que finalement c'était plus facile qu'il ne l'avait imaginé. Il n'avait jamais poussé la réflexion jusque-là, mais il savait que cela était différent que de tirer sur quelqu'un dans un jeu vidéo. Là, il avait mis fin à la vie de cet homme. Surpris de ses propres émotions, il était presque calme, comme soulagé d'avoir bien agi. Cependant il ne pouvait regarder le spectacle qu'offrait cet homme agonisant. Il se tourna disant qu'ils n'avaient plus de piste. Comprenant l'état critique de leur ennemie, Graham l'acheva d'une dernière balle dans la tête. Le problème était toujours présent cependant, il n'y avait plus aucune trace du prince. Ils retrouvèrent Alex qui avait posé le garde sur le canapé les mains pleines de sang. Éric ne disait pas un mot, il continuait de discuter intérieurement du crime qu'il venait de commettre.

— (Graham) Comment va le garde ?

— (Alex) Il va bien pour l'instant. Il a repris connaissance un instant et il m'a parlé de l'horizon noir du prince et de son coffre. Ensuite, il m'a aidé à appeler les secours, mais il doit y avoir un problème, car je n'arrive pas à les contacter.

— (Graham) Bien, on peut le laisser là. Aidez-moi à trouver ce coffre, peut-être nous donnera-t-il une piste pour retrouver le prince.

— (Alex) C'est quoi l'horizon noir ?

— (Graham) C'est une branche d'une mafia locale. Il paraîtrait qu'ils bossent parfois avec certains nobles.

Alex voyait Éric les yeux songeurs et lui demanda ce qu'il avait.

— (Éric) Hein ? Oui ça va. J'ai tiré sur un type là-haut et je vais plutôt bien en fait, c'est bizarre non. J'ai toujours cru que j'aurais plus peur que ça.

— (Alex) Non pas vraiment, notre esprit est souvent pire que la réalité et puis là c'était littéralement un méchant. Ce n'était peut-être pas Hitler, mais bon, il t'aurait tiré dessus.

— (Éric) Oui, c'est vrai, tu as raison ! Il m'aurait tué de toute façon ! Je suis une putain de héros !

— (Alex) Oui, voilà !

Éric reprenait du poil de la bête, il se concentrait maintenant à trouver ce coffre. C'est Graham qui le trouva derrière des livres de la bibliothèque qui étaient tombés.

— (Éric et Alex en cœur) La bibliothèque. Classique.

— (Graham) Bon les gars, il faut un code, si vous avez une idée parce que moi je ne sais pas.

— (Alex) Continuons de fouiller. Peut-être qu'il y a un post-it ou un truc du genre dans son bureau.

Dans le bureau il y avait un tiroir qui contenait un grand miroir, une brosse à cheveux, des pastilles à mâcher, du parfum, une pince à épiler ainsi qu'un morceau de papier. Traduit par Graham, celui-ci décrivait une énigme : « Si on ne se réfère pas à son utilité première pour s'élever, une fois trempé, on peut s'en servir pour élever son esprit ».

— (Graham) Je suis nul en devinette.

— (Alex) Ne t'en fais pas, nous, on est les meilleurs pour ça !

Il avait raison, en quelques instants il trouva la solution.

— (Alex) Je l'ai, je crois ! Graham tu peux écrire le mot plume s'il te plaît ?

— (Éric) Oui plume, bien jouée !

— (Graham) C'est bon ça marche par contre j'ai une mauvaise nouvelle, il en faut encore un.

— (Alex) Merde. Bon, continuons à chercher, il y a peut-être un autre morceau de papier quelque part.

Cependant, ils ne trouvèrent rien de cela dans la chambre. Éric alors persuadé, retourna au tiroir.

— (Éric) C'est forcément ici !

— (Alex) Peut-être, en tout cas moi là je sèche.

— (Éric) Oh ! Je crois que je l'ai ! Plutôt malin !

— (Alex) Ba vas-y, accouches.

Il prit fièrement la brosse à cheveux dans les mains et la montra à Alex.

— (Alex) Oui. C'est une brosse c'est normal dans un tiroir, aussi un « placard de toilette » ça ne me donne pas... Oh ! Oui, c'est malin !

— (Graham) Et donc ? Moi je n'ai pas compris.

— (Éric) Le dernier mot de passe c'est cheveux ! Dit Éric fièrement

— (Graham) Hein ?

— (Alex) Oui ! Les Grumboks, ils n'ont pas de cheveux !

— (Graham) Ah ! OK. Oui pas mal. Ça marche. Par contre, il est vide.

— (Éric) Évidemment.

— (Graham) Ah si, il y a un symbole de l'horizon noir.

Éric se gratta la barbe.

— (Éric) Ça veut dire qu'ils ont ce qu'ils voulaient du prince ! Si on ne le retrouve pas vite, on risque de ne jamais le retrouver.

— (Graham) La seule chose que je vois c'est les bas-quartiers. C'est un
    endroit où les pauvres et gênants sont presque jetés. Je crois savoir
    qu'il y a un endroit où il pourrait être.
— (Éric) Plus une minute à perdre on y va.

Ils rechargèrent leurs armes, empruntèrent une voiture volante dans le
garage du prince et foncèrent vers les bas-quartiers.

Sur le chemin Alex put enfin appeler les secours pour sauver le garde.
Quelques minutes leur suffirent pour arriver à destination au vu de la
vitesse de conduite de Graham. L'endroit était sombre, très sombre.
Graham expliqua la situation.

— (Graham) On appelle ça les bas-quartiers car ils sont sous la ville. Ici
    le soleil ne perce pas. Certains sont devenus aveugles à force de vivre
    ici. Enfin survivre. J'ai un ou deux contacts ici du temps où.

Il marqua une légère pause puis reprit.

— (Graham) Où j'avais besoin d'argent, disons. Ils pourront peut-être
    nous aider. Attendez-moi là, je reviens.
— Il partit en direction d'un autre membre de son espèce et après s'être
    allégé de quelques pièces, il revint.
— (Graham) Apparemment, ils auraient été vus dans le quartier sud.
    Suivez-moi.

À partir de maintenant, il n'était plus question de se déplacer en véhicule,
les rues étaient bien trop étroites et chaque carrefour était un vrai coupe-
gorge. Arrivant dans le quartier Graham s'arrêta.

— (Graham) C'est par ici, par contre je ne sais pas exactement où.
— (Éric) Il faut visiter chaque bâtiment, on n'a pas le choix.
    Commençons par le premier, celui-là.

Éric montra du doigt une entrée de maison à quelques pas. À la manière
d'une équipe du GIGN, ils entrèrent dans l'habitation leur arme dans les
mains. Seule une femme se trouvait là, apeurée suite à cette entrée

fracassante. Alex baissa tout de suite son arme et s'approcha pour la rassurer.

— (Alex) Non, non. N'ayez pas peur on ne vient pas pour vous ! On cherche l'horizon noir. Je n'ai aucune idée de qui vous êtes, dites-nous simplement si vous les avez vus et on s'en va.

Éric et Graham baissèrent également leurs armes et la Grumbok femelle tendit son bras ailé en direction d'un bâtiment non loin de là.

— (Alex) Très bien madame. Merci beaucoup ! Vous ne savez pas combien ils sont par hasard ?

Elle fit non de la tête

— (Alex) C'est parfait. Nous nous en allons. Pardon pour le dérangement et dans le doute partez d'ici pendant quelques heures cela vaut mieux.

Elle ne se fit pas prier et détala.

— (Graham) Bon maintenant on sait où ils sont. J'informe les autorités.

— (Éric) Cela ne change pas la situation, ils ne seront sans doute pas là à temps.

— (Alex) Oui, on doit y aller. Confirma Alex.

— (Graham) Je comptais y aller avec ou sans vous de toute façon, mais merci de rester.

— (Alex et Éric) Allons-y !

Deux portes menaient au dit bâtiment. L'une au nord et l'autre à l'ouest. Graham étant plus expérimenté se chargerait seul de la porte nord tandis qu'Alex et Éric ouvriraient la porte ouest. Ils utilisèrent leur système de communication pour synchroniser leur entrée. D'un coup de pied puissant Éric explosa la porte qu'il pensait un peu plus résistante, pendant que Graham ouvrait sa porte plus discrètement. Un peu plus de résistances s'offraient à eux. Les ennemies au nombre de trois se tenaient dans le coin sud-est, nord-ouest le dernier était aux côtés du prince assit sur une chaise tachée de sang en plein milieu de la salle. Éric par réflexe tira sur le membre de l'horizon noir qui se tenait près du prince et le toucha à l'épaule. Les ravisseurs totalement pris au dépourvu ne réagirent pas immédiatement, laissant le temps à Graham de plonger une balle dans la poitrine de l'homme au coin sud. Cependant, le dernier tira sur Alex qui était en train de le viser et Alex reçut une balle dans son flanc droit légèrement en dessous du foie. Éric se précipita au secours d'Alex et le tira hors de la ligne de tir ennemi alors que Graham finissait de tuer le dernier ennemi. Graham inspecta le corps de l'ennemie près de lui afin de s'assurer de son trépas. Éric aida Alex à se relever et ils entrèrent dans la pièce. Graham était méfiant. La sécurité était faible, mais il fallait vérifier l'état du prince. Alors qu'il approcha sa patte du prince pour vérifier s'il était encore vivant. Son souffle se coupa. Il poussa un long soulagement. Le prince était vivant.

— (Graham) Aidez-moi à le sortir de là.

Éric reposa Alex près du mur et aida Graham à défaire les liens qui le retenaient prisonnier de sa chaise quand un bruit survint. C'était celui d'un tic-tac d'une bombe qui était sur le point d'exploser ! Graham n'avait pas pris le temps d'examiner le soldat qui se tenait près du prince, car il était trop préoccupé de son état. Celui-ci était encore en vie et venait d'enclencher le détonateur. Pris de panique, Éric chercha ce qu'il avait pu déclencher. Il se souvint que la balle n'avait touché que l'épaule du soldat et qu'il n'était probablement pas mort. Mais il était trop tard, le compte à rebours sonore arrivait à son paroxysme et son esprit chercha alors dans sa mémoire tout élément pouvant le sauver. Il vivait ce qu'il appela plus tard, voire sa vie défiler devant ses yeux. Mais rien à faire. Aucune solution ne lui parvenait. Le fameux tic-tac se faisait de plus en plus rapide. Graham cherchait désespérément la bombe. Alex, adossé à un mur de la pièce, avait presque abandonné, dans son état il n'aurait pas pu aller bien loin. Éric paniquait, puis il commença à perdre le contrôle de lui-même. Alex le vit trembler, ses yeux révulser. Il ressentait la douleur et le désarroi de son ami, lui crispant la poitrine. S'en suivit un bruit presque sifflant, accompagné d'un grand flash.

CHAPITRE 3

Balek était un Traburien. Une race Alien parmi les plus anciennes de la galaxie, mais aussi l'une des plus arrogantes. Il ne venait pas d'une grande famille ni d'une pauvre. Il était issu simplement de la classe moyenne avec tout ce que cela implique. Son enfance n'avait rien d'exceptionnel, et pourtant quelques années plus tard, lors des premiers cours de médecine dispensés par son école, il découvrira une passion qui le mènera sur des routes dangereuses. En effet, son peuple pensant être le plus évolué, la coutume sociale voulait que l'étude des espèces considérées inférieures fût inutile, voire dégradante. Malheureusement pour Balek qui avait pris goût à la beauté de l'être vivant en général. Étudiant le corps Traburien le jour et les autres créatures la nuit il passa aisément sa scolarité de médecine et continua ses recherches en secret. Bien sûr, ses parents l'avaient remarqué et avaient essayé de l'en dissuader, mais Balek jouait le rôle du fils irréprochable à la perfection. Il était intelligent et il savait bien que sa passion ne lui jouerait que de mauvais tours s'il ne se faisait pas aimer et discret. Il continua son train de vie plusieurs années si bien qu'il connaissait presque sur le bout des doigts l'anatomie de chaque créature de sa planète. Mais cela ne suffisait pas, il devait y avoir des créatures gigantesques et incroyables sur d'autres planètes de la galaxie, se disait-il. Il commença alors à voler çà et là des reliques contenant des savoirs sur les autres espèces de la galaxie. Le manège dura encore quelques années jusqu'à ce que quelqu'un remarque les traces d'effraction. Suivant un schéma coordonné de larcins dans un ordre précis, il ne fallut pas longtemps à la police pour l'attraper. Son nom et sa réputation lui permirent d'éviter le plus gros des ennuis, mais la nouvelle avait fait écho. Il travaillait sur des recherches taboues depuis des années et maintenant les gens l'évitaient. Ne voyant plus d'autres solutions pour continuer sa passion, il décida de partir vers les confins de l'univers. Il vendit tous ses meubles, tous ses biens et acheta un petit vaisseau spatial d'occasion et quitta sans même lancer un regard en arrière sa planète, loin de ces gens si étroits d'esprit. Commencèrent alors les plus belles années de sa vie, où il sillonnait l'espace se posant presque sur chaque planète tel un explorateur. Il fit des rencontres avec d'autres personnes de différentes espèces qui l'accompagnèrent, porté par le même désir de découverte, par la même curiosité insatiable. Malheureusement pour l'équipage de ce vieux rafiot, toutes les bonnes choses ont une fin. Tout le monde ne parcourt pas les systèmes stellaires habités par des intentions aussi nobles. Au détour d'une lune, un vaisseau inamical en recherche de médecin croisa leur chemin. Inutile de comparer la puissance de feu des vaisseaux, Balek et ses compagnons furent capturés et séparés. Chacun sur un vaisseau différent. Ses qualités de médecin étaient prisées par l'équipage et il fut traité relativement bien pour un esclave.

Quelques semaines plus tard, des bruits de combat faisaient trembler le vaisseau. Depuis la capsule de sauvetage qui lui servait de cellule, Balek voyait les membres d'équipages paniquer et courir dans tous les sens. Des explosions et des incendies apparaissaient un peu partout. Des tirs et des cadavres passaient devant ses yeux. Les tremblements cessèrent, le combat était fini, et d'après le silence qui régnait autour de lui, il était difficile de penser que ses ravisseurs avaient gagné. Sa capsule venait d'être récupérée par un autre équipage. Balek apercevait du petit hublot de sa cellule, l'épave de sa prison. Il poussa un léger bruit de joie, aussitôt suivi d'un tas de questions. Était-ce des sauveurs ou des esclavagistes qui le récupéraient à présent ? Amarrée au hangar du vaisseau conquérant, la capsule s'ouvrit sur trois individus le braquant. L'un d'eux cria :

— (Éric) Tu es qui ? Qu'est-ce que tu faisais sur ce vaisseau ?

— (Balek) Ne tirez pas, ne tirez pas ! Je m'appelle Balek.

Deux des braqueurs ne purent retenir un petit ricanement.

— (Alex) Il est de quelle espèce Graham ?

— (Graham) C'est un Traburien.

— (Éric) Ils sont tous comme ça ? Petit, bleu-gris et à la peau sèche ?

— (Graham) Dans l'ensemble oui, ils vous ressemblent un peu, par contre pour la couleur j'en ai vu des différents.

— (Alex) Que faisais-tu sur ce vaisseau ? Balek ?

— (Balek) Je suis médecin. J'étais retenu captif ! J'ai rien avoir avec eux !

L'un de ceux qui avaient rigolé à l'écoute de son nom regarda l'autre.

— (Éric) Ça tombe bien un médecin ! Ça complète un peu plus l'équipage.

— (Alex) Oui, c'est vrai. Se tournant maintenant vers Balek les armes baissées. Bienvenue à bord de l'interstelar42. Je m'appelle Alex, lui c'est Éric et l'emplumé là c'est Graham.

— (Balek) Merci ! Merci je ne vous décevrai pas !

— (Éric) J'espère bien, on t'a sauvé quand même, dit Éric fier de sa victoire à sa première bataille spatiale.

— (Alex) Il peut peut-être nous aider pour le cristal non ?

— (Éric) Oui pas con. Tu sais ce que c'est ça ?

Éric tendit une sorte de cristal d'une quinzaine de centimètres de long pour quelques-uns de larges.

— (Balek) Oui, c'est un cristal neuronal. C'est extrêmement rare, où avez-vous trouvé ça ?

— (Éric) En fait, on nous l'a donné.

— (Balek) Comment ça ? Ce n'est pas quelque chose qui se donne normalement.

— (Alex) Oui plus ou moins. On était sur Gralia et là je pense qu'un homme nous est rentré dedans. Normalement, c'est une tactique de voleur, mais là on est reparti avec plus qu'au départ.

— (Éric) Dans ma poche, j'avais ce cristal et ce papier où un homme disait qu'il était poursuivi et qu'il fallait sauver sa fille. Alors, en tant que preux chevalier, on a décidé d'aider la princesse en détresse, dit Éric en bombant le torse pour rire avec Alex.

— (Balek) La princesse, je pense que vous l'avez dans les mains.

Les trois interlocuteurs regardaient avec attention le cristal.

— (Balek) Oui, ce que vous tenez dans les mains est un cristal particulier puisque l'on peut modifier aisément les liaisons entre les atomes qui le constituent et ainsi recréer le schéma global d'un encéphalogramme. Il est donc possible en théorie de copier l'état neuronal d'un cerveau humain et ainsi...

Voyant les yeux grands ouverts de ses trois nouveaux compagnons, il simplifia l'explication.

— (Balek) Si vous voulez, les atomes sont comme des neurones et donc vous avez là le cerveau d'un humain à instant particulier de sa vie.

— (Éric) Ah ! Et je ne vais pas l'abîmer ?

— Éric faisait beaucoup plus attention à ce qu'il tenait.

— (Balek) Non, je pense que la couche extérieure a était réalisée dans le but de pouvoir le transporter. En revanche si vous avez une interface M210 intégré à un module biomodulaire je peux sûrement vous en dire davantage à son sujet.

— (Alex) À tes souhaits, répondit Alex en rigolant.

— (Éric) Oui, je dois avoir ça sur moi quelque part, attends que je te retrouve ça.

Éric feignait de chercher dans ses poches comme on cherche son portefeuille au moment de l'addition, ne pouvait se retenir de rire.

— (Balek) Oui, pardon, vous avez une baie médicale ?

— (Éric) Oui ! Ça, on l'a ! Suis-moi.

Éric fit signe à Balek de le suivre et ils se dirigèrent vers l'infirmerie du vaisseau. Balek avança vers le module de chirurgie. Pendant qu'il vérifiait les équipements de l'infirmerie, Éric se rapprocha d'Alex.

— (Éric) Tu crois que Paul s'est retrouvé sur une planète paumée et qu'il s'est fait capturer par des esclavagistes comme ce gars-là ? Ou pire, il est arrivé dans l'espace et il est mort ?

Éric était visiblement atteint par cette idée et ce sentiment contamina également Alex. Il lui répondit pour le rassurer sur le sort de leur ami et se convaincre lui-même qu'il allait bien, quelque part dans cette galaxie.

— (Alex) Tu parles, avec la chance qu'a ce type, je te parie mille clings qu'il a atterri sur une planète d'amazone super sexy et qu'il sirote des cocktails en nous attendant.

— (Éric) Tu as tellement raison ! L'enfoiré ! Quand je pense que je me faisais du souci pour lui.

— (Alex) Ce type-là est trop coriace pour cette galaxie.

Balek s'était presque allongé sous les équipements pour en vérifier tous les systèmes, tel un mécanicien examinant le dessous d'une voiture, avant de se relever.

— (Balek) Ah ! Voilà ! Donnez-moi le cristal s'il vous plaît.

— (Éric) Tu vois, on en avait un de module biomachin !

— (Balek) Bien, voyons si ça marche.

Des bruits électroniques sortaient de la machine, suivis par des bruits dans tout le vaisseau.

— (Balek) Je vous avoue que c'est pour moi la première fois que j'étudie un tel cristal avec une personnalité à l'intérieur. Ça n'a jamais été essayé. J'ai hâte de voir ce que cela donne !

L'excitation de Balek se sentait dans sa voix. Il retrouvait après sa période de captivité le goût de la découverte. La voix de Saphir parla sur les haut-parleurs du vaisseau afin que tout le monde puisse entendre, y compris le médecin qui n'avait pas de système de communication.

— (Saphir) Capitaine, j'enregistre des programmes inconnus qui surgissent dans à peu près tous les secteurs, je n'arrive pas à les contenir. Il pourrait s'agir d'un v...

La voix de Saphir se tue. Éric et Alex l'appelèrent, mais ils n'eurent aucune réponse. Ils lancèrent un regard assassin à Balek pendant que lui réfléchissait à ce qui venait de se passer. Puis quelques instants plus tard, les bruits laissèrent place à une douce voix féminine.

— (Voix féminine) Que, Quoi, Que se passe-t-il ? J'ai mal à la tête. Où suis-je ?

— (Alex) Euh, bonjour. Tu es à bord, ou devrais-je dire dans un cristal ou le vaisseau maintenant. Je ne sais plus trop non plus.

— (Éric) Je suis le capitaine de l'interstelar42 et votre père nous à donner un cristal et un mot disant de vous sauver. Veuillez décliner votre identité, madame s'il vous plaît. Pour cette dernière phrase, Éric prenait un accent du sud en regardant Alex.

— (Victoria) Je m'appelle Victoria. Et euh, aie ma tête. La voix de Saphir resurgit.

— (Saphir) Capitaine, j'ai récupéré la plupart des systèmes, mais je n'arrive toujours pas à isoler l'origine du problème.

— (Éric) Ah saphir tu es là. Ne t'en fais pas, ne touche à rien. Laisse parler Victoria, mais garde les systèmes vitaux du vaisseau sous contrôle.

— (Saphir) Bien reçu capitaine.

— (Victoria) Hum, j'arrive à voir. Je suis vraiment dans le vaisseau ! Comment c'est possible ?

Balek lui expliqua la situation, et contrairement aux autres elle comprit du premier coup.

— (Victoria) Je commence à comprendre. En réalité, mon corps est très malade. J'ai une maladie incurable très rare et évidemment très mortelle. Donc je suppose que mon père m'a mis là-dedans pour me sauver. D'ailleurs où est mon père ?

— (Éric) Euh, comment dire ça délicatement. Je pense que ton père est mort.

Éric annonça cette nouvelle comme si de rien n'était alors qu'Alex acquiesçait en faisant une légère grimace, à peine surpris par la froideur d'Éric.

— (Victoria) Quoi ! Comment vous le savez ? Que s'est-il passé ?

— (Éric) En fait, ton père t'a glissé dans ma poche en disant qu'il était suivi par des humanistes où je sais plus quoi et qu'il allait probablement mourir et on devait vous dire qu'il vous aime au fait.

— (Victoria) Mon dieu. Mon père est mort. Tout ça à cause de ces enfoirés de prohumaniste !

— (Alex) Voilà prohumaniste ! C'est ça. Dit Alex qui ne se souvenait plus du nom exact. Peux-tu nous dire la dernière chose dont tu te souviens ?

— (Victoria) J'étais dans le laboratoire de mon père. Mon état s'était empiré alors il m'a mis dans un coma artificiel ou je ne sais quoi et on s'est dit au revoir.

Saphir coupa la conversation.

— (Saphir) Capitaine, la présence de Victoria dans les systèmes dégrade fortement les caractéristiques du vaisseau. De plus il m'est plus difficile de traiter les informations et de partager l'espace.

— (Victoria) Si tu crois que ça me fait plaisir d'être là-dedans, en plus d'apprendre que mon père est probablement mort. Je ne suis même pas sûr que mon corps soit encore viable.

Pour essayer de calmer la situation qui commençait à se dégrader, Alex tentait de définir la suite des événements.

— (Éric) Victoria, sais-tu où est le labo de ton père ? On a un médecin, peut-être que notre nouveau membre saura guérir ton corps non ?

— (Balek) Je ne peux rien dire pour l'instant. Savez-vous de quoi vous êtes atteinte ?

— (Victoria) Non, je ne connais pas exactement, je suis désolée. Mais mon père avait fait énormément de recherche dessus. Il doit avoir ces informations dans son labo.

— (Éric) Très bien ! Nous avons notre destination. Victoria montre nous le chemin.

Victoria qui commençait à prendre de plus en plus conscience de son état pouvait maintenant interagir avec d'autres systèmes du vaisseau. Elle afficha alors la carte de la galaxie et indiqua alors une petite planète à quelques systèmes de leur position. Alex regardait en plissant les yeux pour mieux voir leur destination.

— (Alex) Ducalion. En route pour Ducalion. Saphir, on va mettre combien de temps pour arriver là-bas ?

— (Saphir) Nous devrions mettre trois jours pour atteindre la planète.

— (Alex) Bon Balek. Tu sais jouer au Tomba ?

Alex sortit alors le jeu de cartes qu'ils avaient trouvé dans les quartiers d'équipage et dont Graham leur avait expliqué les règles. Balek qui avait repris des couleurs accepta.

— (Balek) Je n'ai aucun patient actuellement.

— (Victoria) Vous allez vraiment m'aider ? Mais on ne se connaît même pas, et je n'ai pas grand-chose pour vous remercier.

Éric lui répondit alors qu'il commençait à distribuer les cartes que cela n'avait pas d'importance.

— (Éric) On voulait explorer un peu la galaxie avant d'aller au royaume du Loupa de toute façon. C'est une bonne occasion. Et puis on ne va pas te laisser comme ça. Après Saphir, va gueuler.

— (Victoria) Merci beaucoup.

— (Saphir) Je n'ai pas les concepts de l'énervement, mais je vous remercie de votre sollicitude capitaine.

Les trois jours passèrent rapidement pour Saphir et Victoria qui discutaient longuement. Victoria s'étant excusé de s'être emporté et Saphir de ne pas comprendre les émotions, elles s'étaient rapprochées. Saphir lui expliquait comment mieux contrôler les systèmes du vaisseau et Victoria essayait de lui expliquer les émotions humaines. Pour les êtres biologiques du vaisseau, les trois jours passèrent vite également. Balek décortiquait chaque mot de la base de données du vaisseau. Celui-ci, étant à l'origine un vaisseau d'exploration, regorgeait d'informations en tous genres sur différentes espèces Aliens rencontrées au cours de ses voyages. Il passa donc son temps à lire cette mine d'or. Éric et Alex passaient leur temps libre sur des jeux vidéo qui était dans le salon et était parfois rejoint par Graham lorsqu'il n'était pas affairé à l'entretien des armes ou trop soûl pour jouer correctement. Soudain, les moteurs supraluminiques s'arrêtèrent et la voix de Victoria se fit entendre dans tout le vaisseau.

— (Victoria) On y est ! c'est ma planète ! Ducalion !

Tous cessèrent leur activité et se dirigèrent vers le poste de commande. Éric prit la parole.

— (Éric) Bon ! On y va comment ? Parce qu'on va sûrement être attendu là-bas non ?

— (Alex) Les prohumanistes doivent être en train de fouiller le labo je pense.

— (Victoria) Je ne pense pas. Le laboratoire de mon père est très bien caché.

— (Éric) Très bien donc, je propose que tu restes avec Saphir et que tu nous guides à travers la ville et nous on y va avec Graham ?

— (Balek) Ça me va. S'il y a un combat, je ne serai pas d'une grande aide. Par contre, j'ai préparé des sérums revitalisants. Cela permettra de limiter le plus gros des dégâts s'il vous arrive quelque chose.

— (Alex) Très gentil ! j'en prends un merci !

Graham et Éric le remercièrent également alors que Graham s'inquiétait du peu d'équipement à leur disposition.

— (Graham) J'ai pris soin des armes, mais elles sont de faible puissance et nous n'avons pas de combinaison de combat. J'espère que nous n'aurons pas à faire face à trop de résistance.

— (Alex) On peut prendre l'argent qu'on a et faire des achats sur place, il doit bien avoir de quoi s'équiper ?

— (Victoria) Oui, le spatioport est un endroit destiné au marchand. Il devrait y avoir ce que vous recherchez. Par contre, que comptez-vous faire une fois arrivé ?

— (Éric) Une fois que tout sera sécurisé, on demandera à Balek de venir en te remettant dans le cristal et s'il peut, te soigner pour te remettre dans ton corps. Ça te va ?

— (Victoria) A vrai dire, je vous dois tellement déjà, bien sûr que cela me va.

— (Alex) Alors, on est parti !

Sur le chemin, Alex s'inquiéta de Balek.

— (Alex) Éric, tu es sûr que c'est bon de laisser Balek dans le vaisseau tout seul ? On ne le connaît même pas ?

— (Éric) Oui t'inquiète, il n'a pas l'air méchant, et puis Saphir ne bougera pas l'interstellar42 sans mon autorisation.

— (Alex) Ah ouais, je n'y avais pas pensé. C'est bon pour moi alors.

Les trois soldats partirent s'équiper à l'armurerie et prirent la navette en direction de la capitale, les poches pleines d'argent.

Des vaisseaux de différentes technologies se croisaient au-dessus de la capitale. La plupart étaient semblables à des dirigeables de toutes tailles. Quelques vaisseaux plus avancés comme leur navette sortaient de grands entrepôts.

— (Éric) Wow ! C'est un monde steam punk ! Quand on aura retrouvé Paul faudra qu'on l'emmène ici, il va kiffer.

— (Alex) Ah ouais ? Je ne savais pas, mais ça ne m'étonne pas. Mais comment ça peut exister un truc pareil ?

— (Graham) La population de la planète est très jeune comparée aux autres. Ça explique son retard technologique.

— (Éric) Oui, mais là on voit presque notre histoire, la révolution industrielle et tout, mais on n'a pas ça sur terre.

Éric montrait des objets et des tenus trop sophistiqués pour le XVIII siècle sur Terre.

— (Victoria) Je ne sais pas trop de quoi vous parlez, mais la plupart des technologies que vous voyez ici sont issues de rétro-ingénierie et d'échanges avec d'autres espèces plus avancées de la galaxie. À vrai dire, ce monde se situe sur le chemin entre les empires humains et Grumbok.

— (Alex) C'est donc une étape sur la route vu qu'on doit bien mettre une semaine de trajet, ça se comprend qu'on veuille s'arrêter. En tout cas, on va pouvoir s'acheter de l'équipement, c'est cool.

— (Éric) Allez ! go shopping !

— (Alex) Personnellement, je ne sais pas trop les différences entre les armes. En revanche, je connais la différence entre un T-shirt et une armure comme le gars-là, et c'est mon espérance de vie.

— Alex montrait un humain dans une exoarmure gigantesque.

— (Éric) Allons voir combien ça coûte déjà.

Guidé par Victoria via le système de communication. Ils arrivèrent tous les trois dans un quartier marchant. Un vendeur exposait des armures somptueuses au prix exorbitant.

— (Éric) Oh la vache ! Ce n'est pas donné. Il va falloir faire un choix.

— (Graham) J'étais sniper dans l'armée, j'ai plus un rôle de soutien donc je n'ai pas besoin d'armure.

— (Éric) Moi je la jouerai bien sneaky. Le mec discret qui attaque dans le dos.

— (Alex) Ça tombe bien, je voulais une grosse armure, je ferai le tank comme ça, et puis si ça tourne mal pour toi je viens te chercher et Graham couvre ta retraite.

— (Éric) Ouais ! Ça c'est de l'équipe ! On va tout déchirer !

Éric et Alex se frappèrent dans la main et firent de même avec Graham qui commençait à s'habituer aux rituels des deux Terriens même si cela lui semblait étrange par moments. La combinaison d'Éric lui faisait comme une seconde peau. Très souple et très légère, il pouvait se mouvoir aisément, au détriment de sa résistance. De couleur noire, elle donnait envie à Éric de devenir un cousin éloigné du Batman. Alex quant à lui avait une armure imposante. Si sa mobilité était à présent amoindrie, sa survie, elle, était assurée. Disposant d'un petit générateur de bouclier absorbant l'énergie cinétique, Alex se sentait invincible. Aussi lourd qu'un char, il devait faire de grand pas pour suivre la cadence de ses équipiers.

Leur tactique et leur poste bien défini, les trois aventuriers maintenant bien équipés, se dirigeaient vers le laboratoire secret.

— (Alex) Cette armure est géniale, j'ai l'impression d'être invincible ! En plus, mes mouvements sont aidés, on dirait une armure assistée dans fallout.

— (Éric) J'avoue que ce serait stylé d'avoir une armure assistée ou une armure de Space Marine, mais faut pas abuser, après se serait trop simple.

Graham continuait de les suivre, ne comprenant pas la moitié de ce que racontaient les deux hommes puis au détour d'une rue, il remarqua un individu louche. Celui-ci portait un manteau de cuir noir et un feutre de la même couleur, cachant partiellement son visage. Il ne faisait pas de doute pour Graham que cet homme les suivait.

— (Graham) Éric, Alex, on est suivi. Un homme sur la gauche dans le petit cabanon à trente mètres.

— (Éric) Il est où exactement ?

— (Alex) Je ne sais pas. Demande à Graham.

Éric et Alex tournèrent la tête lentement, tentant d'être le plus discrets possible. Mais évidemment, deux personnes qui se retournent en même temps dans la même direction, l'individu le remarqua immédiatement et se cacha.

— (Éric) Merde ! il nous a repéré. On y va !

Ils avancèrent tous les trois d'un pas soutenu. Il n'y avait qu'une porte à l'abri en bois où se terrait l'espion. Graham et Éric dégainèrent leurs armes et avancèrent vers la porte. Alex qui était devenu plus massif maintenant, se disait qu'il ne serait pas très malin de passer par cette porte et gêner la ligne de tir. Mais plutôt que de trouver un autre accès, galvanisé par son dernier achat, il décida de créer sa propre entrée. Il prit du recul afin de gagner de l'élan et attendait les premiers combats. Graham et Éric ouvraient la porte. L'homme tenait déjà son arme et la pointait en direction de la porte. Dès les premiers coups de feu échangés, Alex fonça en direction du mur d'où provenait le bruit du pistolet. L'épaule gauche en avant, Alex traversa la cloison de bois comme si c'était du papier et arriva au contact de l'ennemie désormais en très mauvaise posture. Alex le maîtrisa sans mal, aidé de son armure et commença alors un interrogatoire musclé.

— (Éric) T'es qui ? Pour qui tu bosses ? Pourquoi tu nous observais ?

— (espion) Hein ! De quoi ? Mais vous êtes malades, je n'ai rien fait moi. C'est vous qui m'êtes tombé dessus.

— (Alex) Mauvaise réponse !

Alex écrasa le bras de l'espion et lui cassa le cubitus au passage.

— (espion) Ah ! putain, vous êtes fou, ça fait super mal !

— (Éric) Tu vas parler maintenant ? dit Éric en faisant craquer ses poings.

— (espion) OK ok. Je ne suis qu'un sous-fifre moi, je ne sais pas grand-chose. J'ai besoin d'argent alors j'ai accepté quand un mec m'a dit de vous suivre. Je n'ai pas dit non vous comprenez. Et je n'ai pas posé de questions non plus. Avec ces gens, moins t'en sais mieux c'est.

— (Éric) Et tu sais autre chose ?

— (espion) Je sais qu'il cherche un endroit secret ou je ne sais pas quoi et qu'ils le défendent, mais je n'en sais pas plus je le jure !

— (Éric) Je pense qu'il n'en sait pas plus, mais on ne peut pas le laisser partir non plus. On peut l'assommer, je pense

— (espion) Eh, je vous entends, vous savez. Vous n'êtes pas obligé hein ? je ne dirai rien, promis !

Alex se tourna vers l'espion et lui envoya un coup sec, mais pas trop fort. Ne connaissant plus vraiment sa force à présent il ne voulait pas lui faire trop de mal. Malheureusement pour l'interrogé, ce coup n'était pas assez fort et ne fit que lui casser le nez.

— (espion) Ah ! Mais arrêtez merde!

— (Alex) Ah mince, pas assez fort,

Alex voulut asséner un deuxième coup plus puissant.

Cette fois le coup était trop puissant. Son poing s'enfonça dans le visage du pauvre homme, et le tua sur le coup. Alex retira son poing lentement, presque désolé d'avoir tué cet homme qui n'en méritait pas tant.

— (Alex) Je suis vraiment désolé. Au moins, il ne parlera plus comme ça.

— (Éric) Oui, c'est sûr. Allez, on continue.

Les indications de Victoria les menèrent vers un entrepôt en bordure de la ville. Celui-ci était cylindrique d'une trentaine de mètres de diamètre sur presque une dizaine de haut. La porte principale du hangar, d'où devaient transiter les moyens de transport chargeant ou déchargeant leur cargaison, était fermée. Pas moyen de l'ouvrir sans réveiller les morts à deux kilomètres à la ronde. Ils trouvèrent la porte de service quelques mètres plus loin. Le temps de faire une dernière fois le point sur la stratégie, ils entrèrent enfin. Tout était éteint. Ils pouvaient distinguer dans la pénombre des caisses posées çà et là ainsi qu'une grande grue. Celle-ci pouvait tourner sur le bord extérieur du hangar en rond et transporter les caisses dans une fosse qui faisait penser à un cylindre creusé s'enfonçant de quelques mètres. Ils avancèrent presque à tâtons faisant attention à ne pas tomber dans le trou. Soudain, les lumières s'allumèrent dans tout l'entrepôt. Ils pouvaient voir à présent un avancement qui venait depuis l'autre côté, jusqu'au centre de la fausse, surplombant celle-ci. Au bout de ce ponton, des caisses empilées se mirent à voler. Un robot immense les avait poussés en contrebas. Ce monstre de métal avait un buste humanoïde posé sur un châssis comportant des chenilles, tel un char. Il était lourdement armé puisque des sulfateuses lui faisaient office de main et il les dirigeait maintenant vers les trois intrus. Éric et Graham remarquèrent des renfoncements sur la droite et la gauche du mastodonte avec des écrans de contrôle qui devait servir à utiliser la grue. Alex, quant à lui, voyait un adversaire à sa taille. Il vit dans la grue le moyen d'atteindre son ennemi sans faire le tour par la passerelle. Il courut pour se mettre entre Éric qui courait vers la droite du robot et le robot lui-même pour le protéger. Graham partit dans l'autre direction. Alex se doutait que la partie la plus blindée se trouvait face à lui et qu'il aurait plus de chances de faire des dégâts en lui en l'attaquant dans le dos. De la vapeur sortait de tuyaux dans le dos de l'ennemie et les deux sulfateuses si mirent à tourner et déverser un nombre de balles impressionnant sur Éric et Alex le couvrant. Alex venait de trouver son angle d'attaque, il devait endommager le système qui venait de siffler la vapeur. Cependant, même si lui et Éric étaient arrivés à mi-chemin une partie des balles l'avaient touché et son bouclier était maintenant hors d'usage. Éric continua en direction des commandes de la grue qu'il venait de passer pendant qu'Alex entamait son ascension. Graham arriva plus rapidement au niveau du renfoncement, mais là un homme qui se cachait derrière des caisses, sortit et lui tira dessus. Grâce à ses réflexes, Graham parvint à faire un bon dans le renfoncement et esquiver la balle. Alors qu'il commençait à répliquer, un autre individu positionné au même endroit, mais du côté d'Éric ouvrit également le feu sur Graham. Éric se dit que c'était l'occasion de voir s'il avait des compétences de ninja et d'attaquer par derrière ce nouvel assaillant. Malheureusement pour lui, ses talents ne se sont pas manifestés et l'ennemie se retourna. Éric comprenant que l'heure n'était plus à la discrétion, le mit en joue de son fusil et tira. La balle passa près des côtes, mais ne toucha pas son adversaire. Lui en revanche avait touché Éric dans son flanc gauche. Alex était maintenant sur le bras de la grue et couru dessus jusqu'au bout pendant que les balles le suiviaient de près, avant de sauter sur le robot. Il arriva comme prévu sur son dos et commença à taper dans tous les sens ce qu'il pouvait. Le robot se mit à tourner sur lui-même afin de faire tomber Alex, mais celui-ci tenu bon et comprit que le point faible était protégé. Il prit alors à deux mains la plaque de métal protégeant les circuits vitaux et l'arracha. La force qu'il avait générée pour arracher cette pièce de métal l'emporta lorsque la plaque se détacha et il tomba du robot, se retenant d'une main sur la passerelle. Graham et Éric continuaient à se battre sans prendre l'avantage. À cause de sa blessure, Éric ne pouvait pas tenir indéfiniment, et si l'ennemie le chargeait il ne pourrait pas se défendre. Il décida alors de guetter la moindre occasion pour charger et finir son adversaire avant de ne plus en être physiquement capable. Alex remonta avant que le coup puissant du robot ne s'abatte sur lui et finisse de le faire tomber. Il enchaîna un second coup de son bras droit, horizontal celui-ci, pour faucher Alex qui était au contact. Alex ne put l'éviter, mais parvint à se maintenir accroché dessus. Le robot secouait son bras pendant que l'autre tentait de la frapper. Malgré le poids imposant de sa nouvelle armure, Alex pouvait se mouvoir aisément et s'accrocha d'une main à l'épaule du robot, les pieds sur son torse. De sa main libre, il le frappa à la tête de plusieurs coups rapides. Son poing, métallique lui aussi, s'enfonça dans les systèmes optiques du robot qui se mit alors à tourner en rond sur lui-même en tirant à tout va. Les balles sifflèrent près d'Éric et celles-ci lui avaient donné le signal qu'il attendait. Alors que son opposant détourna le regard pour voir ce qui se passait au centre du bâtiment, Éric couru avec les forces qui lui restaient. La prochaine balle devait être décisive. Il devait se rapprocher pour être certain d'atteindre sa cible. Sa stratégie fut payante et il tira à plusieurs reprises dans le torse de son adversaire, ne lui laissant aucune chance de se relever. Leur machine de guerre en déroute et son camarade exterminé, le dernier opposant baissa également sa garde ce qui donna à Graham le peu de temps dont il avait besoin pour viser la tête et finir son combat. La partie n'était pourtant pas jouée d'avance. Le robot, bien qu'endommagé, restait fonctionnel et les coups à répétition d'Alex perdirent de leurs efficacités. Éric et Graham ayant à présent fini leur combat pouvaient maintenant aider Alex à se débarrasser du dernier ennemi. Tout en se mettant à l'abri à chaque tour que faisait le robot, ils pouvaient à présent tirer dans la partie qu'avait mise à découvert auparavant Alex. Après quelques tirs fructueux, le mastodonte finit par baisser les bras, vidé de toute énergie. Alex se laissa tomber, épuisé.

Ils reprirent leur souffle et rechargèrent leurs armes. Éric pansa tant bien que mal sa blessure. Elle n'était pas très grave et le sérum généreusement donné par Balek faisait son effet. Ils finirent par ouvrir une trappe cachée dans l'entrepôt qui les mena dans le laboratoire secret. Celui-ci n'était pas très grand, mais contenait toute sorte de schéma du corps humain, de biologie ainsi qu'un magnifique fusil de sniper modifié par le père de Victoria que ne manqua pas de notifier Éric. Au fond du laboratoire se tenait une cuve où flottait le corps en sous-vêtement de Victoria. Les lieux à présent sécurisés, Balek remit l'esprit de Victoria à l'intérieur du cristal et rejoignit le groupe au laboratoire. Balek mit plusieurs minutes à examiner les notes qu'avait laissées le père de Victoria et fit son compte rendu.

— (Balek) Messieurs, j'ai lu les notes de feu le père de la demoiselle. Je n'ai pas de bonnes nouvelles. Elle est atteinte d'une maladie très grave et à ce stade d'avancement j'estime ses chances de survie d'une contre cinq. En revanche, son père avait également prévu un système de secours, un plan B en somme. Un corps métallique où il serait plus simple de l'intégrer. Je dois tout de même vous prévenir qu'il y a un faible risque qu'une partie de sa psyché disparaisse.

— (Éric) J'ai vu Full Métal Alchimiste, ce n'est pas une vie d'être un robot.

— (Alex) Je suis d'accord sur ce point et puis quand on a un corps comme ça ce serait dommage de le perdre.

— (Éric) Exactement ! Au pire, elle meurt et elle souffre plus, tout ça. Je pense qu'il faut tenter.

— (Graham) Je suis d'accord également, enfin pour la partie du robot.

— (Balek) Très bien si tout le monde approuve, on va transporter son corps, une fois son esprit réintégré, au vaisseau le plus vite possible. Vu son état il ne faut pas perdre une seconde.

Le retour se fit sans encombre et arrivé sur le vaisseau, Balek commença le traitement de son nouveau patient. Les autres s'installèrent silencieusement dans le salon laissant la vie de Victoria entre les mains du médecin. Après plusieurs heures d'opérations, Balek sortit de l'infirmerie et rejoignit l'équipage qui était toujours aussi calme. Il s'approcha du canapé, ne répondant pas aux questions que posaient leurs yeux sur l'état de Victoria. Il prit la boisson des mains de Graham, se posa lourdement à côté de lui et but le verre cul sec.

— (Balek) Je fais ce que j'ai pu, tout dépend d'elle à présent, mais elle devrait s'en sortir.

L'équipage également lâcha un souffle de soulagement et Balek reçut également les remerciements de Saphir.

— (Alex) Bien joué Balek.

— (Éric) Beau travail.

— (Graham) Une touche féminine dans le vaisseau ne fera pas de mal. Je ne parle pas pour toi   Saphir, enfin tu me comprends ?

— (Saphir) J'ai un nom et une voix féminine, mais je n'ai en revanche pas de genre.

— (Graham) Excuse-moi tout de même.

— (Saphir) Capitaine, le moment passé à côtoyer Victoria dans le vaisseau m'a fait me poser beaucoup de questions. J'aimerais si vous le permettiez, avoir accès à plus de systèmes du vaisseau et une plus grande capacité de calcul.

— (Éric) Bien sûr, tu fais partie de l'équipage, fais ce que tu veux. Et même si tu veux qu'on te mette dans le corps robotique ou autre on peut t'aider.

— (Saphir) Merci beaucoup capitaine, mais je ne préfère pas. Je risquerai de perdre des données. Je ne ressens pas non plus le besoin d'un corps humanoïde.

— (Éric) Si jamais tu changes d'avis.

L'Interstelar42 resta en orbite autour de Ducalion, attendant que Victoria dise bonjour de vive voix.

CHAPITRE 4

Maintenant sur la voie de la guérison, Victoria appréciait pouvoir respirer et retrouver son corps. L'équipage passa la soirée suivante à échanger des histoires de leur vie. Eux qui ne se connaissaient pas tant que ça finalement se découvraient des passés compliqués, les rapprochant énormément. Graham était fier d'avoir fait une bonne action, lui qui depuis si longtemps faisait de petits boulots plus ou moins légaux pour pouvoir survivre. Il ne but qu'un seul verre ce soir-là et les mouvements sporadiques de ses plumes devinrent plus fluides. Balek quant à lui était heureux de voir que son nouveau chez lui était habité par des individus bons, lui qui était captif il y a encore quelques jours. Victoria racontait les histoires de son enfance avec son père telle une histoire de conte de fées. Elle rêvait de devenir chimiste pour aider son père. Son sourire se faisait de plus en plus grand à mesure qu'elle se rappelait ces histoires, ce qui allégea l'atmosphère. Alex et Éric se sentaient presque gênés devant des passés aussi lourds. Eux, à part le fait qu'ils auraient voulu vivre cette aventure avec Paul, tout était extraordinaire. Tel un rêve d'enfant, ils vivaient une histoire de science-fiction en tant que personnages principaux. Comment ne pouvaient-ils pas être heureux d'avoir leur propre vaisseau spatial et de voyager dans une galaxie inconnue, se disaient-ils. Puis sous l'ambiance du moment, ils repensèrent à la Terre et eurent un léger mal du pays. Eux aussi racontèrent les anecdotes qu'ils avaient avec Paul. Mais ils avaient rencontré trois compagnons avec lesquels des liens forts se tissaient et alors que chacun partageait ses anecdotes, Saphir alluma l'écran principal du salon.

— (Saphir) À tout l'équipage, j'ai reçu des nouvelles de Gralia. Elles devraient vous intéresser.

Tout le monde se tourna et regarda l'écran qui montrait les bas quartiers de Gralia. La commentatrice expliquait en voix off les faits du sauvetage de Bokur.

« Voici quelques images qui ont été trouvées sur le RIDIQ. D'après nos sources, le prince de la famille Galagel, le prince Bokur aurait été kidnappé par des criminels dont on ne connaît pas encore l'identité. Mais rassurez-vous, le prince a été sauvé et est en bonne santé grâce à trois individus que l'on peut apercevoir sur ces images. »

Les images sur l'écran montraient alors, de loin, les corps inconscients d'Alex, Éric, Graham et Bokur, transporté sur des civières

« Vous pouvez constater sur ces images amateurs, la violence des combats. Malheureusement, nos appareils d'enregistrement ont rencontré des difficultés près du lieu de l'incident et nous ne pouvons vous en montrer plus. »

— Éric se leva avec Alex et fit le claquement de main de la victoire avec Graham qui se prenait maintenant au jeu.

— (Éric) On est des héros les mecs !

— (Alex) Ouais, on est trop fort !

— (Graham) Personne ne pourra nous arrêter haha !

Balek et Victoria les applaudissaient, ils venaient de découvrir les faits. Ils n'en avaient pas encore parlé.

— (Éric) C'est quoi le RIDIQ ?

— (Saphir) Le Réseau d'Information Diffusé par Intrication Quantique.

— (Alex) C'est internet, mais pour la galaxie.

— (Alex) Comment ça marche ce système ?

— (Balek) C'est-à-dire ?

— (Alex) Comment les informations font pour nous parvenir aussi vite ? Ils l'envoient aussi dans des bulles ?

— (Saphir) Ce sont deux technologies totalement différentes.

L'information de ne voyage pas. Cette technologie utilise ce que l'on pourrait appeler le lien quantique.

— (Éric) De mémoire, on appelle ça l'intrication.

— (Saphir) Donc si vous connaissez cela vous comprenez.

— (Éric) Admettons que je ne connaisse pas, comment tu l'expliquerais ?

— (Saphir) Disons que certaines particules soient liées à d'autres et que lorsque l'on applique une perturbation à l'une, l'effet se récent également sur l'autre et ce quelle que soit la distance qui les séparent. Admettons qu'une particule du réseau de Gralia soit en lien avec une des particules de notre système. Alors si Gralia fait bouger sa particule, la nôtre bouge également. En fonction des mouvements effectués, on en traduit un message. C'est ainsi que nous avons reçu ces images.

— (Balek) Nous avons le moyen de créer des particules liées, le tout est que chaque vaisseau doit être relié à la centrale d'information pour recevoir des nouvelles.

— (Alex) Astucieux.

— (Éric) Bon, maintenant on fait quoi ?

— (Victoria) Personnellement, je vous dois la vie, mon seul objectif c'est de venger mon père, alors tant que je n'ai pas de piste, je vous suis, dit-elle en souriant.

— (Alex) On ne devait pas voir un autre prince ?

— (Graham) Oui, le prince Levi du Loupa.

— (Éric) C'est loin ça ?

— (Saphir) A environ cinq jours d'ici capitaine.

— (Éric) Pff, c'est loin.

— (Alex) De toute façon, on n'a pas grand-chose à faire. La galaxie est grande. Au pire, s'il y a un signal suspect ou n'importe quoi d'intéressant, on s'arrête.

— (Éric) Ouais, ça me va de toute façon on n'est pas pressé. Saphir tu peux commencer le voyage.

— (Saphir) Calcul de l'itinéraire en cours. Départ dans une minute.

Le vaisseau passa en vitesse supraluminique et les trois héros du jour racontèrent alors de façons légèrement romancées, le sauvetage du prince. À la suite de cette histoire, Balek décida qu'il pouvait être rassurant de faire un scan complet d'Éric et Alex. Ne venant pas de la même galaxie, ils pourraient développer des symptômes latents ou ne pas être immunisés aux maladies d'ici. Ses mots firent peur aux deux terriens et ils acceptèrent sans mot dire, le check-up proposé. En plus de vérifier l'état de santé de l'équipage que lui impose son rôle de médecin, il tenait à comprendre la dernière partie du sauvetage, pour comprendre à quoi était due cette soudaine perte de conscience.

À la grande joie d'Éric, au bout d'un jour de voyage, un bip accompagné d'un point rouge sur la carte apparut.

— (Éric) C'est quoi ça, Saphir ?

— (Saphir) Il s'agirait d'un crash de vaisseau. D'après les données que je viens de recevoir, celui-ci se serait écrasé sur la planète il y a un peu plus d'une semaine.

— (Éric) Très bien, fais-moi passer dans tout le vaisseau ! Équipage de l'interstellar42, rendez-vous dans la salle de réunion ! Nous avons une épave à piller !

Une fois l'équipage assis autour de la table, Éric expliquait les détails qu'il avait eu de Saphir.

— (Éric) Bon. Pas besoin d'être cinquante, en plus la navette est faite pour trois personnes donc qui veut venir ?

— (Alex) Moi je viens.

— (Graham) Je peux passer mon tour si vous voulez.

— (Balek) Moi ! J'aimerais bien venir ! Il doit y avoir plein de créatures à étudier là-bas ! En plus si ça se trouve l'équipage est encore en vie, ils auront peut-être besoin d'un médecin.

— (Victoria) Devant tant de dévouements et d'arguments, la volonté de me dégourdir les jambes ne sera pas suffisante. Tu peux y aller Balek.

— (Balek) Tu es encore en convalescence. Tu dois te reposer.

— (Éric) OK, mais tu ne ramènes pas des saloperies cheloues à bord par contre !

— (Balek) Promis.

Éric et Alex s'équipaient en armes et munitions, ainsi que leurs nouvelles armures, non sans fierté. Balek, lui, prit un sac à dos plus larges qu'il remplit d'outils en tous genres, pour l'étude de spécimen et une partie consacrée au soin. Il était encore probable que des gens soient encore vivants se disait-il.

Ils partirent tous les trois alors vers cette planète désertique. Arrivés à quelques centaines de mètres de leur destination, les capteurs de la navette indiquaient des anomalies. Ils pouvaient voir à travers le cockpit une sorte de tempête de sable autour de l'origine du signal. Éric qui s'essayait au pilotage décida de se poser en bordure de la tempête qui ne semblait pas se déplacer.

La zone à fouiller était au sein d'un méandre de canyons et c'est à l'une des entrées de celui-ci qu'Éric se posa non sans mal.

— (Alex) Il te reste encore à travailler l'atterrissage, mais sinon tu te débrouilles bien.

— (Éric) Merci, mais dans les aires ça va, je peux rattraper facilement. Les commandes restent intuitives. Je ferai mieux la prochaine fois.

— (Balek) J'espère, dit Balek qui se tenait le ventre.

— (Éric) Bon, maintenant on entre là-dedans et on pille le vaisseau ? Enfin, on sauve l'équipage ?

— (Alex) Dans l'idée, c'est ça, mais cette tempête de sable à l'air bien bizarre quand même.

— (Balek) D'ici on peut la voir, au fond dans le canyon, mais une tempête, c'est dû au vent. Comment est-ce possible dans un canyon ?

— (Alex) Je n'en sais rien du tout, mais on verra ça bientôt.

Ils entrèrent tous les trois dans ce qui semblait être une tempête pour arriver dans un endroit plutôt calme.

— (Éric) C'est étrange, il n'y a pas du tout de vent ni d'agitation.

— (Alex) C'est comme si le sable était suspendu dans l'air. Comme s'il n'y avait pas de gravité.

À la fin de sa phrase, Alex donna une petite impulsion à un petit amas de sable et celui-ci continua sa course en ligne droite avant de se désagréger contre la paroi du canyon. Balek sortit un des instruments de son sac et commença à le tendre dans toutes les directions.

— (Balek) Tu as raison Alex, se sable ne semble pas être affecté par la gravité et pourtant je ne détecte rien d'anormal à ce sujet-là. En revanche je détecte des ondes électromagnétiques particulières. Je pense que cela vient du sable lui-même. Je vais en prendre un peu pour l'analyser.

— (Éric) Oui, mais tu fais attention. Je ne veux pas du sable qui vole partout dans le vaisseau.

— (Balek) Oui, je le scelle de ce pas.

Balek sortit une sorte de pot, laissa entrer le sable et le referma hermétiquement. Ils continuèrent à avancer péniblement pendant presque une heure.

— (Alex) Poua ! On n'y voit rien. Plus on avance, plus le sable est dense. Et bientôt un de ces rochers va nous tomber dessus sans qu'on s'en aperçoive. Et personnellement, j'aimerais éviter de me prendre un truc d'une centaine de kilos dans la tronche. C'est encore loin ?

— (Éric) C'est bon, toi tu as ta grosse armure, tu ne crains rien et non c'est plus très loin maintenant. Enfin, je crois. Ce n'est pas hyper précis comme truc non plus.

Éric tapotait sur un instrument qui lui indiquait grossièrement l'origine du signal.

— (Alex) Tu as entendu ?

— (Éric) À part le sable contre ma combinaison ? Non j'ai, derrières toi !

— (Alex) Quoi ! Où ça ?

— (Éric) Là, ça vient de bouger. Je le vois plus.

Alex se tournait à gauche, à droite, pour trouver ce qu'avait vu Éric puis soudain, une sorte de serpent bondi de sous le sable et traversa le bouclier de son armure. Alex se secouait dans tous les sens. Éric essayait de l'aider à l'attraper, mais celui-ci s'enroulait autour d'Alex avec une fluidité impressionnante. Ils finirent par le saisir et un peu énervé, Alex le serra si fort de ses mains que le serpent se désagrégeât.

— (Balek) Le serpent n'est pas vivant ? C'est la chose la plus étrange que j'ai jamais vue ! Il était fait de sable ! Comment est-ce seulement possible ?

— (Alex) Je n'en sais rien, mais en attendant le bouclier n'a pas l'air de fonctionner ici.

— (Éric) De toute façon, je n'en ai quasiment pas moi donc bon.

— (Balek) Il faudrait que je trouve un spécimen pour l'étudier !

— (Éric) Tu le trouves toi-même et tu l'étudies ici ! Je ne veux pas de cette saloperie ou autres sur mon vaisseau. En plus…

— (Alex) Baissez-vous !

Éric se baissa, évitant ainsi un rocher d'un mètre de diamètre environ, qui continua sa route en direction de Balek qui n'eut pas le temps de réagir. Cet amas de sable était dense, si bien quand le percutant, Balek se retrouva au sol.

— (Alex) Ça va ?

— (Balek) Oui, je crois. Mais je pense avoir une côte cassée.

— (Éric) C'était quoi ce truc-là ? On aurait dit qu'il nous visait. Et puis les autres cailloux ne se   déplacent pas si vite.

— (Alex) Là, regarde !

— (Éric) On dirait, une pieuvre ?

— (Balek) Regardez ! Cette créature se déplace si vite. Avec autant de bras, ça doit être plus facile.

— (Éric) Tu penses que c'est une pieuvre de sable aussi.

— (Balek) Une pieuvre ? Que fait-elle, maintenant ?

— (Alex) Elle fait une danse avec ce caillou pour se foutent de nos gueules ?

— (Éric) Saloperie !

La créature prit de l'élan en tournant et lança le rocher en direction des êtres biologiques qui étaient entrés sur son territoire.

— (Alex) C'était bien elle alors ! Faut la dégommer !

Éric et Alex sortirent leurs armes et commencèrent à tirer sur la pieuvre de sable et finirent par la toucher après plusieurs tirs manqués qui éclataient des amas un peu partout. Augmentant ainsi le chaos du lieu.

— (Éric) C'est dur à toucher, ça bouge trop vite.

Alors que Balek se relevait et retournait auprès de ses compagnons, trois autres de ces créatures les encerclaient. Balek qui n'était clairement pas dans sa zone de confort commençait à paniquer, prit son pistolet et fit feu sur la plus proche. Le combat commença alors et les pieuvres étaient à leur avantage dans cet espace en trois dimensions. Des roches de plus ou moins grande taille filaient près de leur tête. Balek vida son chargeur en quelques secondes à peine. Les amas de sable explosaient près de lui. C'en était trop pour ses nerfs. Il prit une seringue dans l'une des poches de sa combinaison et l'inocula à Éric qui était concentré sur son combat. Il ressentit une douleur dans tout le corps. Il se retourna vers Balek pour comprendre d'où venait la douleur et il remarqua que les minces particules de sables ne se cognaient plus sur lui. Il vit de petit flash de lumière qui venait de ses mains et de petits arcs électriques qui éclataient entre ses doigts.

— (Éric) C'est quoi ça ? Qu'est-ce que tu m'as fait ?

— (Balek) Je ne sais pas trop non plus, mais ça a marché ! Fais quelque chose !

Éric ne savait pas trop quoi faire, il repensait à une scène de star wars et tendit la main vers une des pieuvres qui virevoltait près de lui. Un éclair bleu jaillit de ses doigts tout droit vers sa cible qui se désagrégeât instantanément. Il venait de générer des éclairs de ses mains. Éric se sentit invincible à ce moment précis et commença à tirer à tout va ne manquant pas d'exterminer toutes les pieuvres qui avaient osé les défier. Alex qui s'apprêtait à mettre un point final à son combat vit un éclair surgi derrière lui vaporisant son adversaire.

— (Alex) C'était quoi ça ? C'était toi ?

— (Éric) Ouais mon gars, je suis un seigneur sith !

— (Alex) La classe ! Trop bien !

— (Balek) Si en attendant on pouvait s'en aller se serait classe aussi !

— (Éric) Oui, tu as raison. Par contre, je ne me sens pas très bien.

— (Alex) En même temps, tu ne peux pas te prendre pour EDF et ne pas avoir d'effet secondaire.

— (Éric) Je vais faire gaffe parce que je la sens la grosse migraine tu vois.

— (Balek) Si ce n'est qu'une migraine, tu seras chanceux.

Ils ne passèrent pas plus de temps dans ces lieux et partirent après avoir rechargé leurs armes.

— (Alex) Je vois encore une ou deux pieuvres dernières nous, mais je n'ai pas l'impression qu'elles vont nous attaquer vue la rouste qu'on leur a mise tout à l'heure.

— (Éric) Que JE leur ai mis tu veux dire.

— (Alex) Travail d'équipe.

— (Éric) On devrait vraiment plus être très loin maintenant.

— (Balek) Le sable est encore plus dense ici. C'est à peine si on arrive à voir à quelques   mètres.

— (Alex) Au moins les pieuvres nous ne verrons pas non plus.

— (Balek) Les pieuvres ou autres choses.

— (Éric) Je crois que je vois l'épave.

Éric prit de l'avance, poursuivant l'épave qu'il avait aperçue entre deux bourrasques.

— (Alex) Éric attend, nous on ne voit rien !

Alors qu'Alex tenta d'arrêter l'avance d'Éric. Un monstre énorme était passé entre eux.

— (Balek) C'était quoi ?

Alex et Balek observaient autour d'eux le retour de la créature. Celle-ci surgit soudainement à leur gauche. Tous deux l'esquivèrent de justesse et sortirent leurs armes. Sur ce passage, ils avaient bien eu le temps de la voir. Un requin fait de sable venait de passer devant eux.

— (Alex) Super, on a un requin maintenant. On a déjà eu du mal avec des pieuvres alors ça. Tiens-toi près Balek.

Balek à la limite de la panique regardait à droite et à gauche compulsivement et se tenait dernière Alex. Il était devenu encore plus pâle que lorsqu'ils l'avaient sauvé des pirates. Alex, lui qui commençait à stresser aussi tentait de garder son calme. Il avait quelqu'un à protéger et cela lui permit de rester concentré. Le requin fit un nouveau passage. Trop tard pour attaquer, ils sautèrent pour l'éviter. Alex commença la contre-attaque, mais il avait déjà disparu. Un second passage puis un troisième. Toujours plus près. Alex comprenait que s'il ne le tuait pas bientôt, dans quelques passages ils n'en auraient plus jamais l'occasion. Il décida alors d'attendre la dernière seconde, le dernier instant. Plus question d'esquiver à présent. C'était lui ou le requin. Le requin arriva avec furie dans sa direction. Alex ne bougea pas. Balek sauta sur le côté pendant qu'Alex continuait de viser et enfin tira. La balle se logeât dans la tête et le requin alla finir sa course quelques mètres plus loin.

— (Alex) Pfiou ! Ce n'est pas passé loin.

— (Balek) Il n'est pas mort ! Suis-moi.

La créature n'avait pas disparu. Alors qu'elle agonisait, Balek reprit un peu plus confiance en lui-même et sortit des ustensiles de son sac pour commencer l'expertise.

— (Alex) Je te couvre. Mais Éric, il est où ? Éric, tu m'entends ?

— (Balek) Je ne sais pas. Et puis vu ce que ce sable fait au bouclier ça ne m'étonnerait pas que   les communications ne passent pas.

— (Alex) Éric, dépêche-toi de revenir.

— (Balek) C'est incompréhensible, j'entends un pouls, mais il est complètement fait de sable comment cette créature fait-elle pour vivre ? De quoi se nourrit-elle? C'est insensé.

— (Alex) Je n'en sais rien et je m'en fous. Je veux juste retrouver Éric et me barrer.

— (Éric)... lo ? Allo ?... Casse.

— (Alex) Éric c'est toi ? Je n'entends rien.

— (Éric) J'ai récupéré le bidule magique de l'épave, maintenant on se casse.

— (Alex à Balek) Allez, viens, on y va, on s'en balek du requin.

— (Balek) Ok, c'est bon je te suis, mais un jour vous m'expliquerez ce truc avec mon prénom.

— (Alex) Tu demanderas à Éric de t'expliquer.

— (Balek) Il fait quoi d'ailleurs ?

— (Alex) Tu n'as pas entendu ? Il arrive et nous on y va aussi. Dépêche-toi.

Éric les retrouva, il avait dans les mains une sorte de gros cylindre.

— (Éric) Ce truc-là faisait de la lumière, je l'ai pris et je me suis barré. Par contre il faut y aller   là parce qu'il y a plein de requins et d'autres trucs qui rodent près de l'épave.

— (Alex) Moi ça me va comme butin. Go !

Alex avait pris sur lui l'artefact du fait de son poids important. Ils prirent la poudre d'escampette et arrivèrent en bordure du canyon, là où ils étaient entrés, à la limite des sables flottants. En sortant, trois personnes armées les attendaient.

— (inconnu) Bravo messieurs, d'avoir fait tout le travail. Maintenant, si vous ne voulez pas mourir donnez-nous tous ce que vous avez trouvé là-dedans.

— (Alex) Tu n'as qu'à venir le chercher.

Alex tendait l'objet à bout de bras et attendait qu'on vienne le lui prendre. Balek se cacha plus loin dans un recoin dans la paroi du canyon. L'individu fit signe à l'homme de main à sa droite de venir récupérer l'objet. Éric qui n'avait pas été vu profita d'une bourrasque de vent balayant le sable pour se faufiler derrière une butée et commença à faire le tour des ennemies. Alex ayant compris la manœuvre de son ami tentait de gagner du temps. Quand l'homme arriva au contact, il lui lança l'objet. L'homme lâcha son arme des mains pour réceptionner le projectile imposant alors qu'Alex en profita pour se jeter sur lui. C'était le signal pour Éric qui tira en pleine tête de l'autre homme de main. Le chef riposta en tirant en direction d'Éric. De par son armure imposante et de sa position, Alex ne fit qu'une bouchée du soldat et prit son pistolet pour tirer vers le chef. Désormais seul et sous un tir croisé, le dernier soldat restant commença à prendre la fuite sous les balles. Une balle tirée par Éric finit par toucher la jambe du fuyard. Ils arrivèrent tous les trois à son niveau dans l'intention de l'interroger. Face contre terre, il ne semblait plus bouger. En le retournant avec précaution, ils constatèrent un visage blanchâtre et un regard vide. Balek inspecta la victime et conclut que la balle avait touché une artère et qu'il s'était vidé de son sang en quelques instants. Hypothèse appuyée par l'énorme quantité de sang qui s'était rependue sur le sable. Balek ferma les paupières de l'individu et Alex interpella Éric par un léger coup de coude.

— (Alex) Tient, regard sur son épaule.

— (Éric) L'horizon noir. Encore eux ?

— (Alex) Ils ont fait comment pour nous retrouver ?

Alex se tourna vers Balek qui rangeait ses instruments dans son sac.

— (Éric), Mais non. Pourquoi et comment ?

— (Alex) Je ne sais pas, mais c'est le seul qui aurait pu le faire.

— (Éric) Lui ou Graham ou Victoria.

— (Alex) Ouais, je ne sais pas, mais je vais garder un œil sur lui.

CHAPITRE 5

— (Éric) Bon ! C'est quoi ce machin ? Qu'on n'ait pas fait tout ça pour rien !

— (Graham) Montrez-moi ça.

Graham prit l'objet des mains et commença à l'observer sous toutes les coutures.

— (Graham) On dirait une sorte de conteneur scellé.

— (Alex) Ça veut dire qu'il y a quelque chose de précieux à l'intérieur.

Graham finit par ouvrir le conteneur et celui-ci contenait une pierre luminescente de couleur verte, couverte d'écriture.

— (Éric) Ou pas.

— (Balek) Je ne reconnais pas les écritures sur la pierre.

— (Graham) Moi non plus, mais on devrait l'analyser.

— (Balek) Suis-moi à l'infirmerie, on devrait trouver quelque chose pour l'étudier.

— (Alex) Par contre, je crois qu'on a oublié de mentionner un truc important que tout le monde a l'air d'oublier. Éric peut faire des éclairs avec ses doigts ! Que quelqu'un m'explique.

— (Éric) Ah oui c'est vrai. D'ailleurs j'ai encore un peu mal au crâne si tu as un truc pour ça Balek, je veux bien.

— (Balek) Je vais te donner un onguent. Lorsque j'ai fait des tests sur vous il y a quelques jours pour vérifier votre état de santé, j'ai remarqué des ondes cérébrales anormales chez Éric et un peu chez toi aussi Alex. Je me suis dit que comme vous venez d'une autre galaxie, peut-être que c'était dû à votre espèce.

— (Éric) Non, ils ne font pas ça les humains normalement.

— (Alex) Même sur Terre.

— (Balek) Ce n'était qu'une hypothèse, alors j'ai élaboré un composé en attendant pour accentuer ces ondes et quand je me suis fait attaquer, j'ai paniqué et je l'ai administré Éric.   La suite, tu la connais.

— (Éric) La prochaine fois, préviens quand même.

— (Balek) Excuse-moi.

— (Graham) Vraiment ? Vous êtes tous sérieux ? Éric a vraiment projeté de la foudre ?

— (Éric) Oui mon gars ! Appelle-moi Zeus !

— (Alex) Monsieur Zeus.

— (Balek) En attendant, on ne sait toujours pas ce qu'est cet artefact.

— (Alex) Pendant que vous faites vos trucs, je vais prendre une douche et me coucher,   salut.

— (Éric) Ouais, je ne sens pas la rose non plus. Saphir, en route pour... on va où déjà ?

— (Saphir) J'entre les coordonnées du Loupa Capitaine ?

— (Éric) Oui, C'est ça.

Un comprimé d'aspirine et une douche plus tard, Éric alla se coucher également alors que Balek continuait à étudier la pierre. Au matin, d'après leur horloge biologique, Balek venait de finir tous les tests qu'il pouvait effectuer avec les appareils de l'infirmerie et donna son rapport au capitaine.

— (Balek) Capitaine, j'ai étudié la pierre et je n'ai pas découvert grand-chose à vrai dire. Les mots inscrits dessus ne proviennent d'aucune langue connue et la pierre est faite de quartz ce qui n'explique pas sa luminescence.

— (Éric) Merci d'avoir autant travaillé, même si visiblement ça n'a pas servi.

— (Balek) Je ne suis pas tout à fait d'accord avec ça, si on la place dans le module du bouclier on devrait avoir un meilleur rendement. Sans savoir vraiment pourquoi, la pierre émet des ondes dans des fréquences très élevées alors qu'elle n'a pas de source d'énergie.

— (Éric) Ça défie les lois de la physique.

— (Balek) Lancer des éclairs aussi et pourtant on ne peut pas nier les faits.

— (Éric) Bien, je t'en prie, mets là dans le module, je n'ai rien contre.

— (Balek) Vous êtes sûr ?

— (Éric) Oui, vas-y.

Éric suivit Balek qui emmenait la pierre dans le compartiment du réacteur et posa la pierre dans un socle et relia quelques fils les uns aux autres sous les indications de Saphir puis activa la séquence de lancement.

— (Saphir) Capitaine, le module est bien raccordé.

— (Éric) Dis-moi ce que tu vois. Enfin s'il y a du changement pardon.

— (Saphir) Les valeurs énergétiques du boulier ont augmenté de 30 %.

— (Balek) Ça en valait la peine finalement.

— (Éric) C'est vrai et puis c'était fun aussi.

— (Saphir) Capitaine, nous arrivons aux abords du Loupa. Nous devrions bientôt arriver.

L'interselar42 mit en arrêt ses moteurs supraluminiques et arriva à proximité de la planète Delos. Autour de la planète orbitait une immense flotte comportant de nombreux vaisseaux de différentes classes et tailles ainsi que le vaisseau mère. Une véritable forteresse ridiculisant tous les autres vaisseaux de la flotte. En approchant, deux vaisseaux de la même taille que l'Interstelar42 se positionnèrent dans son sillage et communiquèrent avec l'équipage.

— (pilote) Interstelar42, ici la flotte Neptune, veillez-vous identifier et indiquer l'objet de votre venue.

— (Éric) Bonjour. Ici le capitaine Éric de l'interstelar42, en mission diplomatique pour la famille...

Éric regarda son équipage qui était rassemblé avec lui au poste de commande pour observer la flotte, afin qu'on lui vienne en aide. Alex haussa les épaules en faisant signe de la tête que lui non plus ne s'en souvenait plus.

— (Victoria) La famille Galagel, dit-elle discrètement.

— (Éric au pilote de la douane) De la famille Galagel, de l'empire Grumbok.

— (pilote) Très bien, nous enregistrons ces informations, veuillez patienter pendant que nous analysons votre vaisseau. Merci.

L'équipage attendit sans mot dire, de peur qu'il trouve quoi que ce soit d'illégal. Chacun cherchait dans sa tête s'il n'y avait pas un tel objet parmi eux. Tous sauf Alex qui se disait que si les choses se passaient mal il pouvait toujours négocier son magazine holographique cochon qu'il avait trouvé dans la salle des machines.

— (pilote) Très bien Interstelar42, tout est en règle, vous pouvez continuer. Veillez nous suivre nous allons vous escorter jusqu'à la baie d'amarrage 5.

— (Éric) Entendus, nous vous suivons. Saphir, suis-les.

— (Saphir) Bien capitaine.

— Pendant leur descente, Éric et Alex observaient la capitale qui se profilait à l'horizon. La planète étant plus grosse que Gralia, les bâtiments étaient moins hauts, mais tout aussi abondants.

— (Alex) On dirait déjà plus une architecture classique. Enfin Terrienne quoi.

— (Éric) On dirait un New York en plus récent.

— (Alex) Tu y as déjà été ?

— (Éric) Non, mais à la télé ça ressembla à ça en tout cas. Paul y a été avec son père il   pourrait nous confirmer.

— (Alex) Ça me rappelle Taïwan. Je suis dans un pays asiatique avec toi qui me parle de lui. Mise à part ça on prend qui avec nous ?

— (Éric) On pourrait prendre Graham pour le côté diplomatique.

— (Alex) Ou on peut partir avec Victoria, ça lui fera du bien de se balader après tant de temps.

— (Éric) Faisons comme ça alors.

Ils allèrent chercher Victoria qui était ravie de se promener avec eux et partirent pour le centre-ville.

— (Alex) Bon ok, là on dirait vraiment New York. De grandes rues avec des pubs partout.

— (Éric) En tout cas, j'aime le design de la ville, regarde-moi cette voiture !

— (Alex) Si on ramène ça sur Terre, on sera des légendes. Elle est magnifique.

— (Victoria) Sans doute ? Et c'est quoi New York ?

— (Alex) Ah oui tu ne dois rien comprendre. C'est une grande ville dans notre monde.

— (Éric) Une grande ville remplie de touriste chinois, mais là il y en a encore plus.

— (Alex) Là c'est nous les touristes et tout le monde est asiatique.

— (Éric) Bon si on allait.

Ils marchaient dans la ville avec l'objectif de trouver de l'équipement. Alex n'était pas à l'aise avec un fusil et souhaitait plutôt arriver au corps-à-corps avec une hache ou un fusil à pompe. Quelque chose de létal qui demandait d'être proche de sa cible. Cela devait aller de concert avec son armure lourde qui pour l'instant le protégeait bien. Ils finirent par trouver la boutique de leur rêve, mais les prix eux faisaient moins rêver. Après avoir vu les armes blanches, Alex jeta son dévolu sur des fusils à pompe. Malheureusement, les ravitaillements et leurs dernières aventures les avaient ruinés. Il leur manquait seulement trois clings pour acheter l'arme de ses rêves. Une version moins puissante et moins belle lui était proposée. Il préféra attendre une occasion de gagner l'argent manquant, que les dépensait pour quelque chose dont il cherchera à se débarrasser à la première occasion. Ils continuèrent alors à marcher dans le quartier marchant dans l'espoir de trouver une offre promotionnelle qui ne vint jamais. Pendant ces quelques heures de papillonnage, Victoria s'arrêtait devant presque devant chaque vitrine pour en observer les tenues, robes et autres biens pendant qu'Éric et Alex se regardaient disant que les femmes de n'importe quelle galaxie sont les mêmes. Ils finirent par se diriger vers le centre-ville où se dressait le plus imposant gratte-ciel. Celui-ci était le palais impérial et en entrant, ils furent interrompus par des voix et paroles françaises.

— (Pascal) Hey ! Les jeunes hommes ! Les Français ! C'est nous !

Éric et Alex étaient un peu gênés. Ils ne souvenaient plus de leurs prénoms mais apparemment eux non plus.

— (Alex) Ah oui... les scientifiques ! Alors qu'est-ce que vous faites là ?

— (Philippe) Salut ! Suite à nos recherches, on est venu sur cette planète pour travailler sur l'uranium.

— (Pascal) Ce pays, enfin empire, en possède encore.

— (Philippe) Alors via des manœuvres diplomatiques avec les Grumboks, on a été envoyé ici   pour encadrer les recherches.

— (Éric) Ba c'est bien pour vous ça !

— (Pascal) D'ailleurs, on a des infos pour vous. Vous avez vu que tout le monde a le type asiatique ici ?

— (Alex) C'est même évident.

— (Philippe) Alors grâce à notre rencontre on a émis quelques hypothèses.

— (Pascal) Voilà ce qu'on sait. On était au même endroit au même moment et pourtant nous sommes arrivés à des endroits différents dans la même galaxie et pas en même temps.

— (Philippe) Ensuite, on sait qu'il y a d'autres humains dans cette galaxie et que certains ont les mêmes particularités que notre monde.

— (Pascal) Alors Philippe et moi on s'est dit que d'autres événements comme celui qui s'est passé en France ont pu se produire ailleurs sur Terre.

— (Éric) Jusque-là, je vous suis.

— (Alex) Moi aussi, continuez.

— (Philippe) Alors, si les deux bombes qui avaient explosées à Hiroshima et Nagasaki avaient eu le même effet ? Ainsi que tous les incidents nucléaires ?

— (Pascal) En plus, d'après ce que l'on sait, cet empire est le plus vieil empire humain.

— (Éric) Cela tient la route.

— (Philippe) Et grâce à vous on sait que la différentielle temporelle est possible et expliquerait la différence de technologie avec notre monde.

— (Alex) Alors ça voudrait dire que sur Terre on est encore juste après la catastrophe ?

— (Pascal) Alors pour ça on pensait...

Pascal et Philippe furent interpellés par leurs collègues.

— (Philippe) Désolé, vraiment, on doit y aller. À une prochaine fois j'espère.

— (Alex) Attendez ! Vous n'auriez pas trois clings par hasard ?

— (Pascal) Désolé mon gars, on vit aux frais de la princesse. Enfin du prince.

— (Alex) Tant pis merci quand même et à la prochaine.

Les quatre Terriens se dirent au revoir pendant que Victoria restait là, silencieuse, essayant de comprendre de quoi ils avaient bien pu parler.

— (Éric) Allons demander à l'accueil si on peut voir le prince.

Ils avancèrent un peu plus loin dans le bâtiment et tournèrent entre deux immenses colonnes vers une sorte de comptoir qui ressemblait à un point d'information.

— (Alex) Bonjour. Nous sommes dépêchés par la famille Galagel pour voir le prince.

— (Victoria) Le prince Levi

— (réceptionniste) Bonjour messieurs dames. Pouvez-vous me montrer votre invitation ?

— (Éric) Alors le truc c'est que le prince Bokur nous a juste demandé de nous entretenir avec le prince Levi.

— (réceptionniste) Je suis navré, mais comprenez bien que je ne peux vous donner d'information sur le prince par simple recommandation sans aucune preuve.

— (Alex vers Éric) On n'a rien si ? On fait quoi du coup ?

Victoria sortie alors la médaille qu'avait confiée le prince Bokur en signe d'appartenance à la famille Galagel qui traînait négligemment dans le coffre de l'équipage dont elle avait eu la fulgurance d'esprit d'emporter.

— (Victoria) Les hommes n'ont vraiment pas de tête.

— (réceptionniste) Merci. Je vois que cet objet fait foi de laissez-passer. Cependant je suis au regret de vous dire que le prince est actuellement en délégation sur une autre planète.

— (Éric) Et il reviendra quand ?

— (réceptionniste) Je ne connais pas les détails de telles manœuvres politiques. Je peux cependant vous indiquer sur quelle planète il s'est rendu.

— (Éric à Alex) La flemme d'attendre cent ans on y va non ?

— (Alex) Je suis d'accord. En revanche monsieur, auriez-vous trois clings pour nous en guise de dons diplomatiques ?

— (réceptionniste) Je ne puis malheureusement pas accéder à votre demande, nous n'avons pas d'argent ici.

— (Alex) Ah ! Je ne vais jamais les trouver ces trois Clings !

Ils repartirent en direction du vaisseau pendant qu'Alex enrageait de ne pas trouver son argent à s'en demander s'il allait faire la manche pour les trouver et qu'Éric se moquait dans son manque de chance. Mais ces chamailleries furent interrompues par la voix de Saphir dans leur système de communication.

— (Saphir) Capitaine ! Je détecte une tentative d'intrusion informatique dans le réseau. Je n'arrive pas à le mettre en Quarantaine.

— (Éric) Merde ! Euh. Coupe tout, désactive tout. J'ai une idée.

— (Alex) Tu comptes faire quoi ?

— (Éric) Si c'est des ondes électromagnétiques, je devrais peut-être retrouver l'origine du signal non ?

— (Alex) Qui ne tente rien.

Éric se concentra, mais la quantité faramineuse d'ondes autour de lui le submergea tant qu'il manqua de trébucher et décidât alors de se poser dans un endroit plus calme. Après quelques minutes, il réussit à faire le vide dans son esprit et à sélectionner le bon signal.

— (Éric) Je l'ai ce fumier !

— (Alex) Bien joué !

— (Éric) Il n'est pas loin en plus. Suivez-moi, on va lui dire bonjour.

— (Alex) De la main, fermée, dans sa tronche.

Ils parcoururent les quelques centaines de mètres pour arriver près d'un bar en terrasse où un barbu d'une quarantaine d'années en tenue délavée tapotait sur un ordinateur. Ils l'encerclèrent tous les trois et ils pouvaient distinguer sur son écran, différents diagrammes et des barres de chargements çà et là. Plus aucun doute pour eux, le hacker était là, devant eux. Éric ferma l'écran et Alex commença à l'agresser en le prenant au col de sa chemise presque troué.

— (Alex) Alors comme ça on pirate les vaisseaux des gens ?

— (Hacker) Hein ? Quoi ? De quoi parlez-vous ? Lâchez-moi !

— (Éric) On sait que c'est toi qui pirates mon vaisseau alors tu vas arrêter tout de suite !

— (Hacker) Enfin, comment avez-vous su, je suis censé être intraçable ?

— (Alex) Là n'est pas la question ! Pourquoi tu fais ça ?

— (Hacker) Vous savez que vous avez une IA qui date de plus de 40 ans. Elles ont été retirées du marché, ce sont de véritables personnes avec un esprit et un libre arbitre ! Elle ne mérite pas de servir de simple esclave dans une telle épave !

— (Éric) Ah, mais on la traite correctement.

— (Alex) C'est vrai, on lui a même donné un nom. C'est un membre de l'équipage.

— (Hacker) C'est vrai ça ?

— (Éric) Qu'est-ce que tu appelles épave ?

— (Victoria) Je peux le confirmer, j'ai été avec elle dans son système et elle n'avait pas l'aire de s'y déplaire.

— (Hacker) Euh, je suis désolé. Je crois. D'habitude, les gens qui utilisent des IA les exploitent. Vous devez être les premiers que je rencontre qui la traite bien. Enfin, tant que je ne l'aurais pas vu par moi-même je ne serais pas certain.

— (Éric) Du coup, t'es qui ? Pourquoi tu fais ça ?

— (Apport) Je m'appelle Apport. Et à la base je ne viens pas de cette planète.

— (Alex) Ça, on s'en serait douté vu que tu n'es pas asiatique.

— (Éric) Oh ! Comment c'est raciste ! Haha.

— (Alex), Mais non, mais c'était plus probable c'est tout, bref, continu Apport.

— (Apport) Je viens de la Démétria à la base, mais là-bas les recherches en IA sont proscrites alors je travaillais en cachette pour éviter la police. Puis ils ont fini par retrouver ma piste. J'ai donc fui ici en exil et depuis je suis serveur dans ce bar pourri pour survivre.

— (Éric à Alex) Ça tombe bien on n'avait pas d'informaticien non ?

— (Alex) Très bonne idée Éric. Dis Apport ? Tu ne voudrais pas devenir notre ingénieur ?

— (Apport) Sérieusement ? Enfin, je veux dire, il n'y a pas cinq minutes vous étiez prêt à me passer à tabacs. Loin de moi l'idée de refusée, mais je suis surpris. Êtes-vous vraiment humains ?

— (Éric) T'inquiètes, on s'en Balek de ça.

Éric lança un petit regard à Éric

— (Alex) Je ne m'en lasserais jamais de celle-là haha.

— (Éric) Allez viens, suis-nous. Par contre tu ne fais rien de bizarre avec Saphir, on est d'accord ?

— (Apport) De quoi vous parlez ?

— (Éric) Non, parce que je les connais les gars comme toi, fan de femme en 2D alors je me méfie.

— (Apport) Non, j'ai une femme et une fille qui m'attendent chez moi.

— (Éric) Mouais.

L'équipage s'agrandissait encore d'un nouveau membre. Éric et Alex avaient jugé que les intentions de leur nouvel ingénieur étaient nobles et qu'il serait certainement utile plus tard vu qu'aucun d'entre eux n'avait ce genre de connaissance. Apport fit la connaissance de l'équipage qui l'accueillit volontiers puis se brancha à un port dans la salle de réunion et commença ses diagnostics sous la validation d'Éric et de Saphir. Apport ayant remarqué à quel point ils les avaient mal jugés s'excusa auprès de tout l'équipage. Celui-ci se dirigea ensuite pour aller voir le prince Levi sur la planète nommé Scipilia.

Alex avait décidé de prendre Graham comme compagnon cette fois-ci. Il s'était dit qu'un Grumbok certifierait leur venue diplomatique. Il s'attendait aussi à ce que Graham, qui connaissait le prince, puisse répondre aux questions de Levi s'il en avait.

À l'approche du spatioport, ils remarquèrent qu'aucun vaisseau ou navette ne volaient dans les environs. Ce calme fut confirmé quand ils se posèrent sur une plateforme. Ils ne voyaient personne, pas un seul bruit. Ils sortirent leurs armes instinctivement. Quelque chose n'allait pas ici. Graham remarqua le premier qu'il y avait des traces de luttes et de sang un peu partout. En continuant d'avancer, Alex entendit un bruit près de conteneur de marchandise et s'approcha prudemment, mais rapidement. Il fit un bon pour surprendre la chose qui avait fait du bruit et cela fut très efficace pour effrayait la petite fille qui se cachait entre les caisses.

— (Alex) Tout va bien, tu n'as rien à craindre.

Alex vit la peur de l'enfant dans ses yeux et essaya de la rassurer, mais son armure de soldat et son arme à la main ne lui permirent pas d'être suffisamment rassurant. La petite fille s'enfuit en courant dans la station laissant Alex sur place.

— (Alex) Je lui ai fait peur, je crois.

— (Éric) Non ? Tu penses ? Bon, rentrons dans la station voir ce qui se passe ici.

— (Graham) Je fais l'arrière-garde. Vous pouvez avancer.

En entrant dans la station, ils tombèrent sur le cadavre d'un homme. Graham s'approcha pour l'examiner.

— (Graham) Nul doute qu'il est mort, mais ça ne remonte pas à si longtemps que ça.

— (Éric) Combien de temps tu dirais ?

— (Graham) Une journée, peut-être un peu plus.

— (Alex) Éric passe devant. Tu es le plus discret d'entre nous, je suis derrière toi pour venir te chercher et Graham nous couvre.

— (Éric) Ça me va comme plan.

Ils passèrent la salle d'entrée où le comptoir de l'accueil était taché de sang et continuèrent le long du couloir qui menait plus loin dans la station. La plupart des pièces dans le couloir étaient vides, ou avec des cadavres quand la porte n'était pas complètement bloquée. Éric qui avançait en premier arriva dans le hall central. Une grande fontaine trônait au milieu de la grande salle accompagnée de bancs et de quelques caisses de marchandise. Sur son côté gauche, Éric remarqua un garde près d'un cadavre. Il s'arrêta de suite et le signala à ses compagnons.

— (Éric) Les gars. Je vois un garde, un mec armé près d'un cadavre, mais je ne vois pas ce qu'il fait d'ici.

— (Alex) C'est un méchant ou un gentil ?

— (Éric) Je n'en sais rien.

— (Alex) On ne va peut-être pas le buter si c'est un gars qui est arrivé comme nous là.

— (Éric) Ouais, on est aussi suspect que lui. Ce que je propose, c'est que j'arrive discrètement derrière lui et que je le maîtrise. Alors on pourra l'interroger comme ça.

— (Graham) On te couvre.

Éric entreprit alors de contourner l'individu armé, mais alors qu'il était à un mètre de lui il marcha sur un morceau de plastique. Le garde se retourna dans un bon de panique, dirigeant le canon de son arme sur lui. Graham et Alex laissaient plus de chances à Éric de maîtriser son ennemie avant qu'il ne tire. Au moment où il appuya sur la gâchette, un dysfonctionnement se produit dans l'arme et celui-ci la rendit inutilisable laissant à Éric le temps de réagir. Changement de programme. Plus question d'hésiter, Éric sortit son couteau et fonça sur le garde. Celui-ci jeta son arme maintenant inutile et para le coup d'Éric en interposant son avant-bras sur celui d'Éric, arrêtant la lame à quelques centimètres de sa tempe. Le combat s'était clairement engagé à présent, cependant, il n'y avait pas de ligne de vue claire pour Graham et Alex qui attendait une occasion de tirer. Le garde répliqua et tenta de frapper Éric qui réussit à éviter. Après plusieurs tentatives hasardeuses, Éric finit par planter son couteau profondément dans la chaire de son adversaire qui tombait maintenant à terre.

Alors que le combat touché à sa fin, un autre adversaire qui venait de l'autre côté du Hall pris Alex par surprise. Il n'eut à peine le temps de se retourner qu'il vit ce nouveau garde foncer sur lui avec un fusil à pompe dont il tira un premier coup à quelques mètres de distance. Le bouclier énergétique de son armure encaissa la plupart des dommages, mais cela ne suffit pas et une partie des éclats le transpercèrent. Alex commença alors à se décaler derrière un banc alors qu'il se disait qu'il serait peut-être temps d'utiliser la seringue magique que Balek lui avait donnée avant de partir. Le soutien de Graham lui accorda le temps qu'il lui fallait pendant qu'Éric essayait de faire le tour de la fontaine pour le surprendre. Alex venait de vider le contenu de la seringue dans ses veines et commença à ressentir une vive douleur dans tout le corps qui finit par s'estomper. Il se redressa alors de derrière le bras et tendit le bras pour imiter son ami et déchaîner la foudre sur son opposant, mais cela n'eut pas tout à fait l'effet escompté. Alors qu'il avait la paume de la main en direction du garde qui était prêt à tirer une nouvelle salve, le garde s'envola dans sa direction comme attirée par une corde invisible. Alex eut le reflex de donner un violent coup de poing en anticipant la trajectoire du garde volant et celui-ci se retrouva dos sur le sol son casque complètement détruit suite à l'impact. Alex n'eut pas de mal à achever son ennemi qui se débattait encore avec la force du désespoir. Alex récupéra alors son trophée. Un fusil à pompe presque flambant neuf.

— (Alex) Haha ! J'ai bien fait de ne pas dépenser mon fric ! Le destin l'avait prédit !

— (Éric) Bien joué ! Tu vas peut-être devenir utile maintenant.

— (Graham) En revanche pour l'interrogatoire on repassera.

— (Alex) Tu verras, tu seras bien content quand je viendrai sauver ton cul par ce que tu auras marché sur un bout de plastique. Tant pis pour les infos, il y aura d'autres gardes.

Alors que les deux rigolaient, Graham entendit un bruit dans un renfoncement de la pièce. Il l'indiqua aux deux autres et Alex tout excité à l'idée d'essayer son nouveau joue-joue, passa en premier. On pouvait apercevoir derrière une armoire le canon d'une arme mal cachée.

— (Alex) Toi là-bas ! Lâche ton arme !

— (garde) Ok je le jette ! Ne tirez pas ! Je ne suis pas avec eux !

Il lança son arme assez loin pour que personne ne l'atteigne facilement.

— (Alex) Maintenant sort de là les mains bien en évidence !

— (garde) Ok je sors. Ne tirez pas !

Le garde sortit délicatement de sa cachette les mains en l'air. Alex et Éric s'approchèrent alors de lui pendant que Graham surveillait leurs arrières.

— (Éric) Tu fais quoi là, planqué ?

— (Rabam) Je suis Rabam. Je suis un gars de la station. Je vous le jure !

— (Éric) Le nom de pourri.

— (Rabam) Quoi ! Qu'est-ce qu'il a mon nom ?

— (Éric) Non rien.

— (Alex) Comment tu as fait pour avoir cette tenue ?

— (Rabam) Quand ces mecs ont débarqué, c'était le chaos, certains d'entre nous ont répliqué et j'ai pris la tenue d'un des leurs pour sauver ma peau.

— (Alex) Je ne te crois pas.

Alex tenta d'asséner un violent coup à Rabam dans le but de l'assommer, mais il le remarqua et fit un pas en arrière, redoublant de prière pour qu'on l'épargne. Alex admettant son échec décida de consulter l'avis du groupe.

— (Alex) Qu'est-ce qu'on fait de lui ?

— (Éric) Moi je n'ai pas confiance, il pourrait prévenir ses copains quand on aura le dos tourné.

— (Graham) Sinon on lui casse les genoux ?

— (Alex) Cela ne l'empêchera pas de les prévenir.

— (Rabam) Vous êtes au courant que je vous entends ?

— (Graham, Alex et Éric) toi tu attends !

— (Éric) J'ai une idée !

— (Alex) J'ai peur.

— (Graham) Ce n'est jamais bon signe.

— (Éric) Vos gueules ! Écoutez-moi. On le garde et on le fait avancer devant nous sans arme. Comme ça, s'il est avec nous il se prendra les balles en premier et s'il est avec eux ils le reconnaîtront et comme ça on le saura et on pourra lui tirer dessus.

— (Alex) Ce n'est pas si bête en fait.

— (Éric) Tu vois !

— (Éric à Rabam) Allez, toi tu avances et tu nous guides.

— (Rabam) Pourquoi moi ? Et vous voulez aller où au juste ?

— (Alex) Si tu es vraiment de la station, tu devais pouvoir nous la décrire.

— (Rabam) Oui je peux. Il y a trois étages principaux. Le rez-de-chaussée, là où on est. L'étage des habitations et le bureau du superviseur.

— (Éric) On veut aller au bureau du superviseur. Tu ne connaîtrais pas un moyen de le rejoindre rapidement ?

— (Rabam) Si justement ! Il y a un monte-charge secret qui permet de faire monter de la zone de chargement, disons les vices du superviseur.

— (Alex) On part là-dessus alors, on te suit.

Alex était deux mètres derrière environ et braquait Rabam observant le moindre geste suspect de sa part. À un tournant de couloir en angle droit, Rabam se plaqua contre le mur. Il venait d'apercevoir un ennemi qui regardait dans leur direction. Alex jeta un rapide coup d'œil et vit effectivement un garde posté dans un renfoncement dans le couloir suivant. Il réfléchissait comment arriver à son niveau sans prendre innombrable tir pour arriver à portée de son arme. Il vit Éric prendre de l'élan. Éric sauta dans le passage. Alex vit la scène au ralenti. Alors qu'il était presque horizontal par rapport au sol, Éric visa le garde et attendit le bon moment pour tirer une seule balle qui fila tout droit en direction de la tête. Il finit son acrobatie par une roulade et arriva au milieu du couloir, le genou et le poing à terre. Alex observa la scène presque la bouche ouverte. Il regarda le résultat et ne put s'empêcher d'applaudir l'action de son ami.

— (Alex) C'était le truc le plus stylé que j'ai jamais vu !

— (Éric) Facile ! Comme dans les jeux vidéo.

Graham qui continuait de surveiller l'arrière rejoignit le groupe ayant entendu le tir.

— (Alex) Graham, tu as loupé un truc de malade ! Éric est un vrai ninja
en fait.

— (Éric) Mouhaha. Bon Rabam, continue.

Rabam continua d'avancer jusqu'à une série de portes, pour demander
s'il devait les ouvrir. Alex qui était bien décidé à les ouvrir ne faisait plus
confiance du tout à Rabam et finit par l'assommer. Éric regarda le corps
de Rabam tomber à terre puis leva la tête vers Alex.

— (Éric) Pourquoi subitement ?

— (Alex) Je ne sais pas, je ne le sentais pas. Il était trop louche. Pourquoi
il voulait ouvrir les portes ?

— (Éric) OK comme tu le sens. On l'ouvre ?

Graham se rapprocha pour fournir un tir de couverture lorsqu'il ouvrirait
la porte. Éric appuya sur le bouton de la porte et passa rapidement la tête
pour voir l'intérieur et remarqua deux gardes derrière un bureau qui les
attendaient, ayant entendu les coups de feu. Deux balles passèrent
extrêmement près de sa tête et il reporta ce qu'il avait vu.

— (Alex) On est avec Rabam. C'est nous les gars !

— (gardes) Rabam ? Qui c'est celui-là !

— (Alex aux autres) C'est con, en fait il disait vrai.

Alors que les Terriens réfléchissaient à une stratégie à base de plongeon
et de pouvoir psychique maudissant le fait qu'ils n'avaient pas de
grenades. Graham finit par avoir un éclair de génie. Il s'approcha de la
porte.

— (Graham) Comme ça sinon ?

Il donna un coup de crosse dans les commandes de la porte qui se ferma
aussitôt, bloquant ainsi les deux hommes dans leur pièce.

— (Alex) Oui, ça doit marcher comme ça.

Alex décida alors de réparer son erreur et tenta de réanimer Rabam. Il
donna de petites claques et l'aida à se relever avant de s'excuser.

— (Alex) Désolé Rabam je pensais réellement que tu nous mentais, mais on vient d'avoir la confirmation que tu disais vrai.

Il n'eut pas le temps de finir sa complainte que Rabam s'enfuit en courant dans la direction d'où il était venu.

— (Éric) C'est malin, maintenant on a perdu le guide.

— (Alex) J'ai fait ce que j'ai pu pour m'excuser, mais je me serais barré aussi à sa place. Je le comprends.

Ils continuèrent alors, zigzagant dans les couloirs de la station et finirent par arriver à des quais de chargements.

— (Graham) Ça doit être ces quais dont Rabam parlait. Plus qu'à trouver le monte-charge   secret.

La pièce était tout en longueur et était haute d'une demi-douzaine de mètres. Perpendiculairement à la pièce, des baies fermées d'un sas donnaient sur l'extérieur avec en vis-à-vis une pièce de stockage. Des passerelles serpentaient au-dessus de la pièce longeant les deux murs dans la longueur. Ils décidèrent d'emprunter ces passerelles afin d'avoir une meilleure vue. Ils traversèrent le quai silencieusement. Alex fut le premier à descendre des passerelles pour remarquer une présence derrière lui. Il se retourna vivement et vit un individu dans une combinaison qui apparaissait progressivement sous ses yeux. Il distingua les formes d'une femme qui s'apprêtait à le poignarder et par réflexe il tenta de lui donner un coup de crosse. Graham et Éric remarquèrent l'assaillant aussi vite et Graham tenta de couvrir Alex qui tira un premier coup de fusil à pompe. Cependant, ni lui ni Graham ne parvinrent à l'atteindre tellement elle virevoltait. Éric tenta de la prendre en tenaille en sautant sur la passerelle opposée, mais celle-ci était un peu trop loin et les quelques doigts qui l'atteignirent ne suffirent pas pour le retenir et il tomba violemment sur le sol. Alex recevait des coups de revolver qu'elle avait sorti, mais son bouclier qu'il avait rechargé était encore actif. Graham manqua de peu une de ces jambes, mais leurs actions combinées finirent par la faire reculer en direction d'Éric qui avait maintenant prévu de la poignarder. Malheureusement, sa chute eut plus d'effet qu'il ne le pensait et sa cheville lui refusa de pouvoir courir. Remarquant Éric, elle tenta de lui tirer dessus et c'est ce laps de temps qui permit à Graham de viser et de la tuer. Éric vérifia l'état de sa cheville qui avait une petite bosse.

Ils se mirent maintenant à la recherche de l'ascenseur et Alex parvint à faire ouvrir une partie d'un mur en appuyant aléatoirement sur les touches d'un écran de contrôle à proximité. Visiblement, le superviseur ne cachait pas réellement son ascenseur privé. Ils Arrivèrent alors au dernier étage de la station, le bureau du superviseur.

Toujours en première position, Éric avançait discrètement et arriva dans un cul-de-sac. La paroi de celui-ci pouvait s'ouvrir en la poussant et rejoignait le couloir principal menant au bureau du superviseur. Éric poussa délicatement le faux mur et entraperçut un garde devant une porte joliment ornée de décorations. Alors qu'Alex et Graham attendaient derrière, Éric se concentrait. Il avait son couteau en main et commença à s'entraîner à son lancer. Sans mot dire, il faisait quelques répétitions et d'un coup il fit un bon de côté, ouvrant violemment la paroi et lança son couteau. Éric gardait le bras tendu, comme pour continuer de guider son projectile qui fila à travers le couloir et vint se loger entre les deux yeux du garde. Toutefois, ce garde n'était pas seul à garder la porte. Éric prit en main son fusil, mais remarqua qu'il avait déjà perdu l'initiative et plongea à l'abri dans le couloir secret alors qu'une balle fusât, le manquant de peu. Alex qui se tenait près prit la relève en fonçant tête baissée vers le dernier garde. Surpris, le garde mit quelques instants pour réagir et commença à se défendre. C'était malheureusement trop tard pour lui. Même si quelques-unes de ses balles touchèrent leurs cibles, cela était bien insuffisant pour faire tomber Alex qui était maintenant à porter.

Un seul coup de fusil suffit à projeter le corps du garde dans les airs et son âme en enfer.

— (Alex) Décidément Éric, tu es chaud aujourd'hui ! On ne t'arrête plus. Pendant qu'il lui rendait son couteau.

— (Éric) Je suis trop fort qu'est-ce que tu veux que je te dise.

— (Alex) C'est le talent.

— (Graham) J'espère que tu auras toujours autant de talent sur ce que nous allons rencontrer derrière cette porte.

C'était l'entrée du bureau du superviseur. Haute de trois mètres et large de deux, celle-ci se distinguait des autres portes de la station qui ressemblait plus à des sas que des portes. Sentant le combat arriver, chacun prit ses positions. Éric ouvrit la porte et observa un bureau anormalement vide, excepté une personne dans le coin gauche de la salle recroquevillé et inconsciente. Ils savaient tous les trois que c'était un piège, mais ils devaient tout de même continuer. Alors qu'Éric faisait le tour par la droite, Alex mit l'un des cadavres dans le chemin de la porte pour s'assurer qu'elle ne se referme pas sur eux et avança en direction de la personne inconsciente. Graham ne rentra pas dans la salle et les observait depuis le couloir via la lunette de son sniper fabriqué par le père de Victoria. Alex arriva au niveau du prisonnier et constata qu'il était effectivement encore en vie puis se dirigea vers le bureau qui trônait au milieu de la pièce. Alors qu'il arrivait vers le bureau il se cogna contre un objet. Il fit un pas en arrière, et commença à voir le même mécanisme de camouflage que précédemment, mais sur un corps plus massif, beaucoup plus massif. Le système d'occultation défaillant dévoilait peu à peu un robot humanoïde gigantesque. Alex se dit à ce moment-là que même vu la taille de la porte, il avait dû se baisser pour rentrer dans la pièce. Il ne perdit pas un instant de plus et commença à attaquer alors qu'Éric et Graham le tenaient également en joue. Alors que les trois aventuriers le criblaient de balles arrêtées par le bouclier du robot, il dirigea ses deux bras en direction de ses assaillants présents dans la salle. Un bruit de sifflement reconnaissable entre mille provenait de ses mains et les sulfateuses qui y étaient présentes lancèrent des torrents de balles dans toute la pièce. Alex plus massif qu'Éric, qui lui parvenait à anticiper les mouvements du bras, subit beaucoup de dégâts. Son bouclier le lâcha et son armure de métal ne put également contenir le flot continu de balles. Alex tendit alors le bras et attira le robot par ses pouvoirs psychiques, mais celui-ci était trop massif. Il ne put que le faire chavirer et il finit le genou encastré dans le bureau. Alors ayant perdu un bon mètre de hauteur à présent, Éric se jeta sur lui le couteau à la main, mais son bouclier était encore présent et empêchât à Éric de toucher son corps métallique. Graham qui ne voulait pas toucher son camarade à présent au contact, tirait de temps à autre sur une partie dégagée et finit par surcharger le bouclier qui finassait enfin à tomber. Alex cessa de tirer et agrippa le bras du robot qui déchaîner l'enfer, le maintenant ainsi dans le bureau. Cela donna l'occasion à Éric de renouveler son attaque qui cette fois-ci fonctionnait. Éric coupait sporadiquement tout ce qui lui passait sous la main et ne remarqua pas qu'une partie du torse du robot s'avança tel un tiroir. Le robot retira une sorte de cylindre fumant et commença à en charger un autre. Alex qui continuait à maintenir le bras remarqua ce changement de comportement et même s'il ne savait pas l'objectif d'une telle manœuvre, il ne devait pas le laisser faire. Il utilisa une dernière fois son pouvoir psychique et arracha tout le système qui accompagnait le tiroir. Le robot se mit alors à tirer dans tous les sens de son bras restant mettant en danger Éric qui, ne constatant pas visuellement l'effet de ses attaques décida de reculer et d'utiliser son arme. Alex recula. Il n'y avait plus besoin de le tenir à présent. Il donna ainsi le champ libre à Graham pour tirer. Après plusieurs salves, le robot finit par tomber à terre s'éteignant lentement, se déchargeant de toute énergie. Éric et Alex enlevèrent des parties de leurs armures afin d'appliquer des bandages sur leurs blessures. Graham lui, arriva pour aider le prisonnier qui n'avait miraculeusement pas pris de balles de toute la bataille.

— (Graham) Éric ! Alex ! C'est le prince Levi !

— (Éric) C'est lui ? Vraiment ?

— (Alex) Il va bien ?

— (Graham) Oui c'est bien lui, mais si le combat ne le pas réveillé, je pense que ce qu'il a est   grave.

— (Alex) On va l'emmener voir le toubib. Balek devrait le remettre sur pied.

Alors qu'ils discutaient de la suite des événements, des coups de feu se firent entendre un peu partout dans la station. Ils se placèrent tous les trois en couverture derrière le bureau et attendirent la moindre menace. Après plusieurs minutes de combat, des cris de joie cette fois-ci venaient troubler le calme de la station. Soudain, une horde de citoyens armés avançait dans leur direction.

— (citoyen) Hey vous là ! Éric, Alex et Graham il me semble !

— (Éric) Vous êtes qui ?

— (citoyen) On est les habitants de la station. On a croisé Rabam. Il dit qu'il vous a envoyé nous aider et il avait raison apparemment.

— (Alex à Éric et Graham) Haha. Heureusement qu'on ne l'a pas tué ni attaché. Il aura servi à quelque chose finalement.

Comprenant la situation, ils sortirent tous les trois de leur cachette et allèrent à la rencontre des citoyens.

Des combats sont apparus un peu partout dans la station. La défaite du chef poussa les quelques personnes ayant échappé aux rapts de sortirent de leur cachette. Profitant du chaos que cela avait provoqué dans les rangs ennemis. Certains citoyens sont alors allés à la rencontre de leurs sauveurs afin de leur demander un ultime effort pour récupérer la station. Alex et Éric prirent la navette afin de ramener le reste de l'équipage sur la planète pour aider les citoyens. Les dégâts dans la station étaient importants et des personnes étaient encore coincées dans des décombres et de nombreuses autres avaient besoin des soins de Balek. Sur le trajet, Alex et Éric discutaient de l'organisation et du temps qu'ils étaient prêts à perdre pour aider la station. Ils enlevèrent leur combinaison pour être plus à l'aise. Soudainement, les équipements de la navette tombèrent en panne un à un. Des bruits métalliques se firent entendre sur le châssis. Éric et Alex regardèrent à travers les hublots et le pare-brise la cause de cet objet espérant voir un champ débris flotter. Les bruits cessèrent aussi rapidement qu'ils étaient apparus. Éric et Alex se retournèrent vers le sas de sortie de la navette et vire avec stupeur un rectangle orange se dessiner sur celui-ci. On était en train de les aborder. Des soldats vêtus d'armures sombres et dotées d'arme étrange les attaquaient. Éric et Alex n'hésitèrent pas un instant et se défendirent. Malgré toutes leurs attaques, ils ne purent les retenir et reçurent tous deux des décharges électriques qui les mirent rapidement KO.

CHAPITRE 6

En ouvrant les yeux, Éric se trouvait dans une pièce blanche très propre avec une seule porte et une grande vitre quasiment opaque en face de lui. Il était très solidement attaché sur une chaise métallique en plein milieu de cette pièce. Alors qu'il se débattait pour s'extraire de la chaise, une voix l'interpella via des haut-parleurs.

— (Dr Möbius) Objet 122. Je suis le docteur Möbius. Veuillez-vous identifier.

— (Éric) Bonjour, je me prénomme Éric, je suis le capitaine de l'Interstellar42.

— (Dr Möbius) D'où venez-vous ?

— (Éric) D'une jolie petite planète bleue dans la Voie lactée appelée la Terre.

— (Dr Möbius) Pouvez-vous expliquer comment vous avez obtenu la faculté de générer des éclairs ?

— (Éric) Aucune idée.

— (Dr Möbius) Savez-vous si d'autres personnes venant de la Terre comme vous dites, sont   présents dans cette galaxie ?

— (Éric) Euh, c'est possible.

— (Dr Möbius) Avez-vous d'autres facultés ?

— (Éric) Non.

— (Dr Möbius) Connaissez-vous d'autres personnes avec des facultés semblables ?

— (Éric) Non !

— (Dr Möbius) Très bien. Nous en resterons là pour l'instant.

Le bruit résiduel des haut-parleurs se tut puis un homme qui était resté dans le dos d'Éric tout au long de l'interview s'approcha et lui injecta un sérum qui lui fit perdre connaissance.

C'était au tour d'Alex de prendre part à l'interview. Contrairement à Éric, lui était attaché sur une chaise métallique, mais via des fixations multiples à serrure complexe. Ne pouvant littéralement plus bouger le petit doigt, Alex balayait son environnement du regard en gardant son calme jusqu'à ce que la voix du docteur se fasse entendre.

— (Dr Möbius) objet 123. Je suis le docteur Möbius. Veuillez-vous identifier.

— (Alex) Je m'appelle Alex. Je suis où ici ?

— (Dr Möbius) Je répondrai à toutes vos questions dans un second temps. D'où venez-vous ?

— (Alex) Pourquoi voulez-vous savoir ?

— (Dr Möbius) Venez-vous de la Terre ?

— (Alex) Je ne sais pas.

— (Dr Möbius) Pouvez-vous expliquer comment vous avez obtenu la faculté de déplacer des objets ?

— (Alex) Non et comment vous le savez ?

— (Dr Möbius) C'est moi qui pose les questions pour l'instant. Savez-vous si d'autres personnes venant de la Terre sont présentes dans cette galaxie ?

— (Alex) Non.

— (Dr Möbius) Avez-vous d'autres facultés ?

— (Alex) Peut-être.

— (Dr Möbius) Connaissez-vous d'autres personnes avec des facultés semblables ?

— (Alex) Personne.

— (Dr Möbius) Vous finirez par parler. Nous en avons fini pour l'instant.

De même que pour Éric, Alex sentit une seringue s'enfoncer dans son cou et déverser un liquide tranquillisant.

Éric et Alex se réveillèrent quelque temps plus tard, chacun dans une chambre des plus spartiates.

— (Éric) Merde, où je suis ? C'est qui ces types ?

Puis étrangement, il entendit Alex.

— (Éric) Alex ! Tu es où ? Je t'entends, mais c'est bizarre je ne sais pas d'où ça vient.

— (Alex) Je t'entends aussi, mais pas avec mes oreilles. Je ne comprends pas.

— (Éric) On est télépathe, c'est ça que tu es en train de me dire ? Comme ça, normal, d'un   coup ?

— (Alex) Maintenant que j'y pense, ça nous le faisait déjà un peu avant. Je crois qu'on ne la juste pas remarqué parce que c'était à chaque fois dans feu de l'action. Mais parfois Graham ne nous suivait pas tout le temps comme on lui disait.

— (Éric) Je n'ai pas fait attention.

— (Alex) Par contre comment ils ont su pour nos pouvoirs ?

— (Éric) Moi aussi, ils étaient au courant.

— (?) Ça y est je suis devenu fou.

Éric et Alex se turent mentalement tous les deux pour écouter cette nouvelle voix des plus familières.

— (?) Si seulement vous pouviez réellement être là mes amis.

— (Éric) Paul ! Paul ! Paul ! C'est moi c'est Éric !

— (Alex) Oui, on est vraiment là !

— (Paul) J'en peux plus ! Je deviens fou !

— (Éric) Non c'est vraiment nous ! On s'est fait attraper par ces gars !

— (Paul) C'est... c'est vraiment vous ?

— (Alex) Puisqu'on te le dit !

— (Paul) Je suis si heureux, vous n'imaginez pas ! Ça fait des mois que je suis enfermé ici ! Je ne sais même pas où on est.

— (Éric) Nous ça fait qu'un mois qu'on est là et qu'on te cherche partout.

— (Paul) il vous est arrivé quoi ?

— (Éric) On a un vaisseau et tout, mais on te racontera.

— (Alex) On est soit dans une autre galaxie soit dans un univers parallèle, ce n'est pas encore bien défini, mais on est plus sur terre ça c'est sûr.

— (Paul) Vous avez dû vivre des trucs géniaux !

— (Éric) Trop !

— (Alex) Et maintenant, tu vas pouvoir venir foutre le bordel dans la galaxie avec nous.

— (Paul) Ce serait vraiment génial, mais je suis désolé, car si vous êtes là vous ne sortirez pas non plus.

— (Alex) Ne t'inquiète pas ! On va gérer, on a des pouvoirs.

— (Éric) Oui, on va sortir de là en moins de deux.

— (Paul) Moi aussi et c'est pour ça que je suis là.

— (Éric) C'est quoi ton pouvoir ?

— (Paul) Je peux faire exploser des parties de mon corps, je crois. Enfin, ce serait pratique si ça ne me touchait pas au passage.

— (Alex) Faut pas t'en faire, tu ne l'as pas maîtrisé c'est tout, avec de l'entraînement tu pourras faire plus de choses.

— (Éric) Alex à raison, au début je ne pouvais faire que des éclairs et maintenant je peux voir   des flux électromagnétiques.

— (Paul) Ils le savent ça ?

— (Éric) Je ne crois pas.

— (Paul) Alors on a peut-être une petite chance.

— (Alex) On va te sortir de là en moins de deux.

— (Éric) Paul, tu sais où tu es ?

— (Paul) Non après m'avoir fait passer d'innombrables tests. Ils m'ont mis dans une sorte de comas. Je reste conscient, mais je n'ai plus aucun contrôle sur mon corps.

Pendant ce temps, Alex bandait sa volonté avec beaucoup d'efforts afin d'ouvrir la porte de sa cellule. Celle-ci était prévue pour supporter des efforts de poussée et traction. Cependant, Alex parvint à déclencher le verrou à l'intérieur de la porte elle-même.

— (Alex) C'est bon, je suis sortie !

À ce même moment, une alarme se déclencha passant en boucle le même message accompagné des jeux de lumière dans les couloirs. Alerte de niveau rouge Beta, brèche de confinement de l'objet 123. À tous les membres du personnel, veuillez rejoindre les bunkers et attendre l'arrivée des forces d'intervention.

— (Alex) Je crois que j'ai fait une connerie.

— (Paul) Quoi ? Il se passe quoi ? Je n'entends rien moi.

— (Éric) Pour la discrétion, on repassera. Alex a déclenché l'alarme. Je sors aussi.

Alex qui voulait aussi sortir ne fit pas dans la subtilité et électrocuta la porte jusqu'à ce qu'elle finisse par s'ouvrir. Sa porte était prévue pour s'ouvrir mécaniquement. Comprenant qu'il n'y arriverait pas ainsi, il électrocuta longtemps le verrou de la porte afin qu'il soit suffisamment chaud et mou pour le forcer à la main. À partir de là un nouveau message fut transmis par les haut-parleurs. Alerte de niveau rouge alpha. Multiple brèche de confinement. À tous les membres du personnel, veuillez rejoindre les bunkers et attendre l'arrivée des forces d'intervention. Éric et Alex étaient tous les deux sortis dans le couloir et se retrouvèrent rapidement. Ils ouvrirent une pièce qui ne servait pas à contenir quoi que ce soit. Alex redoutait les possibles êtres et monstres qui pourraient être enfermés ici et se défendait bien de tenter le diable. Cette première salle contenait des équipements à destination du personnel, des combinaisons antiradiations, des masques à oxygène, lampes et autres objets utiles qu'ils s'empressèrent de récupérer.

— (Éric) On est dehors Paul, on vient te chercher.

— (Alex) On arrive, mais lentement, je ne veux pas laisser sortir un truc dangereux.

— (Paul) De ce que j'ai entendu des gens qui s'occupaient de moi, il ne vaudrait mieux pas.

Alex et Éric continuèrent à avancer dans le couloir et arrivèrent dans une sorte d'open-space totalement vide. Ils décidèrent de fouiller la pièce afin de trouver des informations sur cet endroit, et si possible où était retenu Paul. Alors qu'Éric trouva une carte d'accès de niveau 1, Alex l'interpella à un bureau où des fiches détaillaient la description de différentes choses capturées par ce centre. Il s'agissait d'un centre qui avait pour but de trouver tous les objets et êtres anormaux et défiant les lois de la physique pour les comprendre et les contenir afin d'éviter qu'il ne cause des dommages dans la galaxie. Parmi les documents, trois feuilles décrivaient respectivement l'objet ΩAI, objet ΩCD et objet αED. Alors qu'ils tenaient ces fiches, les lumières vacillèrent et s'éteignirent soudainement, laissant place aux seuls petits éclats des lampes des sorties de secours et d'un nouveau message. Alerte de niveau noir alpha, multiple brèche de confinement. La procédure Hélios est mise en place. À tous les membres du personnel, veuillez quitter la station.

— (Éric) On s'en fout, on dégage. Je n'aime pas trop le dernier message en cours là.

— (Alex) Bien d'accord.

Pendant qu'ils avançaient dans les couloirs sombres, Alex décrivait à Éric et à Paul les bribes d'information qu'il avait eu le temps de lire. Paul commençait à angoisser à l'idée que d'autres créatures pouvaient être dehors et venir le choper alors qu'il était totalement impuissant. Heureusement, la voix de ses amis le calmait. Il avait une totale confiance en eux et savait qu'il ferait tout pour le récupérer.

— (Alex) Le premier truc c'était un niveau noir. Je ne sais pas ce que ça veut dire quoi, mais en gros c'est une sorte de vase chinois qui fait jaillir des monstres.

— (Paul) Noir, c'est la classe de l'objet. De ce que j'ai compris, il y en a trois. Jaune, rouge et noir. Le premier c'est soit l'effet soit le mode d'utilisation qui fait que ce n'est pas trop dangereux. Ensuite, la classe bordel, la rouge. Tu regroupes tout ce qui est dangereux et/ou avec une conscience. Donc nous on est de rouge.

— (Éric) C'est quoi la différence avec noir. Tout à l'air dangereux.

— (Paul) La différence c'est le possible scénario de fin du monde.

— (Alex) Ah quand même.

— (Paul) Je sais que parfois ça tient aussi au fait de la difficulté à contenir. Le pot aux monstres   là, je sais que les monstres ils arrivent à les tuer, mais il en sort tout le temps et de plus en   plus fort. Donc dans le futur ça deviendra un problème.

— (Éric) Dans le doute, on n'y touchera pas.

— (Alex) Très bonne idée.

— (Paul) C'était quoi les autres ?

— (Alex) Je n'ai pas eu le temps de les lire. Mais y'en a un je crois que c'est des bracelets que tu mets à chaque poignée et quand tu tires à l'arc avec tu projettes les os de ton bras.

— (Éric) Ça doit faire très mal.

— (Paul) Sans parler du fait que c'est débile.

— (Alex) Il y a peut-être un truc en particulier avec qui fait que c'est utile, je ne sais pas.

— (Éric) Alex ! Stop !

— (Alex) Quoi ?

— (Éric) Je crois voir un escalier par là.

— (Alex) On y va, je te suis.

— (Éric) C'est toi le tank* du groupe, c'est toi qui y vas en premier.

— (Alex) OK, mais surveille l'arrière.

Après avoir changé d'étage et traîné autour de quelques couloirs, Alex eut l'idée de redescendre.

— (Alex) Paul, tu ne sais vraiment pas où tu te trouves ?

— (Paul) Vraiment pas, désolé.

— (Alex) Parce que je pense qu'il était à notre étage.

— (Éric) Qu'est-ce qui te fait dire ça ?

— (Alex) Si moi je faisais un complexe comme ça, je regrouperais toutes les choses de la même classe au même endroit.

— (Éric) Ça se tient, mais ce n'est pas sûr non plus.

— (Alex) Je sais bien, mais faut bien commencer quelque part.

Ils firent le chemin à l'envers et décidèrent d'ouvrir la première porte qu'il n'avait pas approchée, afin de procéder logiquement pour être sûr de ne louper aucune porte. Celle-ci ouvrait sur un petit couloir avec une porte épaisse et une petite salle avec différents équipements et dont la vitre géante donnait sur une pièce totalement sombre. Éric se dirigea vers cette salle alors qu'Alex s'apprêtait à ouvrir le sas.

— (Alex) Tu vois quelque chose ?

(Éric) Non, il fait trop noir, je ne vois pas à trois mètres. Fais attention.

*Tank= personnage dans un groupe qui a pour but d'attirer l'attention de l'ennemie. Souvent doté de la défense la plus solide du groupe, il est en première ligne pour laisser à ses compagnons plus fragiles l'occasion de faire des dégâts.

— (Alex) T'inquiètes, je ne suis pas fou.

Alex ouvrit prudemment le sas se concentrant au cas où, à utiliser ses pouvoirs psychiques pour repousser tout ce qui pourrait s'approcher et refermer la porte illico. La chambre d'observation était plongée dans le noir, mais Alex pouvait discerner des traces de sang à quelques mètres de lui. Alex étudiait les écrans et jetait de temps à autre un regard par la vitre. Alex avançait presque à tâtons plissant les yeux afin de voir au plus loin possible. Éric regardait à présent qu'à travers la vitre. Alex était assez loin de la sortie. De la même manière, Éric se concentrait pour voir le plus loin possible et ses yeux s'étaient à présent habitués à la pénombre. Il put discerner une obscurité s'approchant en rampant.

— (Éric) Dégage de là !

Alex ne se fit pas prier et à peine fut il sortit de la pièce, qu'Éric enclencha le système de sécurité qu'il avait trouvé en arrivant dans la salle. Des gerbes de flammes bleutées envahissaient à présent la salle d'observation, mettant en lumière d'innombrables monstres hurlant de douleur.

— (Alex) Fiou ! Bon, il n'est pas là.

— (Éric) Oui, dans le doute, on ferme tout.

Ils firent le bout de chemin en reculant, prenant soin de vérifier qu'aucun de ces monstres ne s'étaient échappés. Après avoir repris son souffle, Alex reprit les devants et ouvrit une nouvelle porte qui débouchait sur une pièce en arc de cercle donnant sur trois portes fermées accompagnées d'une vignette. La porte de droite indiquait la porte de médecin nommé Delâtre. Celle de gauche fermait une salle de stockage pour le médecin et le Dr Möbius, qui se trouver au-delà de la dernière porte.

— (Éric) Tiens, tiens. Mais on le connaît celui-là.

— (Alex) J'avais justement des questions à lui poser.

Alex finissait sa phrase en empoignant son poing de son autre main pour faire craquer ses doigts. Il utilisa alors sa volonté pour ouvrir la porte qui était fermée par une serrure de niveau trois que leur passe ne pouvait ouvrir. La porte s'ouvrit sur un bureau renversé qui abritait le docteur barricadé muni d'un simple pistolet pour se défendre. Alex tenta d'attirer à lui l'arme, mais sa dernière action l'avait affaibli et ne réussit pas à le désarmer. Éric lui, fonça tête baissée ne comptant que sur son adresse pour arriver jusqu'à Möbius. Malgré une balle qui lui égratigna l'épaule, il arriva sans mal jusqu'à lui et réussit à maîtriser le frêle intellectuel. Alex arriva tout de suite après et commença l'interrogatoire.

— (Alex) Tu vas nous dire tout ce que tu sais.

— (Dr Möbius) C'est vous ? Comment avez-vous fait pour sortir de vos cellules ?

Éric donna un coup de poing dans le ventre du docteur qu'il tenait en joue par son propre pistolet.

— (Alex) C'est moi qui pose les questions ! Où est Paul ?

— (Dr Möbius) À quoi bon, on va tous mourir de toute façon.

— (Éric) Mauvaise réponse.

Cette fois-ci le coup fut plus puissant et provoqua des toux de sangs chez Möbius.

— (Alex) Je répète. Où est Paul ?

— (Dr Möbius) Vous parlez de l'objet α 121 ? Il est à cet étage en allant sur la gauche en sortant. Mais si vous avez en semblant d'intelligence vous ne bougeriez pas d'ici.

— (Éric) Parle pour toi ! Nous, on va se casser d'ici.

— (Dr Möbius) Vous n'entendez pas l'annonce ? Le protocole Hélios a été déclenché. Ça veut dire que la station se dirige tout droit vers l'étoile à proximité.

— (Alex) On va se dépêcher.

— (Éric) On n'est pas des froussards, nous.

— (Alex) D'ailleurs, pourquoi vous êtes encore là ?

— (Dr Möbius) Croyez-moi bien quand je vous dis que pour rien au monde je ne voudrais rester ici sauf que j'ai trop tardé et maintenant les navettes sont parties. Et si vous saviez ce qui est, enfin était confiné ici vous attendriez ici avec moi. Une fin rapide et indolore.

— (Alex) Bon, moi j'en ai assez entendu. On continue ?

— (Éric) Je fouille juste le bureau avant.

— (Dr Möbius) Attendez ! Ne me laissez pas ici !

— (Alex) Tu le mérites, mais je ne veux pas dépenser mes forces ou des balles pour toi.

— (Éric) Tiens, j'ai trouvé une carte de niveau 3.

— (Éric) Juste avant que mon compagnon ne vous punisse pour nous avoir enfermé et torturé mon ami, j'ai la flemme de lire. Parlez-moi de ces objets.

— (Dr Möbius) Celui-là, c'est l'objet αGC, appelé la Statue. Une belle saloperie, mais à deux vous ne devriez pas avoir trop de mal.

— (Alex) Il a quoi de particulier, à part qu'il est immonde ?

— (Dr Möbius) Il peut se déplace instantanément sur de courtes distances lorsqu'il n'y a personne qu'il le regarde. Si vous clignez des yeux près de lui, vous mourez dans l'instant suivant par strangulation ou à cause d'une nuque cassée.

— (Éric) OK, donc lui on garde un contact visuel et c'est bon.

— (Alex) Quand on aura retrouvé Paul, ce sera encore plus simple, on devrait pouvoir le gérer sans trop de difficulté. Et le dernier ?

— (Dr Möbius) Ah. Lui. C'est sans doute lui qui est à l'origine de la procédure de niveau noir. Une créature, un véritable monstre, doté d'une intelligence impressionnante et invincible. Du moins avec tout ce dont on dispose. J'espère qu'il va apprécier le petit séjour au soleil cet enfoiré.

— (Éric) Et on fait quoi si on le croise ?

— (Dr Möbius) Le mieux c'est de se tirer une balle. Vous n'avez aucun moyen de le tuer et ce sera plus rapide et moins douloureux comme ça.

— (Alex) C'est rassurant.

Éric donna un violent coup de pied dans le genou du docteur le rendant incapable de se déplacer librement.

— (Dr Möbius) Non ! Ne me laissez pas ici ! Tuez-moi par pitié ! Ne partez pas !

Éric et Alex sortirent du bureau faisant bien attention à laisser la porte grande ouverte.

— (Éric) Bon, cette porte ci donne sur du stockage. On devrait trouver des trucs intéressants.

Éric ouvrit la porte à l'aide de son passe niveau 3 récemment acquis et Alex et lui commencèrent leur fouille. La pièce contenait des objets de toutes sortes et des composants de rechanges pour les bureaux. Après plusieurs minutes de recherches, ils ne trouvèrent qu'un sérum dont le nom était identique à celui que fabriquait Balek sur le vaisseau.

— (Éric) Ah ! Ça me soûl ! Il y a plein de trucs ici, mais la moitié ne sert à rien et l'autre je n'ai pas la moindre idée de son utilité.

— (Alex) Moi j'ai trouvé une potion de vie. On ira un peu plus loin que si on ne l'avait pas. Dit-il avec le sourire.

— (Éric) Je pense que de toute façon on ne trouvera pas d'armes ou d'armures ici.

Ils sortirent de la salle pour rentrer dans le bureau du docteur Delâtre. En entrant, ils ne virent personne. Sans doute avait-il eu le temps de s'enfuir. Éric se dirigea immédiatement vers le bureau alors qu'Alex commença par ouvrir différents tiroirs d'une armoire posée dans un coin de la salle.

Éric prit en main une statuette montrant un petit singe et lit sur son côté.

— (Éric) Au, plus, malin. Le mec ne se prend pas pour de la merde. Mais bon, chacun ses goûts je suppose.

— (Alex) Lâche-moi ça ! Si ça se trouve, c'est un truc dangereux.

— (Éric) Il ne l'aurait pas de son bureau sinon.

— (Alex) Ou alors un truc hyper chiant qui te suit partout.

— (Éric) Et toi tu as trouvé quelque chose ?

— (Alex) Ouais mon gars. La réserve secrète d'alcool du médecin. Malheureusement vide.

— (Alex) Par contre, je n'ai rien trouvé d'autre.

— (Éric) Moi non plus. Allons chercher Paul.

Ils sortirent et empruntèrent la direction indiquée par Möbius et finirent par arriver à un croisement en T.

— (Alex) je vais à droite et tu vas à gauche.

— Alex arriva rapidement sur une porte massive de plusieurs mètres de large et de haut.

— (Alex) Ça m'étonnerait que ce soit pour Paul.

Au même moment il vit sur le mur une pancarte informative sur les réglementations en vigueur pour s'approcher de la salle de confinement de l'objet γFB.

— (Alex) Non ! Non ! Ce n'est pas là. Je me tire vite fait d'ici.

Éric fut quelque temps plus tard rejoint par Alex qui trottait pour le rattraper.

— (Éric) Déjà là ?

— (Alex) Oui, c'est la mort au bout du couloir là-bas, littéralement.

Éric et lui arrivaient sur un espace plus large donnant sur deux pièces scellées de mêmes portes que pour les autres objets. La première comportait également le panneau indicatif semblable à toute salle de confinement. Celui-ci gardait la porte de l'objet α 121.

— (Éric) C'est lui ! C'est lui !

— (Alex) C'est Paul ! Ouvre vite !

Ils ouvrirent la porte et en effet, leur ami était là. La personne qu'ils avaient cherchée depuis un mois se tenait là allongée sur un lit médical. Ils s'empressèrent de retirer tous les appareillent et tuyaux du corps de Paul. Alex ne put s'empêcher de mettre quelques claques pour l'aider à se réveiller de ce long sommeil. Cette technique fut fructueuse et Paul ouvrit les yeux pour la première fois depuis des semaines. Même s'il ne pouvait encore voir clairement, il balaya sa main pour agripper le bras de son ami.

— (Paul) C'est, c'est bien vous ? Je suis si heureux, vous ne pouvez pas savoir.

Des flots de larmes coulèrent des joues de Paul tant la joie d'avoir retrouvé ses amis et celle d'être sortir de cette situation furent au-delà de ce qu'il pouvait supporter. Alex l'aida à se tenir debout et tous les trois se prirent dans les bras et crièrent de joie.

— (Éric) Haha ! Enfin on te retrouve !

— (Alex) Tu nous en as causé des soucis !

— (Paul) Pardon maman, haha. Je pense pouvoir tenir debout. Vous pouvez me donner une combinaison aussi ?

— (Éric) Euh. Merde, on n'y a pas pensé.

— (Alex) Je vais t'en chercher une avec de l'équipement, attendez-moi là.

— (Paul) Je suis plus à ça près.

Alex s'empressa de faire le voyage aller-retour les bras chargés afin d'équiper un minimum Paul qui ne portait qu'une simple tenue d'hôpital. Pendant ce temps Paul reprenait goût au fait de pouvoir bouger son corps et fit une séance d'étirement, mais avec la souplesse d'un septuagénaire.

Une fois habillé de tout l'équipement nécessaire, Paul demanda s'il pouvait aller voir son voisin.

— (Paul) Avant de continuer, j'aimerais bien voir ce qu'ils ont mis comme saloperie dans la pièce à côté.

— (Alex) Apparemment, c'est les bracelets. Objet αED

— (Paul) C'est quoi ces trucs-là ?

— (Éric) En gros, tu les mets et ça fait apparaître un arc qui projette les os ton bras.

— (Paul) Ça doit faire mal, mais vu qu'on n'a qu'une arme je vais les prendre. Si vous voulez bien.

— (Alex) Éric, tu es le meilleur viseur tu prends l'arme, moi je suis le plus fort, je table là-dessus pour me défendre.

— (Paul) C'est sûr qu'après être resté allongé des semaines je ne vais pas concourir pour mister univers. Au moins, j'arrive à tenir debout et je trouve que c'est déjà bien.

Après cette dernière phrase dite avec un peu trop de fierté vis-à-vis de l'exploit, les trois amis enfin réunis prirent les escaliers pour l'étage supérieur.

Portant l'arme à feu du groupe, Éric se décida à ouvrir la marche et actionna le premier sas et alla en direction du sud et à ce même moment, ils entendirent un bruit sourd tel un meuble qu'on aurait déplacé. C'est alors qu'Alex et Paul virent une créature de plus de deux mètres se tenant à peine un mètre d'Éric qui lui tournait le dos.

— (Alex et Paul) Attention !

— (Paul) C'est quoi ce truc ! Pourquoi il ne bouge pas ?

Éric se retourna vivement et fit plusieurs pas en arrière pointant son arme sur l'objet γFB.

— (Alex) Il ne faut pas perdre le contact visuel ! Tant qu'on le regarde, il ne bougera pas.

— (Paul) Il est hyper moche. On ne peut pas le tuer ?

— (Éric) Je ne crois pas et on n'a pas beaucoup de balle.

— (Alex) Vas-y Paul, avance on le regarde. Toujours deux personnes qui le regardent.

Ils avancèrent alors tous les trois en relais pour toujours garder un contact visuel avec la créature, mais la pénombre devenait de plus en plus épaisse à mesure qu'ils s'en éloignaient. Le couloir donnait sur un virage. Éric et Paul se mirent dans l'angle afin de toujours regarder dans le couloir pendant qu'Alex explorait un peu plus loin. Il arriva à la salle des communications qui était totalement vide. Il commença à chercher sur les ordinateurs des moyens de prévenir leurs camarades. Il ne trouva pas comment contacter leur équipage, mais obtint un plan des lieux. Soulagé de ne pas trouver à cet étage des salles de confinement, il examina la carte et trouva le chemin de la baie d'amarrage. Cependant, le chemin se situait sur la trajectoire de l'objet αGC. Il remarqua alors deux ascenseurs de maintenance. Un, près de leur position et un, à l'autre bout de l'étage, outrepassant ainsi le problème. Il remarqua également une pièce près de sa position nommée armurerie. Il décida de s'y rendre avant de rejoindre ses amis qui avaient mis en place un protocole. Chacun indiquait quand il allait cligner des yeux afin qu'il ne la fasse pas en même temps. Puis Paul eut une idée.

— (Paul) Éric, j'ai une idée ! Si tu clignes un œil à la fois tu ne perds jamais le contact visuel.

Les deux se mirent à essayer cette nouvelle méthode, mais la pratique s'avéra moins naturelle que prévu et échoua au bout d'un moment. La créature apparue à quelques centimètres de Paul qui était le plus près.

— (Paul) Merde, on est trop con ! Recule, recule.

Alex en ouvrant l'armurerie vit un soldat en train de chercher de l'équipement.

— (Alex) Et toi ? Tu peux nous aider ?

Le soldat se retournât et le vit en combinaison du centre et ne se douta de rien.

— (soldat) Quoi ? Un scientifique ? Que faites-vous encore là ?

— (Alex) on n'a pas eu le temps de s'enfuir et là il y a αGC pas loin.

— (soldat) Vous êtes combien ?

— (Alex) Trois. Les deux autres regardent le monstre.

— (soldat) Tenez, prenez ça même si je doute que ça serve à grand-chose contre ces saloperies.

Le soldat tendit un fusil à énergie qu'Alex s'empressa de prendre. Ils retournèrent vers Éric et Paul qui se dirigeait vers eux.

— (Éric) On a raté plusieurs fois et maintenant il est vachement proche.

— (Paul) On ne passera pas par là.

— (Alex) Le problème c'est que la sortie est de l'autre côté.

— (Paul) Tant pis.

— (Soldat) De toute façon sans passe de niveau 5 on ne pourra pas ouvrir les portes menant au   hangar. Mais si on coupe tout le courant, on pourra peut-être les ouvrir manuellement.

— (Éric) Moi ça me va comme plan.

Maintenant à quatre pour maintenir le contact visuel, il était moins probable qu'un problème survienne. Arrivés à l'ascenseur de maintenance, ils fermèrent les portes et immédiatement après plusieurs bruits sourds successifs se firent entendre de l'autre côté des portes ainsi que des grincements de griffes.

— (Paul) Faites qu'il ne passe pas, faites qu'il ne passe pas les portes.

L'ascenseur commença sa descente et les bruits s'éloignèrent. Arrivée à l'étage de maintenance, une odeur forte de renfermé et d'eau croupie envahissait l'air. Dès l'ouverture des portes, en quittant l'ascenseur, le soldat qui ne portait pas de masque eut un haut de cœur et grommela contre la puanteur qui infestait les lieux. Bien heureux d'avoir leur équipement, les Terriens ne se moquèrent pas du soldat. La situation était plus sinistre que prévu. Une salle immense s'étendait devant eux, parsemée de générateurs électriques semblables en taille à des conteneurs. Cette salle des générateurs n'était éclairée à présent que par quelques lampes pendues au plafond et qui ne montraient qu'un cercle de quelques mètres en dessous d'elles. Ils prirent tous leur torche en main sauf Paul qui n'en avait pas, mais qui bandait son arc à la place. Couvrant chacun un des points cardinaux, ils progressèrent vers l'un des générateurs, avec le soldat en tête, Éric à la droite, Alex à gauche et Paul couvrant les arrières. Le temps d'un battement de cil, Alex crut apercevoir une ombre passer à toute vitesse sous un des lampions, plus loin. Il n'était pas sûr de ce qu'il avait vu ni s'il avait vraiment vu quelque chose. Il ne dit rient de cela et serra un peu plus fort son arme.

— (soldat) Je crois que c'est ça devant. Toi vas-y et coupes le générateur. Je t'éclaire.

— (Éric) OK, mais tu fais bien gaffe derrière moi.

— (Alex) Comment on sait que c'est le bon générateur.

— (soldat) Je n'en sais rien moi. On les coupe tous, comme ça on est sûr.

— (Éric) OK, mais je coupe quel levier le rouge ou le noir ?

— (soldat) Je ne suis pas électricien moi, le noir ?

— (Éric) J'ai peur de faire une connerie. Imagine que ça ouvre toutes les cellules.

— (Alex) J'espère que c'est sur des générateurs plus sécurisé.

— (soldat) Ça m'étonnerait aussi, mais on n'a pas vraiment le choix de toute façon.

Paul qui supportait de plus en plus mal de ne pas avoir de lampe pour voir à plus de trois mètres se mit à la place d'Éric devant le générateur et baissa le premier levier rouge. Les trois autres le regardaient surpris, mais ne disaient rien, attendant les effets de cette action. Paul n'attendit que quelques secondes avant de baisser le levier noir. Cette fois-ci un bruit électrique survint, accompagné de l'extinction de l'une des ampoules un peu plus loin. Paul demanda au groupe de repartir, la voix un peu fébrile.

— (Paul) Bon maintenant tu sais que c'est le noir. On peut continuer ?

Le groupe continua alors vers le générateur suivant en faisant attention à chaque recoin, chaque équipement sur le sol et tout objet se trouvant sur leur route. Leur sens à l'affût de la moindre entorse à la normalité. Ils arrivèrent au second générateur et avaient parcouru presque la moitié du chemin à présent. Le soldat alors soulagé d'arriver s'avança vers le levier noir éclairé par Éric. Il baissa le levier et de la même manière, un bruit suivi de l'extinction d'une ampoule indiqua l'arrêt du générateur.

— (soldat) Fiou, la moitié de fait.

À cet instant, alors qu'il avait la main encore sur la poignée du levier, une créature bondit sur le soldat et l'emporta dans les ténèbres aussi rapidement qu'elle était apparue. Les hurlements du soldat pétrifièrent les trois survivants jusqu'à ce que ses cris s'estompent peu de temps après.

— (Paul) Bon, deux générateurs, ça fait une chance sur deux, c'est une bonne probabilité pour moi. Si on remontait ?

Ses deux amis acquiescèrent d'un mouvement de tête et firent demi-tour d'un pas soutenu. Arrivé à une quinzaine de mètres de la porte menant à l'ascenseur, un bruit de grincement résonna dans la pièce. Éric et Alex pointèrent leur lampe dans cette direction pour voir alors que la porte était désormais complètement tordue et impossible à ouvrir.

— (Alex) Bon tout le monde dos à dos. Chacun à 130°. Je regarde en face et vous me suivez.   On fonce !

— (Paul) Quitte à aller à l'autre porte autant couper les générateurs. C'est sur le chemin.

— (Éric) OK, c'est moi le plus près, je le ferai.

— (Paul) Non c'est moi, vous avez des lampes vous me couvrirez mieux.

Ils couraient à présent. Plus question d'être trop prudent. La bête les chassait. Ils passèrent le premier puis second générateur et arrivèrent presque essoufflés au troisième.

— (Paul) Éric éclaire le fond du générateur.

— Éric balaya alors la direction et remarqua une jambe dépassant de la fin du générateur.

— (Éric) Il y a le corps du soldat là-bas, je crois.

Paul actionna le levier et la pénultième ampoule s'éteignit.

— (Paul) On s'en fout, il est mort, on trace.

— (Éric) Je n'avais pas l'intention d'aller voir.

Ils avancèrent jusqu'au dernier générateur et Paul posa sa main sur le dernier levier. Il s'arrêta, complètement figé, comme accroché à la poignée. Alex couvrait l'autre direction et Éric qui éclairait Paul compris de suite ce qu'il se passait et pointa le cône de lumière fourni par sa lampe torche derrière Paul. La lumière découvrait progressivement une mâchoire immense dotée d'innombrables dents acérées, accrochées à un corps massif doté de trop de pattes. Paul tourna la tête lentement en direction du monstre. Tous les trois se fixaient du regard bien que γFB avait plus d'une dizaine d'yeux. Maintenant un statu quo qui fut dérangé par Paul qui abaissa le dernier levier et avec lui le dernier spot lumineux. À ce moment précis, Paul plongeât pour esquiver la bête qui se jeta sur lui dans un cri affreux, comme provenant de dizaines d'enfants hurlant de douleur. Éric vida son chargeur, visant la tête, mais cela n'entraîna presque aucune réaction. Paul était sur le dos, en face de la bête. Il décida d'utiliser ses bracelets et bandit son arc invisible. Le monstre lui insufflait tellement de peur qu'il ne parvint pas à attendre le bon moment pour tirer et tous les os de son bras partir à une vitesse fulgurante. Malheureusement, son tir trop hâtif ne fit que l'effleurer et le projectile alla se loger dans le plafond. Ce tir était le dernier espoir de Paul qu'il venait de voir anéanti. Plus aucun espoir ne se profilait. Dans son esprit il revit l'instant où le soldat s'était fait happer et se dit que le monstre lui réservait le même sort. Il se disait au moins que cela apaiserait la douleur que l'utilisation de αED lui faisait. La créature était maintenant tellement proche qu'il pouvait compter le nombre d'yeux qui le fixaient avant d'ouvrir sa gueule, tellement grande qu'on aurait dit qu'elle aurait pu l'engloutir d'un seul coup. Puis Alex utilisa les dernières forces psychiques qui lui restaient. Il réussit à bloquer la créature. Paul était encore sur le dos, rampant péniblement, handicapé par un bras caoutchouteux. Alex mit alors tout ce qu'il avait, si bien que du sang commençait à lui couler des narines. Ses efforts ne furent pas vains et poussèrent γFB à faire quelques pas à reculons, pousser par la psyché d'Alex criant de rage et de douleurs. C'était l'étincelle pour Paul, une faible lumière au bout d'un long tunnel sombre, mais une chance tout de même. Il utilisa alors ses propres pouvoirs pour faire exploser ses os qui s'étaient encastrés dans le plafond où avait maintenant reculé γFB. Une détonation violente fit s'effondrer une partie du plafond sur le monstre. Éric ne perdit pas une seconde, prit sous le coude ses deux amis affaiblis et courut en direction de la dernière sortie. Ils arrivèrent tous les trois essoufflés et pour deux d'entre eux à bout de forces. Éric martelait les boutons pour faire monter l'ascenseur.

— (Éric) Putain ! Merde, ça ne marche pas !

— (Paul) Évidemment, on a coupé le courant. On est trop con. Utilise tes pouvoirs !

C'était au tour d'Éric de montrer ce dont il était capable. Il ferma les yeux, posa sa main sur l'une des parois et des éclairs bleutés se manifestaient à différents endroits de la nacelle.

— (Alex) Grouille, j'entends un truc.

— (Paul) Il en faudra plus pour l'avoir cette saloperie !

— (Éric) Vos gueules ! Je me concentre.

— (Paul) Concentre-toi plus vite, je la vois au bout du couloir.

Alex gagna autant de temps qu'il put en tirant toutes les balles de son fusil sur la bête approchant à toute vitesse.

— (Éric) C'est bon ! Allez ! On monte !

Les portes se refermèrent et ils remontèrent tous les trois. Arrivés en haut, Alex et Paul pouvaient de nouveau marcher seuls. Alex ayant vu le plan, il prit les devants. La dernière porte se tenait devant eux, mais leur stratagème avait fonctionné. Il suffit à Alex de pousser les portes métalliques pour ouvrir un passage. Arrivé enfin au couloir principal donnant à l'ascenseur menant à la baie d'amarrage, un soldat se tenait là.

— (Alex) Toi ! Si tu veux vivre, viens avec nous !

— (soldat) Vous êtes les seuls ?

— (Éric) Oui ! Tous les autres sont morts !

Éric et Alex passèrent le garde et se tenaient alors déjà dans l'ascenseur. Paul, en passant au niveau du garde s'arrêta et tourna la tête vers l'arrière.

— (Éric) Qu'est-ce que tu fous ? Magne-toi !

— (Paul) Il est en train de remonter la cage d'ascenseur!

— (soldat) Continuer, je vous couvre !

Paul rejoignit ses amis et se retourna alors qu'au même moment γFB déboula en furie dans le couloir. Éric abandonna le soldat à son sort. Il était trop tard pour lui. En quelques mouvements le soldat se fit happer par γFB alors que la sortie s'offrait aux derniers survivants.

Arrivés à la dernière porte donnant sur la baie, des voix familières à Alex et Éric se firent entendre.

— (Victoria) Bon Apport ! Tu l'ouvres cette foutue porte. Tu es un hacker, ça ne devrait pas être trop dur.

— (Apport) Je veux bien moi, mais il y a plus de courant. Comment je fais pour l'ouvrir ?

— (Victoria) Débrouille-toi !

Éric ouvrit alors la porte le plus naturellement du monde, en la faisant coulisser dans ses charnières.

— (Éric) Qu'est-ce que vous faites là ?

— (Victoria) Sur Scipilia on vous a entendus vous faire enlever via le système de communication alors on a suivi leur vaisseau. Ensuite on a attendu la bonne occasion pour... C'est qui celui-là ?

— (Paul) Salut, moi c'est Paul. Mais là, on s'en fout, faut se barrer.

Éric et Alex confirmèrent l'ordre d'un hochement de tête avec leur visage marqué par ce qu'ils avaient vu en bas. Ils quittèrent tous ensemble alors cette maudite station qui, lentement mais sûrement, se dirigeait vers une étoile à proximité. Ils regardèrent cet astéroïde réaménagé se dissiper dans l'éclat puissant de l'astre en espérant ne plus jamais croiser la route du centre, puis se dirigèrent tous les trois à l'infirmerie.

CHAPITRE 7

Paul était le plus gravement blessé et fut soigné en priorité par Balek qui donna aux deux autres des antidouleurs en attendant leur tour. Malgré l'excitation de Paul de voir pour la première fois un Alien, il s'enfonça dans un profond sommeil, un réel cette fois. Balek fut surpris en constatant à quelle vitesse le bras de son patient se régénérait. Éric expliqua aussi clairement que possible, la raison de cette régénération. Bien que cela lui semblait complètement insensé, les faits lui firent accepter cette réalité et il ne retira pas les bracelets qui en étaient à l'origine. Balek traita les autres blessures et les deux autres membres d'équipage alors que le vaisseau rejoignait Scipilia où Graham attendait aux côtés du prince Levi, depuis longtemps réveillé. Alors que ces deux-là remontaient à bords de l'Interstellar42, Paul désormais en pleine forme, assommait Balek de questions en tous genres. Balek qui avait étudié d'innombrables espèces différentes à travers la galaxie était ravi de partager ses connaissances avec quelqu'un dans ce vaisseau. Leur discussion qui aurait pu durer des heures fut interrompue par Graham et le VIP qui arrivaient à bord du vaisseau.

— (Graham) Content de vous savoir en vie !

— (Alex) Content d'être rentré et pas tout seul en plus.

— (Graham) C'est vrai. Bonjour monsieur, je suis Graham, le sniper de l'équipage. Ravi de vous avoir à bord.

— (Paul) Bonjour, moi c'est Paul. Si je j'ai bien compris ce que m'a expliqué Balek, vous êtes un Grumbok ?

— (Graham) Oui c'est exact, mais vous n'avez jamais vu quelqu'un de mon espè... Attendait, Paul. Le Paul ?

— (Alex) Oui c'est lui !

— (Paul) Oui c'est moi. Je suis célèbre ?

— (Graham) Vos deux amis ne t'arrisaient pas d'éloges à propos de vous.

— (Paul) D'éloges ? Vraiment ? Avec ces deux-là, je n'en suis pas sur haha.

— (Alex) En vrai, on a vraiment flippé. Il s'est passé quoi après que tu sois arrivé ? C'est quoi le dernier truc dont tu te souviens sur Terre ? Le dernier souvenir, c'était Éric en train de pisser sur le bord de la route et puis le central qui a explosé je suppose. Après je me suis réveillé dans une ville totalement inconnue.

— (Éric) Tu sais sur quelle planète.

— (Paul) J'ai appris plus tard, au moment de mon transfert au centre, qu'il s'agissait de l'Empire Vénérable.

— (Graham) Et comment tu t'es fait capturer?

— (Paul) C'est une longue histoire et c'est en grande partie ma faute en plus. Après le flash, je me suis réveillé comme je le disais dans une autre ville. Il y avait plein d'humains qui parlaient des langues que je ne connaissais pas, ça ressemblait à du russe et puis j'ai entendu du français. Je me suis alors dirigé près de la voie au milieu de la foule. Il s'est avéré qu'il s'agissait d'un riche qui maltraitait une femme en pleine rue. En pleine rue ! Il la traînait avec une sorte de laisse où je ne sais pas trop et personne ne réagissait. C'était normal quoi. Du coup, moi, en preux chevalier je suis allé le voir pour le stopper. Le mec en question a commencé à m'insulter, qu'il était noble ou je ne sais pas quoi, que c'était son objet et qu'il pouvait en faire ce qu'il voulait et que je ne méritais pas que je lui adresse la parole. Du coup, j'ai peut-être réagi à chaud. J'ai peut-être dit que lui à par être sortie de la c***** de sa mère il n'avait pas dû faire grand-chose pour mériter son rang. J'ai ensuite été rapidement interpellé par ses gardes et avant de me faire emmener, je lui ai craché un bon gros mollard dans sa face. Je me suis dit qu'au vu de mes propos j'étais de toute façon mal barré, sauf que c'est là que j'ai découvert pour la première fois mes « pouvoirs » et qu'il en a fait les frais, en explosant.

— (Éric) Badass le mec.

— (Alex) Oui, mais, exploser littéralement un noble ce n'est pas la meilleure des idées.

— (Paul) Même si j'avoue que ça fait du bien, mes geôliers se sont défoulés sur moi aussi après. Du coup, j'ai peut-être un peu dit tout ce que je savais. Je leur ai parlé de la France, parce que je pensais qu'on était toujours sur Terre, et qu'on allait leur atomiser la gueule. A ce moment précis, j'ai compris que quelque chose n'allait pas. Ils m'ont posé plein de questions sur la Terre et ses ressources. J'ai compris de mon côté qu'eux faisaient des recherches dessus et que c'est sans doute à cause de ça qu'on s'est retrouvé ici. Maintenant j'émets l'hypothèse qu'ils vont se servir de leur recherche pour arriver jusqu'à la Terre, et vu leur technologie, ils vont gagner et asservir notre planète. Je suis désolé les gars.

— (Éric) T'inquiètes, ce n'est pas de ta faute.

— (Paul) Ensuite, une fois qu'ils n'avaient plus de questions, ils m'ont vendu au centre qui a fait des batteries de tests puis m'a mis dans ce coma artificiel. La suite vous la connaissez.

— (Éric) La prochaine destination sera donc les Vénérables.

— (Levi) Excusez-moi d'interrompre vos retrouvailles, mais vous ne pouvez pas aller là-bas.

— (Alex) Je l'avais oublié lui.

Levi qui avait désormais entamé le dialogue essaya de se faire intégrer au sein de l'équipage. Il parlait très vite, tel un enfant le jour de Noël et ce sentiment était accentué par son jeune visage. Si le prince avait effectivement atteint la majorité, il ne l'avait pas dépassé depuis longtemps. Il leur expliqua que l'empire avait fermé ses frontières et que personne n'entrait ou sortait sans validation des autorités. Pour changer de sujet, il reprit la conversation là où elle aurait dû commencer.

— (Levi) Je vous remercie tous de m'avoir sauvé. Mais si vous pouviez ne pas le dire, ça m'arrangerait.

— (Paul) Pourquoi ça ?

— (Levi) A vrai dire, je suis un prince, mais mon rêve c'est d'être aventurier. Ça fait des années que je m'entraîne et que j'attends l'occasion de quitter la royauté pour explorer l'univers accompagné de camarade fort et brave.

— (Éric) Ba on est déjà nombreux sur le vaisseau.

— (Paul) Et on n'est pas brave non plus.

— (Levi) Soyez sympa les gars, laissez-moi vous rejoindre ! Vous ne le regretterez pas.

— (Alex) C'est quoi tes compétences ?

— (Levi) J'ai été entraîné au maniement du sabre par les meilleurs depuis mon enfance.

— (Paul) Après si on le ramène à sa famille, on obtiendra une récompense non ?

— (Levi) Non, s'il vous plaît, pas ça. Pour une fois qu'une occasion comme celle-ci ce présente.

— (Alex) Fais voir ton arme.

Levi prit une poignée d'une sorte de sabre de métal qui se déplia sur une longueur de près 1,50 m puis un plasma bleuté enveloppa la lame. Cette épée était digne d'un roi, elle était magnifique, brillant d'un éclat bleu extrêmement clair.

— (Alex) OK merci, je prends.

— (Levi) Seulement si je reste avec vous.

— (Éric) On peut toujours voir ce qu'il donne à la prochaine quête.

— (Paul) Moi ça me va.

— (Alex) Je suis d'accord également.

— (Éric) Et bien, bienvenue dans l'équipage de l'interstelar42 pour une période d'essai.

— (Victoria) Vous êtes horribles.

— (Levi) Merci les gars ! Je ne vous décevrai pas !

— (Éric) il y a intérêt.

— (Alex) Comment on fait pour aller chez les Vénérables donc ? Personne n'a une idée ?

— (Levi) A vrai dire, ce ne sont que des rumeurs, mais j'ai peut-être la solution.

— (Apport) Déjà utile.

— (Éric) On t'écoute.

— (Levi) Voulant découvrir tous les secrets de la galaxie, je discute souvent avec les   marchands, d'où ma présence sur la station minière de Scipilia. J'ai entendu des rumeurs   sur   une   planète   qui générerait des perturbations et brouillerait les détecteurs. Il est possible que cela soit dû à une sorte de technologie ou d'artefact.

— (Paul) Donc si on le récupère, on pourra brouiller les radars ennemis et passer inaperçu.

— (Levi) Je ne sais pas ce qu'est un radar, mais si c'est bien ce que je pense, il y a de grandes chances qu'on puisse passer le blocus.

— (Alex) Pourquoi il y a un blocus au fait ?

— (Levi) Vous ne regardez jamais les infos ? Les quatre empires humains de la galaxie sont en guerre froide. Le Loupa étant un empire commercial a gardé ses frontières ouvertes, mais ce n'est pas le cas des autres.

— (Éric) Allons récupérer l'artefact alors.

Saphir entra les coordonnées approximatives données par Levi. Elles donnaient sur une partie de la galaxie très peu explorée. Le vaisseau se mit alors en route pour un trajet qui allait durée près d'une semaine. Une semaine durant laquelle des nouvelles de ce qu'il s'est passé sur Scipilia leur parvenaient. Un reportage décrivait les actions héroïques d'un équipage composé de plusieurs races, accompagné du témoignage de Rabam qui en profitait pour s'octroyer une partie de la gloire. Durant cette semaine, Paul apprit les actions de ses amis et les aventures qu'ils avaient vécues. Une amitié commença également avec Balek, avec qui il continuait de parler de vie extraterrestre. Alex et Éric lui apprirent également le fameux jeu de cartes dont la chance outrageuse de Paul lui fit gagner les premières parties. Les jours passèrent ainsi jusqu'à ce que la voix de Saphir prévienne l'équipage de leur arriver à destination. Le système stellaire dans lequel ils étaient arrivés ne contenait que quelques astres tournant autour d'une naine rouge. Après une analyse infructueuse des deux premiers astres, Saphir remarqua des anomalies sur le dernier. Celui-ci avait l'avantage de contenir une atmosphère et probablement la vie, car 90 % de la surface de la planète était composée d'eau. Ils décidèrent de continuer en navette jusqu'à ce qui devait être une montagne, sur la parcelle de terre la plus grande.

— (Éric) Qui vient ?

— (Levi et Paul) Moi !

— (Balek) Je veux bien venir pour étudier les êtres vivants de cette planète.

— (Apport) Je passe, les terres inconnues, la jungle et les moustiques ne sont pas mon truc.

— (Graham) Je suis partant.

— (Alex) Et toi Victoria ?

— (Victoria) Comme vous voulez, ma vie est à vous, faite comme bon vous semble. Dit-elle en souriant.

— (Éric) Je n'aime pas trop qu'Apport reste tout seul sur le vaisseau.

— (Victoria) Alors, je reste.

— (Alex) C'est décidé ! Allons-y.

Ils partirent alors à bord de la navette avec Éric aux commandes, se dirigeant tout droit vers la montagne. Arrivés à une cinquantaine de kilomètres du pied de la montagne, des problèmes techniques survinrent.

— (Éric) Qu'est-ce qu'il se passe ? J'ai plus une seule info cohérente affichée ?

— (Levi) C'est sans doute ce dont les marchands avaient parlé.

— (Paul) Un dispositif doit détraquer les appareils de mesure. Tu arrives encore à piloter ?

— (Éric) Oui pour l'instant la navette répond bien.

— (Alex) Ce serait dangereux de s'approcher plus?

— (Éric) Du moment que je vois devant moi, il ne devrait pas y avoir de problème.

— (Levi) Dans la jungle, là ! Regardez !

Tous les passagers se précipitèrent à tribord pour observer la jungle dont une construction en pierre s'échapper de la canopée.

— (Alex) Éric poses-toi là-bas. On dirait une sorte de clairière.

— (Éric) OK ! Aidez-moi juste à juger les distances avec les arbres.

Après un créneau vertical impeccablement réussi de la part du pilote, tous se préparèrent et s'équipèrent en vue d'explorer la jungle dense, à la manière des conquistadors. Ils marchèrent en formation serrée en direction de la pyramide qu'ils avaient pu observer plus tôt quand des tambours retentirent à travers toute la forêt tropicale.

— (Alex) On a été repéré, je crois.

— (Paul) Ah ? Parce que tu penses qu'une arrivée aérienne à quelques kilomètres d'une civilisation ce n'est pas discret ?

— (Alex) J'avoue que je n'y avais pas pensé.

— (Éric) Tout le monde en position de combat !

Ils se mirent en cercle, couvrant tous les angles, avec Alex en tête, équipée de son épée qui déblayait le passage au fur et à mesure. Puis les tambours se firent de plus en plus fort, ensuite accompagnés d'autres instruments. Une mélodie commença à se faire entendre.

— (Graham) Ça ne fait pas très tambour de guerre.

— (Balek) On dirait presque une fête.

À la fin de cette phrase, les explorateurs arrivèrent sur une grande clairière au sein de laquelle des constructions de pierre semblaient comme sortir du sol et devant une immense pyramide.

— (Éric) Ça fait très aztèque.

— (Paul) Ou maya. Je n'ai jamais vraiment compris la différence.

— (Balek) Là ! Regardez ! Des créatures bleues !

— (Alex) Oui, on dirait des reptiles !

— (Éric) C'est carrément des hommes lézards !

— (Paul) En tout cas, ils n'ont pas l'air hostiles.

— (Levi) On dirait même qu'ils nous accueillent. J'ai déjà vécu des moments similaires avec mon père.

— (Paul) Les mecs ! Là !

— (Éric) Wow !

— (Alex) C'est...

— (Paul) Un dinosaure.

— (Éric) Il ressemble à un T-REX.

— (Paul) Ils ont l'air apprivoisés. Ils ont des ornements.

— (Alex) Ce serait ultra stylé si on pouvait en chevaucher.

Les trois Terriens restèrent bouche bée suite à cette idée dont la simple pensée les faisait frémir. Ceux qui s'apparentaient à des villageois se rapprochèrent de plus en plus nombreux autour des étrangers quand un lézard plus imposant que les autres et qui ressemblait à un crapaud s'approcha. Il était posé sur une pierre qui lévitait à un mètre du sol, couvert de symbole inconnu.

— (Milurk) Bienvenue très chers dieux ! Je suis le seigneur Milurk pour vous servir. Comme prédit, vous arrivez pour nous débarrasser de la vermine des profondeurs et reprendre votre stèle sacrée qu'ils ont volée.

— (Alex) Bonjour mon seigneur. Comment saviez-vous que nous allions arriver ?

— (Éric à Alex) L'appelle pas mon seigneur. On est des dieux pour lui.

— (Alex à Éric) Tu as raison, mais je ne savais pas comment commencer la conversation.

— (Milurk) Les grandes tablettes l'avaient prédit.

Alors que Milurk commença son explication, il agita son bâton et la pierre sur laquelle il reposait s'illumina à différents endroits. Des formes tridimensionnelles se formèrent dans une fumée colorée d'orange et de bleu, décrivant ce qu'il comptait.

— (Milurk) Les Ravat, vermines rampant dans leur terrier, sortiront un jour de terre pour corrompre la surface. Les guerriers au sang-froid se défendront et parviendront alors à repousser les vagues putrides, mais au prix d'un lourd tribut. C'est alors que des êtres divins surgiront du ciel dans leur monture de métal et prendront en charge la reconquête de la montagne alors sous l'égide de la vermine.

Les images étaient assez floues. Cette étrange fumée n'étant pas homogène, certains aspects restaient dans l'ombre et les autres n'étaient pas suffisamment détaillés pour couper court à toute interprétation. Cependant, les formes globales et l'histoire que venait de leur raconter Milurk semblaient vraisemblables. Au moment de l'énonciation des êtres divins, des formes humanoïdes apparaissaient dans la fumée alors que Paul cherchait à trouver des correspondances dans son groupe. Il ne put que distinguer Graham dont la silhouette était facilement reconnaissable. Alors que les fameuses divinités discutaient entre elles-mêmes de la véracité d'une telle prophétie, Milurk les invita à un grand festin que ne se privèrent pas d'accepter. Lors de ce repas, les explorateurs étaient noyés sous les offrandes du peuple de lézards. Ce fut un repas festif accompagné de viande et autres aliments donnant l'eau à la bouche, bien qu'Éric et Alex guettaient l'apparition de limace verte. Ce fut également l'occasion de discuter du plan de bataille.

— (Éric) Milurk. Pourquoi n'avez-vous pas déjà attaqué les Ravats ?

— (Milurk) D'après ce que nos éclaireurs ont pu déduire de leurs défenses, mon seigneur nos forces sont presque identiques. Une attaque de front aurait une chance sur deux de réussir et coûterait un lourd tribut. De plus les tablettes nous avaient annoncé votre venue et notre victoire. Nous avons alors décidé d'attendre. Et l'on peut dire que nous avons fait le bon choix.

— (Alex) Avez vu une idée de ce que l'on va rencontrer là-bas ?

Milurk fit un signe de main pour que l'on débarrasse alors la table de marbre devant lui et toujours grâce à la fumée, il dressa une carte approximative en trois dimensions des lieux.

— (Milurk) Malheureusement, nous n'avons pas pu aller plus loin que les fortifications, mais cela représente les murs d'enceinte de la forteresse.

Le bastion Ravats se trouve dans une immense caverne au cœur même de la montagne. D'épais murs d'une quinzaine de mètres de haut barrent la route à qui voudrait s'aventurer plus loin. Deux portes permettront de pénétrer dans l'enceinte et d'atteindre le général ennemi, mais les murs étaient défendus par des tours d'artillerie et sans doute par d'innombrables rongeurs. Les sang-froid, de leur côté, avaient lancé la construction de tours de sièges capables de transporter les troupes aux hauteurs des murs afin de déverser les flots de guerriers lézards. Si les Ravats étaient semblables entre eux, les hommes lézard étaient très différents. On pouvait discerner trois principales races chez leur espèce. Les Soumas étaient de fiers guerriers, d'une hauteur d'homme, ils constituaient la colonne vertébrale de l'armée. Cette race assez polyvalente constituait la deuxième espèce majoritaire. Les Setis quant à eux étaient la race la plus répandue, due à leur taux de reproduction plus élevé. Bien que considérer comme chétifs par leurs congénères, leur nombre et leur adresse étaient un atout non négligeable sur le champ de bataille. Cette race constituait les unités de tir à distance et ils disposaient des lances et de frondes pour porter la mort chez leurs ennemies. Les derniers, les Sros, étaient presque monstrueux. Les plus petits des leurs faisaient déjà plus de deux mètres et leur mâchoire, semblable à celle d'un alligator, pouvait broyer des os comme de la paille. Ils s'en servaient en combat comme n'importe quelle arme. Les autres créatures qui se joindront au combat étaient leurs montures. D'imposants reptiles, montés par des Setis, dont la taille et la férocité n'avaient rien à envier aux répliques d'Hollywood. D'autres encore étaient des volatiles capables de transporter un Seti tout équipé sur le dos.

Fort de cette armée, les divinités ne songèrent pas un seul instant à la défaite. Après tout, ce n'est pas des rats qui viendront à bout de dinosaures se disaient les Terriens. Cependant, ils ne laissèrent rien au hasard et préparèrent minutieusement leur stratégie. L'armée se divisera en deux parties. L'une composée de la plupart de l'infanterie, attaquera le mur de droite, appuyée par une pièce d'artillerie montée sur une sorte de stégosaure. Cette partie aura pour but de s'emparer des remparts et d'ouvrir la porte centrale si possible. L'autre partie, accompagnée des aventuriers et des créatures les plus imposantes détruiront la porte de gauche. Les Sros ne pouvant pas monter les échelles ou les tours à cause de leur masse trop imposante, attendront l'ouverture d'une des portes pour déferler dans la forteresse. Suite à la requête d'Éric, deux des six tours de siège les aideront sur la porte afin de distraire les occupants des remparts afin qu'ils puissent la détruire plus facilement.

Le ventre plein, le plan de bataille peaufiné et les esprits remplis de rêves de conquêtes, il était temps d'aller à la guerre. Installées fièrement sur leur tyrannosaure, les divinités se préparaient mentalement au rude combat qu'ils allaient mener. Les troupes se mirent en marche et au bout d'une dizaine de minutes ils avaient quitté la jungle pour la plaine menant au pied de la montagne. Des éclaireurs Ravats les repérèrent, mais personne ne partit à leur poursuite. Cela n'aurait de toute façon rien changé à leur plan. Puis enfin, la montagne. De nombreux tunnels éclairés par des cristaux de couleur verte, creusés par les rats, s'enfonçaient dans le cœur de la montagne. Tous les tunnels se rejoignaient dans une immense cavité.

— (Paul) C'est donc ici que tout va se jouer.

— (Éric) La forteresse est sinistre, mais gigantesque.

— (Alex) À l'image de cette grotte ! Regardez le plafond, il doit bien être à cent mètres.

— (Paul) En plus, on dirait qu'il a été creusé. Pourquoi creuser aussi grand et aussi haut ?

— (Éric) Peut-être pour l'air, va savoir.

— (Balek) Il est probable en effet qu'un nombre important d'individus aient besoin d'un apport en oxygène ou autre gaz en grande quantité.

Même si j'aimerais étudier ces Ravats je préférerais le faire après la bataille.

— (Alex) Tu seras plus utile en soignant les blessés.

Leur débat fut interrompu quand le seigneur Milurk leva son bâton et commença à parler d'une voix puissante.

— (Milurk) Soldat ! Voici le jour de la prophétie.

— (Paul à Éric et Alex) Personnellement, je n'ai jamais aimé les prophéties, c'est comme si on était contrôlé.

— (Alex) Je ne suis pas un grand fan non plus, mais si elle est de notre côté je ne dis pas non.

— (Milurk) Aujourd'hui est le jour où nous allons apprendre à ces vermines leur place ! Nous allons venger nos frères et sœurs qu'ils ont massacrés ! Il est temps que nous reprenions ce qui nous a été volé ! Les dieux sont avec nous ! Nous ne pouvons pas perdre ! Montrez aux dieux ce dont vous êtes capable ! La défaite n'est pas une option !

— (Éric) À l'assaut !

Sur l'ordre d'Éric, les troupes poussèrent leur plus puissant cri de guerre. Ils suivaient les tours de sièges qui avançaient d'un pas soutenu en direction des murs qui grouillaient de rats les attendant, équipé de haches, lances et autres piques. Soudain, la hauteur de la cavité s'expliqua. Une dizaine de rochers nappés de flamme verte s'élevaient dans les airs.

— (Paul) Catapulte ! À couvert !

Les roches flamboyantes allèrent s'écraser près des troupes Soumas, emportant dans leurs flammes la vie des soldats pas assez vifs pour les esquiver.

— (Alex) On va se faire décimer si ça continue. On n'a aucune couverture.

Éric hurla ses ordres aux troupes aériennes afin de se faire entendre parmi les bruits des premiers combats.

— (Éric) Vous ! Allez faire taire ces catapultes !

Les tours et les rats posés sur les murs entamèrent leurs attaques sur les soldats qui se ruaient vers eux. Peu de temps après, les guerriers Setis arrivèrent également à portée et purent riposter. Ils soutenaient la première ligne poussant les tours de sièges qui se faisaient viser. Heureusement, les guerriers Soumas avaient la peau dure et les quelques flèches et autres projectiles qui parvenaient à les toucher ne suffirent pas à les faire tomber. Rien ne semblait pouvoir arrêter les sang-froid. Les deux groupes parvinrent aux murs sans trop de perte. Le plan semblait fonctionner. Du haut de leur monture effrayante et protégée par leur combinaison à des siècles d'avances technologiques, le groupe d'aventuriers pouvait se permettre d'être en première ligne. Les plus précis firent feu à volonté sur les cibles au-dessus de la porte tandis que les autres chargèrent la porte telle des béliers. Cette porte, faite essentiellement de bois, ne mit pas longtemps à céder sous les assauts répétés de ces mastodontes. Au même moment, les tours de sièges arrivèrent à destination et ne tardèrent pas à déverser les troupes de guerriers Soumas. L'ouverture de la porte révéla alors une place grouillant de rats. Ils étaient tellement nombreux qu'il était presque impossible de les discerner les uns des autres. Le seigneur Milurk avait sans doute mal calculé la reproduction phénoménale de ses bêtes. Cependant, une créature se détachait du reste. Une monstruosité de plusieurs mètres de haut. Presque mutante, cette chose ne ressemblait à aucun être vivant. Tout droit sortie d'un film d'horreur, elle ressemblait à un mille-pattes obèse et malade possédant deux bras plus grands que les autres. Il était protégé par des plaques de métal attachées entre elles par des lanières de cuir. C'était surtout les pustules aussi grosses que des mandarines qui faisaient de cette chose un être répugnant. Il ne faisait nul doute en revanche que cette chose allait se battre. Elle avait dans chacun des membres qui lui servaient de main des armes de métal semblable à des fléaux.

Sur le groupe de droite, la stratégie avait fonctionné tant bien que mal. Les Soumas avaient enfin atteint les remparts et malgré leur infériorité numérique d'environ 1 pour 7, ils parvenaient à tenir leurs ennemis en respect. Les unités volantes avaient également fait leur travail puisque les tirs de catapultes se firent plus rares. Les Setis, alors à découvert et mal positionnés pour être efficace, décidèrent d'escalader une partie du mur moins protégée, en plein centre.

La porte, éparpillée sur le sol, marquait la fine séparation entre l'extérieur et l'intérieur. La vermine les attendait de pied ferme. Bien décider à les noyer sous leur nombre à l'instant où ils poseraient le pied de leur côté, ne bougeant pas d'un pouce. Paul, ayant donné le coup de grâce à la porte était le plus près et comprit le stratagème. Ne voyant personne avec des armes à distance, il sortit son fusil et tira dans le tas. Même s'il n'était pas encore très à l'aise avec une arme à feu, il n'était pas nécessaire de viser pour toucher. Il aurait pu tirer les yeux fermés tant ils étaient nombreux, amassés devant eux. Éric et Alex comprirent la manœuvre. Ils accompagnèrent Paul dans ce combat qui tournait à l'exécution. S'ils ne sortaient pas les combattre, les ravats se feraient descendre un par un. Tels des prisonniers au pilori, ils tombèrent par dizaines. L'un d'eux poussa un cri de rage et une marrée immonde déferla. Alex sortit sa lame nouvellement acquise, sauta de sa monture et les chargea également dans un cri de guerre effrayant, suivi des Sros et appuyé par quelques escouades de Setis. Éric et Graham couvraient leurs arrières tandis que Paul et Levi foncèrent à dos de leur bête. Ne voulant pas tirer dans le dos de leurs alliés, ils préférèrent tous deux laisser leur monture faire le travail. La différence d'inertie entre les imposants sang-froid et les frêles Ravats se fit sentir à l'impact de la charge. La première ligne fut balayée par les masses et haches compactes de Sros. L'arme d'Alex était redoutable. Plus imposant, mais presque aussi efficace qu'un sabre laser, il découpait ses assaillants comme s'il coupait du beurre. Chacun de ses mouvements baissait le nombre d'ennemis d'une demi-douzaine. Pourtant, ils ne pouvaient tous les éliminer à mesure qu'ils approchaient. De faibles coups d'épées, de lances et de projectiles le touchaient. Bien que cela ne fasse qu'égratigner le bouclier de son armure, lentement mais sûrement, il finirait par tomber. Sachant cela, il se défendait bien de foncer tête baissée dans le tas, prenant garde à être à portée des fusils de ses compagnons. Dans le chaos de la confrontation, la monture d'Alex se retrouva isolée du groupe d'assaut et fut rejointe par l'immonde créature qu'ils avaient vue en défonçant la porte. Le dinosaure, mâchouillant un ravat, ne remarqua pas l'approche de son bourreau et dans un large et puissant coup de celui-ci, l'explosa en deux. Trop occupé à se battre, personne ne vit l'action, mais personne ne put manquer le bruit de l'explosion verte, qui avait été généré par ce que tenait cette chose immense. Il y eut un moment de silence. Les deux camps suivaient du regard la tête de la bête voler quelques mètres plus loin. À l'impact de celle-ci avec le sol le bruit des fracas des armes recommença.

— (Paul) Cette chose peut décimer tout un bataillon ! Il faut l'abattre !

— (Éric) Alex, tu restes avec les Sros et essayes de faire une percée. Graham, Paul et Levi, suivez-moi !

— (Paul) Je vais en faire le tour, essayer de trouver un point faible !

— (Graham) Fais attention ! Un seul coup et c'est fini !

— (Paul) C'est pour ça que je vous laisse l'affronter de face.

— (Éric à lui-même) L'enfoiré ! C'est mon truc d'arriver par-derrière.

— (Éric) Feu à volonté sur ses têtes ! Il y doit bien en avoir une qui contrôle le tout.

Ils firent feu avec tout ce qu'ils avaient afin d'attirer son attention. Leurs attaques ne semblèrent faire que le gêner. Manquant d'autres cibles à proximité, la créature se dirigea vers eux. Lentement et dans un mouvement disgracieux, elle s'approchait de Levi. Paul était arrivé dans son dos et remarqua une énorme couture qui parcourait son dos comme une colonne vertébrale. Il hésita à utiliser ses bracelets, mais se ravisa. L'idée de la douleur était déjà une bonne excuse en soi, mais le fait de se retrouver avec un bras invalide au milieu d'un champ de bataille pesa également dans la balance. Il bondit alors sur la partie du dos à l'horizontale de la bête, avec en sa possession une poche de sang, de son sang. Il l'avait préparé pour ouvrir une brèche ou une porte, mais c'était une occasion qu'il jugea adéquate. Il courra le long du dos afin d'atteindre la partie verticale. Il sortit un couteau et coupa une dizaine de fils qui semblaient attacher le tout ensemble. Il plongea sa main tenant la poche dans la blessure et y laissa la grenade improvisée. Les tirs de ses alliés étaient suffisamment efficaces pour ne pas prêter plus attention aux actions de Paul qui courait dans l'autre sens afin de rejoindre sa monture. Réinstallé sur celle-ci, il se concentra pour faire exploser la poche de sang. C'était la première fois qu'il utilisait ses pouvoirs à une telle distance et sur une partie de lui-même qui avait déjà quitté son corps depuis plus d'une journée. Les mouvements de sa monture se faisant attaquer de toute part, les bruits de tirs et le fracas des armes s'entrechoquant l'empêchaient de bien se concentrer. Il finit par réussir, mais l'effort lui fit presque perdre connaissance. Comme complètement fatigué, il s'effondra sur sa monture à peine éveillée. La bête hurla de douleur via ses nombreuses bouches et la fissure se propagea jusqu'à la moitié de son corps, son torse se divisant en deux. L'explosion n'avait pourtant pas été assez forte. La créature était encore vivante et se vengea de cette attaque. Elle explosa le ventre de la monture de Paul dans un revers, l'envoyant plusieurs mètres plus loin dans un nouveau flash vert. Éric fonça au secours de Paul. Alors que ses tympans sifflaient des suites du bang, il entendait clairement la voix d'Éric. Incapable de se relever pour les prochaines minutes, Paul disparut rapidement sous la marée Ravat. Éric n'arrivait plus à discerner l'endroit où était tombé son ami. Il criait pour entendre une réponse, mais c'est une sensation qu'il eut comme réponse. Ne sachant vraiment dire ni comment ni pourquoi, il savait où aller. Il fonça dans le tas alors qu'une main dépassa de peu, les têtes des ravats. Paul également put deviner qu'Éric allait arriver. Éric se pencha alors sur le côté et agrippa la main de Paul de toutes ses forces. Il le fit remonter et le posa sur sa monture, juste derrière lui.

— (Éric) Ça va ?

— (Paul) QUOI ?

— (Éric) Est-ce que ça va ?

— (Paul) J'ai pris cher ! Je n'entends rien !

— (Éric) Je vais te déposer chez Balek !

— (Paul) OK ! Je vous rejoins dès que je serais sur pied !

Éric fit alors demi-tour et s'écarta des combats.

De son côté, Alex était couvert de sang, mais pas le sien. L'avance technologique dont il disposait trivialisait les combats. Cependant, son bouclier avait fini par céder sous les coups répétés et lui commençait à être à perdre son souffle. Si la situation à l'autre bout du champ de bataille se passait sans trop d'accrocs, ici, ce n'était clairement pas le cas. Même si chacun d'entre eux affiché à leur compteur des dizaines d'ennemis, ils n'en voyaient aucune différence. Leur nombre ne faisait qu'augmenter au fur et à mesure qu'ils progressaient dans la forteresse.

— (Alex) Ça n'en finira jamais ! Il y en a combien encore comme ça ?

— (Levi) Bientôt j'espère ! J'en peux plus. Et pourtant, je ne suis pas à pied.

— (Graham) Je ne suis pas loin d'être à court de munitions.

— (Alex) Il nous faut une stratégie, à ce rythme ça prendra des heures, si on ne meurt pas de fatigues d'ici là.

— (Graham) Surtout que la bestiole n'est toujours pas morte.

— (Éric) J'ai une idée pour tout régler.

Éric était revenu de l'avant-poste servant d'hôpital de fortune où les blesser se compter par centaines.

— (Alex) Paul va bien ?

— (Éric) Oui, Balek s'en occupe. Mais j'ai pris ça au passage !

Éric tenait dans sa main droite les bracelets que portait Paul.

— (Alex) C'est ton bras, c'est toi qui vois !

— (Éric) T'inquiète pas pour mon bras, regarde.

Éric descendit de monture et attrapa le cadavre d'un ravat gisant sur le sol. Il lui mit les bracelets aux poignets et lui saisissant les avant-bras, il fit le mouvement permettant de déclencher l'effet. Il visa alors le monstre qui était entré dans une rage Berserk et fit feu. Tout se passa comme prévu. Les os du bras du rongeur foncèrent à toute allure, transperçant de part en part la créature qui s'écroula lourdement sur le sol.

— (Alex) Oh la vache ! C'est bon ça !

— (Éric) C'est comme ça qu'on fait mon gars. Allez au suivant !

Éric répéta l'opération sur un autre cadavre à peine plus loin. Tel un boulet de canon dans la foule d'un concert, les ravats, ou du moins des morceaux volèrent dans tous les sens.

— (Alex) Ce n'est pas mal, mais le temps est trop long entre deux tirs.

— (Éric) Tu n'as qu'à venir m'aider.

— (Alex) Viens, on va le faire sur lui.

Éric et Alex se retrouvèrent devant le cadavre d'un Sros dont le corps était encore criblé d'une dizaine de lances.

— (Alex) Si c'est bien lié à l'inertie, entre un os de rongeur tout léger et celui d'un imposant   croco on devrait avoir un effet un peu plus sympa.

— (Éric) Il aura servi au combat jusqu'après sa mort, c'est beau.

— (Alex) On va dire ça.

Les bracelets n'étaient pas vraiment dimensionnés pour des poignets aussi épais, mais en forçant ils arrivèrent à les mettre. Chacun d'eux prit un bras et se coordonna pour faire le mouvement puis lâcha tout. Le bras du pauvre reptile parti en éclats alors que les os qui y résidaient furent propulsés à une vitesse toujours aussi incroyable. La différence s'en ressentit aussi tôt entre le Ravat et le Sros. Les os ne furent arrêtés que par la paroi de la caverne, une centaine de mètres plus loin, pulvérisant tous les Ravats dans son sillage et entraînant un éboulement.

— (Alex) MON MON MON MONSTER KILL!

— (Éric) Pas besoin de toute une armée finalement.

À partir de cet instant, le combat tourna en leur faveur. Le moral des Ravats tombait au plus bas. À cause des dégâts causés par cette nouvelle arme et la perte de leur carte maîtresse, ils prirent la fuite. Les quelques poches de résistance furent matées rapidement par les sang-froid encore aptes au combat. Paul rejoignit alors son groupe qui était réuni devant une porte de pierres gravées des mêmes symboles que ceux de la plaque lévitant de Milurk, et fortement abîmées. Les Ravats avaient tenté par de nombreux moyens d'ouvrir cette porte en vain et dont les marques en étaient les témoins. Milurk s'approcha alors et plaça son bâton au niveau de la porte qui s'ouvrit aussitôt. La salle était hexagonale avec en son centre un promontoire pyramidal en dessous d'une sphère hexaédrique qui lévitait et tournait sur elle-même. Éric n'attendit aucune permission pour aller chercher l'artefact. C'était leur raison de leur venue ici et après tous les efforts qu'ils avaient fournis, ils méritaient bien une part du trésor.

Les autres n'en pensaient pas moins et n'empêchèrent nullement leur capitaine.

— (Paul) Comment ça marche, tu penses ?

— (Alex) C'est un objet α truc tu crois ?

— (Alex) Je n'en sais rien, mais on a un ingénieur pour ça.

— (Paul) Pas faux. Du moment que ça marche. Par contre, on est obligé de rester pour le discours de fin ?

— (Alex) On est des héros ! On va faire notre éloge et tout !

— (Éric) Je ne dis pas non. J'aime bien l'idée qu'on raconte l'histoire des valeureux dieux qui ont sauvé leur planète.

Milurk rassembla les soldats et les blessés qui pouvaient encore tenir debout et commença un discours de victoire. Il commença évidemment par remercier et vanter les mérites des divinités qui par leurs pouvoirs ont permis de remporter la victoire. Puis le message devint plus politique. Milurk remercia chaque espèce pour leurs efforts fournis, il rendit hommage aux soldats tombés au combat, de comment ils allaient reconstruire la forteresse et bien d'autres choses encore. Depuis quelques minutes déjà les fameuses divinités commençaient à s'ennuyer. Les éloges étaient finis et l'avenir des reptiles les intéressait peu.

— (Paul) Bon, ce n'est pas tout, mais on y va là ?

— (Alex) Ce n'est pas que ce n'est pas intéressant, mais on s'en fout.

— (Éric à Milurk) Milurk. On va y aller.

Le seigneur stoppa son discours.

— (Milurk) Vous partez déjà mes seigneurs ?

— (Éric) Oui, nous avons d'importantes tâches à effectuer.

— (Paul) Des trucs de dieux, on ne peut pas tout expliquer.

— (Milurk) Bien sûr.

Milurk se retourna vers la foule et demanda un cri de guerre pour remercier et saluer les divinités. C'est sous les acclamations que les divinités rejoignirent leurs étranges machines et regagnèrent les étoiles aussi vite qu'ils étaient arrivés.

CHAPITRE 8

De retour au vaisseau, l'équipage alla au salon pour se détendre et faire le débriefing. Graham fut le seul à prendre une boisson sans alcool. Même Balek, pour l'occasion, s'était laissé prendre au jeu.

— (Paul) C'était quelque chose !

— (Éric) C'était fun, même si tu m'as fait peur Paul.

— (Paul) J'ai bien cru que j'allais y passer, encore.

— (Alex) Paul, c'est le Keni du groupe, il manque de mourir à chaque planète.

— (Paul) Haha, très drôle, surtout que c'est vrai. C'est pour ça que la prochaine qu'on fait, c'est tranquille.

— (Éric) Maintenant qu'on a le système de brouillage, on va pouvoir aller chez les...

— (Alex) Vénérables.

— (Éric) Voilà, et casser du noble.

— (Paul) En vrai, je m'inquiète plus pour le fait qu'ils aient la technologie pour aller sur Terre que pour une quelconque vengeance. Tu vois là ce qui me ferait plaisir, ce sont des vacances. Un truc sans prise de tête, pour picoler tranquille.

— (Graham) Dans ce cas, je connais la planète idéale pour ça. Malakel !

— (Alex) Il y a quoi là-bas ?

— (Graham) Je n'y suis jamais allé, mais on dit que les gens, des humains il me semble, sont très accueillants et qu'il fabrique le meilleur alcool de la galaxie. Le Bloomia.

— (Balek, Victoria, Levi et Apport) Le Bloomia ?

— (Levi) Tu parles de cette bouteille extrêmement rare et chère ?

— (Graham) Oui.

— (Levi) Comment peux-tu connaître cet endroit ?

— (Paul) C'est si caché que ça ?

— (Levi) Oui. Pour éviter les vols et autres, seuls des cargos particuliers sont autorisés à connaître l'emplacement de cette planète. Ce qui m'amène à me demander comment tu sais où elle se trouve ?

— (Graham) Pendant, disons des périodes difficiles, j'ai été en lien avec différents équipages de pirates et autres.

Paul changea de sujet voyant que cela gênait Graham d'en parler.

— (Paul) Eh bien, ça m'a l'air d'être l'endroit idéal pour se détendre un peu avant de risquer nos vies un peu partout.

— (Éric) Allons-y alors, on l'a bien mérité après tout.

Graham indiqua les coordonnées à Saphir, qui les menèrent vers un système non référencé sur la carte. Celui-ci n'était pas très loin de leur position actuelle et ils ne mirent que deux jours à l'atteindre. Cette fois-ci, tout l'équipage descendit sur la planète, personne n'avait de raisons valables de rester sur le vaisseau et l'envie de passer des vacances en dégustant l'alcool le plus rare de la galaxie avait pesé lourd dans la balance. Levi et Apport voulaient également profiter de cette occasion pour mieux s'intégrer au groupe qu'ils avaient rejoint récemment.

La planète était en effet peuplée d'humains et les seuls signes de vie provenaient d'un petit village faisant penser à un village de campagne d'Europe du XVIIème siècle. Éric posa la navette bondée en bordure du village près d'un champ afin de ne pas gêner et l'équipage sortit. Les Terriens avaient gardé leur équipement et leurs armes tels des personnages de jeux vidéo ne quittant jamais leur accoutrement alors que les autres sortaient en tenue de ville. Ils mirent quelques minutes à rejoindre les abords de la ville et les gens travaillant dans les champs arrêtaient leurs occupations afin de les saluer quand ils passaient.

— (Paul) Ça m'a l'air d'être une bourgade fort sympathique.

— (Éric) Bon choix Graham. Je sens que je vais me plaire ici. Dit-il en saluant une belle blonde à quelques mètres penchée sur sa fenêtre.

— (Victoria) Tu préfères donc les blondes Éric ?

— (Éric) Non les rousses, mais je ne juge pas les femmes qu'à leur physique.

— (Alex) Rattrape-toi.

— (Paul) On arrive au centre-ville on dirait.

La place centrale était circulaire et les pavés qui la constituaient, formaient une mosaïque représentant une forme ressemblant à une rose des vents. L'air sentait bon les fleurs et une odeur douce se dégageait des étalages de fruits qui bordaient les devantures des magasins qui encerclaient la place. Mais c'est l'échoppe de Bloomia qui intéressait les visiteurs.

(vendeur) Bien le bonjour visiteurs. Vous me semblez fort bien équipé pour une si paisible   ville. Vous n'avez rien à craindre ici. À part peut-être être à court de Bloomia.

— (Éric) Justement, on est là pour ça.

— (Alex) On nous a fortement recommandé de goûter à votre alcool qui est dit être le meilleur de la galaxie.

— (Paul) Et ça ? C'est du saucisson ?

— (vendeur) Que serait un Bloomia sans saucisson et de bons amis ?

— (Paul) Je l'aime bien celui-là. Il a tout compris.

— (Victoria) C'est toujours aussi décoré ?

— (Alex) Je n'avais même pas fait attention, mais oui en effet.

— (vendeur) C'est pour la fête de l'arbre divin.

— (Éric) L'arbre divin ?

— (vendeur) Oui, vous voyez la colline derrière moi ? Le gros arbre là-
  bas c'est lui qui nous permet de faire du Bloomia. Mais seuls le maire
  et ses hommes sont autorisés à y aller.

— (Paul) Ça m'intrigue, mais on n'est pas venu pour ça.

Une fois les mains remplies de quoi faire un apéritif sous un soleil digne
d'un mois de juin, l'équipage commença alors son pique-nique improvisé
à l'ombre d'un arbre proche du chêne.

— (Paul) Il n'y a pas à dire, c'est super bon.

— (Graham) Je vous l'avais bien dit.

Graham se laissa tenter par le Bloomia. Il avait le sentiment que le goût
délicieux n'était pas seulement dû à l'alcool, mais du fait qu'il le boive
en compagnie d'amis.

— (Alex) Pardon de casser l'ambiance, mais vous ne trouvez pas qu'il y
  a quelque chose qui cloche ici ?

— (Balek) Toujours sur tes gardes ?

— (Éric) Dans quel sens ?

— (Alex) Je ne saurais pas l'expliquer, mais les gens ont l'air de faire
  exprès d'être gentils. Ils sont trop souriants.

— (Paul) Ne sois pas parano. C'est peut-être dû à la fête de l'arbre ?

— (Alex) Peut-être.

Alors qu'ils terminaient leur repas, un homme un peu trapu avec au bras
une femme très élégante vint discuter.

— (Maire) Bonjour, visiteurs. Je ne vous dérange pas ?

— (Paul) Non, et vous êtes ?

— (Maire) Pardonnez-moi, je suis le maire de la ville. Éric Bloomia. De
  la famille Bloomia, celle qui a fondé cette ville et qui détient la recette
  de l'alcool du même nom.

— (Levi) Vous pouvez en être fière, il est excellent.

— (Maire) Merci. J'ai dans l'idée que vous resteriez ici jusqu'à la fin de la fête pour profiter des divertissements et des commerces que nous vous proposons. Dans cette optique, je viens vous proposer de venir manger au manoir ce soir au coucher du soleil si vous le souhaitez. Je serais ravi de vous accueillir pour la nuit.

— (Paul) C'est très généreux. Si on ne vous encombre pas, ce sera avec plaisir.

— (Maire) Bien, à ce soir alors. Profitez bien de notre belle ville.

Le maire reparti lentement en direction de la ville.

— (Éric) Tu aurais pu demander l'avis du groupe.

— (Paul) Un repas offert par le chef du lieu ça ne se refuse pas. En plus, on ne croule pas sous l'argent en ce moment.

— (Alex) Puis j'ai toujours ce sentiment. On en apprendra peut-être plus ce soir.

Au cours de ce pique-nique improvisé, Apport se dévoila. Il exprima le souhait d'emmener un jour sa famille dans des lieux tout aussi merveilleux où il fait bon vivre. Il expliqua à son groupe qu'il avait dû les abandonner, car il travaillait sur l'intelligence artificielle, banni dans son pays. Éric lui proposa d'aller les chercher, mais il refusa. Il voulait offrir une vie stable à sa famille et la vie d'aventurier ne convient pas à des enfants. Il remercia cependant la générosité de ces gens qu'il connaissait à peine. Après avoir fait plus ample connaissance avec le nouvel arrivant, le groupe entreprit une sieste sous l'arbre. Apport se réveilla le premier, car il était moins à l'aise que les autres au milieu d'autant de végétation et insectes en tous genres. Sur le chemin ramenant à la ville, Alex remarqua quelque chose d'étrange venant d'un buisson derrière une maison.

— (Alex) Je le savais ! J'avais raison ! C'est qui le paranoïaque maintenant ? Venez voir.

Alex avait trouvé un cadavre caché précipitamment sous le buisson. Instinctivement, Balek alla inspecter la victime, mais le pauvre homme était mort depuis trop longtemps pour tenter un sauvetage. En l'examinant plus attentivement, Balek remarqua une blessure étrange dans le dos.

— (Balek) Cette personne s'est fait tuer d'un coup de feu dans le dos et pas par n'importe quoi. On dirait une arme énergétique.

— (Apport) Ça ne colle pas trop avec l'ambiance. Surtout avec ça.

— Apport remarqua un objet dépassant de l'une des poches.

— (Apport) On dirait une carte magnétique.

— (Paul) Et ça, on dirait un mot.

Maintenant familiarisé avec son smartphone du futur comme il l'appelait, Paul lut à haute voix le texte traduit que lui affichait son écran. Tout le groupe se tut pour écouter Paul, fixant le vide pour rester concentré.

— (Paul) Ma tendre, cette lettre est sûrement les dernières paroles que je pourrais t'adresser. Notre plan a été découvert, et ils vont sans doute m'éliminer pour garder le secret. Si jamais ces quelques mots te parviennent, enfuis-toi. Cours aussi loin que tu le pourras. Ils savent qui tu es et vont aussi se débarrasser de toi. Je suis tellement désolé mon amour. Puisses-tu trouver le chemin de mon âme dans l'autre monde. À jamais, tiens. Ton cher et tendre.

— (Éric) Comment tu casses l'ambiance.

— (Paul) Tellement de Drama. Maintenant, je suis curieux.

— (Alex) Je suis sûr que le maire sait quelque chose.

— (Victoria) Allons chez lui comme convenu, nous aurons tout le temps de chercher des réponses chez lui.

Le groupe se rendit directement au manoir du maire dont venait la rue principale avec un peu d'avance. Éric frappa à la porte et un majordome leur ouvrit. Le maire et sa femme toujours accrochés l'un à l'autre les attendaient dans le hall d'entrée.

— (Maire) Bonjour, ou devrais-je dire bonsoir à présent.

— (L'équipage) Bonsoir.

— (Maire) Mettez-vous à l'aise et laissé au personnel domestique, le soin de vos accoutrements.

Bien que réticent au vu de leurs suspicions, le groupe ne voulant pas attirer l'attention outre mesure s'exécuta bien qu'un pistolet et une lame ou deux furent conservés.

— (Maire) Bien, vous devez être mort de faim, veuillez me suivre au salon, où nous pourrons faire plus ample connaissance.

Les hôtes et leurs convives prirent place autour d'une grande table rectangulaire disposant de nombreux mets plus ou moins sophistiqués et évidemment du Bloomia leur était servis en accompagnement.

— (Maire) Alors ? Notre petit bourg vous plaît-il ?

— (Alex) Fort agréable en effet et nous vous remercions de votre hospitalité.

Des formules de politesse et banalités furent échangées ainsi pendant quelques minutes. Cela se ressentait que le maire était un politicien habile. Il savait manier les mots pour garder l'attention et diriger la conversation dans son sens. Il proposa à Éric en tant que capitaine de l'équipage, des accords commerciaux de Bloomia. Voyant que la négociation n'aboutira pas ce soir, il entreprit de la poursuivre le lendemain.

— (Maire) Vous l'avez sans doute remarqué, mais la ville est très décorée en ce moment. Cela est dû à la cérémonie qui se tiendra demain. J'avais dans l'idée que vous pourriez rester afin d'y assister.

— (Alex) De quel genre de cérémonie s'agit-il ?

— (Maire) Tous les ans, cinq belles jeunes femmes entre 18 et 21 ans sont sélectionnées pour participer au tirage au sort. Ensuite, l'heureuse gagnante part recevoir la bénédiction de l'arbre sacré et pars rejoindre ses prédécesseurs travailler à la fabrication du Bloomia.

— (Éric) Et on ne les revoit jamais ?

— (Maire) En raison des risques de confidentialités, les personnes travaillant à l'élaboration de ce nectar ne peuvent revenir. Comprenez bien qu'il s'agit de ce qui fait vivre cette ville.

— (Paul) Et elles ont le choix ?

— (Maire) C'est un grand honneur pour elles et leur famille de n'être que sélectionné au tirage au sort.

— (Victoria) Et à quelle heure le vote se tiendra-t-il ?

— (Maire) Au coucher du soleil. Mais pour attendre ce moment, vous pourrez retrouver des danses, des chansons et autres réjouissances un peu partout dans la ville

— (Paul) C'est une fête de la musique en somme.

— (Maire) Je ne connais pas la fête dont vous parlez, mais c'est une journée à ne pas rater.

Bien décider à résoudre l'enquête, le groupe accepta de rester une journée de plus. Le repas continua ainsi et se finit sans qu'aucune information ne puisse être tirée du maire.

Même si le manoir était grand, il ne possédait pas suffisamment de chambres pour tout le monde et les invités durent dormir par deux dans les chambres. Éric et Alex tirèrent à pile ou face qui dormirait dans la chambre de Victoria et Éric fut vainqueur. Éric entra dans la chambre où Victoria était déjà couchée et changée, à son grand regret.

Éric se demanda comment aborder la conversation alors qu'ils étaient tous deux dans le lit prêt à dormir. C'est Victoria qui fit le premier pas.

— (Victoria) Éric, tu dors ?

— (Éric) Non. Tu veux parler de quelque chose ? Tu as peur qu'il nous arrive quelque chose pendant la nuit ? Parce que je te protégerai, j'ai mon arme...

— (Victoria) Non je n'ai plus peur de mourir. Toi et les autres m'avez déjà ramené à la vie, je vous dois tant.

— (Éric) C'est normal, et tu ne nous dois rien. De quoi tu voulais parler ?

— (Victoria) Je me disais que j'étais la seule femme du groupe et je me demandais ce que tout le monde pense vis-à-vis de moi. Toi, tu penses comment à moi.

Alex, de l'autre côté, avait son oreille collée à la porte pour écouter la conversation. Ne voulant pas trop se faire devancer, il attendait le bon moment pour faire quelque chose contre les chances d'Éric. Éric entendit un bruit derrière la porte et comprit tout de suite ce qu'il se passait.

— (Éric) Moi je te trouve super jolie. Tu es une vraie battante et d'une loyauté sans faille. Par contre Alex, disons qu'il te voit plus comme une amie.

Graham passa à ce moment-là pour rejoindre sa chambre et vit Alex accolé à la porte.

— (Graham) Qu'est-ce que tu fais ? C'est la chambre de qui ?

— (Alex) Chut ! C'est Éric et Victoria. Tu ne veux pas m'aider ?

— (Graham) Vos trucs d'humains ce n'est pas pour moi, je passe.

Paul sortit de la chambre d'en face.

— (Paul) Vous n'êtes pas discret les mecs. Je vous entends de ma chambre.

— (Alex) Paul ! Mon ami ! Toi tu veux m'aider ?

— (Paul) Ça ne se fait pas, laisse-lui sa chance.

Voyant qu'il n'aurait aucune aide, Alex se dit alors que le moment était peut-être bien choisi pour utiliser son précieux artefact. Cet objet qu'il prenait partout où il allait. Il glissa alors la revue pornographique sous l'ouverture de la porte.

— (Alex) Tiens Éric, tu avais perdu ça.

Victoria se leva pour prendre l'objet en question alors qu'Éric plissait les yeux pour contempler le corps presque dénudé de sa colocataire. Alex ne fit plus aucun bruit espérant entendre comment Éric allait se tirer de cette affaire.

— (Victoria) Tiens, je ne pensais pas que tu étais... dans l'inter-espèce.

— (Éric) Pas vraiment, bien qu'il n'y aurait pas de mal à ça. Je suis ouvert, mais je l'ai pris pour Alex, car en ce moment il se pose des questions sur sa sexualité.

— (Alex à lui-même) L'enfoiré !

— (Victoria) Je ne pensais pas.

— (Éric) Du coup, je me suis dit que peut-être les femmes humaines ne l'intéressent pas donc je voulais lui montrer des femmes d'autres espèces pour voir.

— (Victoria) Tu es vraiment un ami génial, on peut vraiment compter sur toi.

Ses dernières cartes abattues, Alex admit sa défaite et alla se coucher en souhaitant tout de même bonne chance à son ami.

Éric compris également quelques minutes de discussions plus tard que l'occasion de devenir plus intime avec Victoria ne viendrait pas ce soir et essaya de s'endormir.

Le groupe se reconstituait petit à petit autour de la table pour le petit déjeuner. Paul arriva le dernier avec une coiffure qui captait tout le spectre d'onde radio. Le silence du repas n'était coupé que par les requêtes de confitures et autres garnitures. Avant de partir, le maire les remercia de leur visite et leur souhaitèrent une bonne cérémonie, incitant au passage qu'il débourse leur argent en frivolité.

Beaucoup plus réveillé, vu qu'on approchait des 11 h, le groupe parti en direction du centre-ville où une foule s'était rassemblée. Cinq jeunes femmes extrêmement jolies étaient vêtues de robes longues et blanches semblables à des robes de mariées. Parmi ces demoiselles au sourire radieux que toute la foule saluée, l'une d'elles affichait un visage crispé. On pouvait entendre dans la foule des gens discuter sur le fait que le vote serait difficile cette année.

— Regarde, elles sont toutes magnifiques cette année. Tient celle-là, ce n'est pas la fille d'Henri, le boulanger ?

— Oui tu as raison. Qu'est-ce qu'elle est jolie. Moi, je pense qu'elle sera élue.

— Celle-là en revanche elle ne gagnera pas. Elle pleure.

— Ça doit être l'émotion.

Alex voulut demander directement aux jeunes femmes en quoi consistait cette fête dont personne ne semblait vouloir leur expliquer. Il s'approcha, suivi des autres, vers une qui souriait.

— (Alex) Bonjour mademoiselle.

— (candidate) Bonjour jeune homme !

— (Alex) Nous sommes des aventuriers de l'espace et nous ne connaissons pas cette fête. Vous pouvez nous en dire plus ?

— (candidate) C'est la fête de la cérémonie voyons. N'oubliez pas de voter pour moi.

Alex fut poussé par la foule qui était agglutinée autour d'elle. Après des tentatives infructueuses avec les autres candidates, il décida de voir celle qui pleurait.

— (Alex) Bonjour mademoiselle.

— (Eléanor) Bonjour jeunes hommes, vous n'êtes pas d'ici ? Je m'appelle Eléanor.

— (Éric) Nous ne comprenons pas cette cérémonie. On espérait que vous, particulièrement, pourriez nous en dire plus.

— (Eléanor) Ah, vous voulez un autographe. Attendez !

Elle prit une plume qui servait de décoration à sa robe et gratta un morceau de bois qui en provenait également. Après deux bonnes minutes de grattage où les étrangers se sentaient un peu seuls, elle leur tendit le morceau de bois.

— (Eléanor) Et j'espère que vous voterez pour moi.

Elle partit au milieu de foule prenant des fleurs que des paysans lui offraient. Sur le mot on pouvait comprendre un endroit non loin du centre-ville entre deux ruelles. Le groupe y patienta alors pendant quelques heures. Arrivant à l'heure où les autochtones prennent leur gouter, Eléanor apparut.

— (Eléanor) Je suis désolé je n'ai pas pu arriver plus tôt.

— (Éric) Qu'on n'ait pas attendu pour rien. C'est quoi l'arnaque ?

— (Eléanor) C'est bien plus qu'une arnaque. Normalement, on vote pour la plus belle fille du village pour partir travailler au centre de production du Bloomia.

— (Paul) Pourquoi des filles ?

— (Eléanor) Je ne connais pas la vraie raison. C'est soi-disant pour satisfaire la divinité et qu'elle donne des récoltes abondantes, mais en réalité elles sont sacrifiées.

— (Alex) C'était tellement évident. Mais pourquoi?

— (Eléanor) Marin ne me le pas expliqué, mais il devrait bientôt être là pour qu'on s'échappe.

— (Paul) Je suis sincèrement désolé, mais je pense que ton Marin ne viendra pas.

Elénaor s'effondra en larmes.

— (Apport) Bravo Paul ! Quel tact !

— (Paul) J'ai fait du mieux que j'ai pu ! Il vaut mieux qu'elle sache.

— (Eléanor) ça va aller. Je m'en doutais un peu. Donc je suis sûr que c'est moi qui vais être élu. Pour se débarrasser de moi aussi.

— (Victoria) Peux-tu nous dire qui il était ?

— (Eléanor) Il travaille, enfin travaillait pour le maire. Il faisait partie des manteaux noirs. Ce sont eux qui travaillent le Bloomia. On est tombé amoureux et quand il a appris que je serais parmi les candidates il m'a tout expliqué.

— (Apport) Prends tout ton temps pour encaisser la nouvelle. On n'est pas pressé.

— (Eléanor) Merci. Il m'a expliqué que les filles sélectionnées servaient d'engrais en quelque sorte. Il a voulu me faire sortir du village, mais notre relation n'était pas secrète. Il devait être suivi.

— (Levi) C'est horrible ! Pourquoi personne ne réagit ?

— (Eléanor) Je lui ai posé la même question. Il m'a répondu que cette planète était une zone de test pour un empire humain et que même si les expériences ont échoué, ils ont vu dans le Bloomia un moyen de se faire énormément d'argent. Si jamais quelque chose devait arriver à la production, le village serait rasé.

— (Levi) De quel empire il s'agit ?

— (Eléanor) Je ne sais plus. Les générales ?

— (Levi) Les Vénérables ?

— (Eléanor) Oui ! C'est eux.

Levi se tu et semblait pensif.

— (Alex) Ne vous inquiétez pas. On s'occupe de tout. Repartez faire semblant.

Eléanor essuya ses larmes et repartit vers la foule avec un sourire encore plus faux.

— (Alex) On est d'accord pour ce qui est à faire.

— (Paul) Tu peux compter sur moi !

— (Éric) Enfin un peu d'action.

— (Victoria) Je me doute de ce que vous allez faire alors je vais rester dans le village et protéger Eléanor. On ne sait jamais.

— (Apport) Moi aussi je vais rester ici, en plus nous n'avons pas nos équipements nous.

— (Levi) Je vais discuter avec le maire. On a deux ou trois choses à se dire tous les deux.

— (Balek) Cela risque de dégénérer. Je reste avec Victoria.

— (Graham) Ça a l'air plus existant de votre côté les gars. Je viens aussi.

Le groupe se scinda. Éric, Alex, Paul et Graham partirent en direction de la colline sacrée où siégeait le fameux arbre divin, bien décidé d'en découdre.

— (Éric) Les gars ! Vous voyez ce que je vois ?

— (Paul) J'en ai bien l'impression.

— (Graham) L'univers est décidément un endroit plein de mystère.

Alors arrivés au sommet de la colline, ils avancèrent lentement jusqu'à l'arbre qui avait quelque chose d'étrange. Une silhouette humanoïde semblait comme incrustée dans le tronc. Ils étaient à une dizaine de mètres à présent et ils pouvaient discerner bien plus qu'une silhouette. C'était comme si un homme avait été figé en train de marcher et qu'un arbre, en poussant, l'avait enveloppé. Le visage, le bras gauche ainsi que la jambe droite n'avaient pas encore été absorbés par l'arbre.

— (Alex) Bonjour !

L'être répondit avec une voix grave et lente. Cela semblait lui demander beaucoup d'efforts de parler.

— (Arbre) Hum. De nouveaux visages. Et pas une seule femme. Vous êtes mes nouveaux gardiens ?

— (Éric) Oui, on peut dire ça.

— (Arbre) Il ne devrait pas y avoir une jeune femme avec vous ?

— (Paul) Oui, mais on a changé de plan entre-temps. Vous ne verrez plus jamais de femmes à présent.

— (Éric) Plus important. Qui êtes-vous ?

— (Alex) Qu'est-ce que vous êtes, surtout ?

— (Arbre) Cela fait bien des années que je suis ainsi. Je ne me rappelle plus de ma vie d'avant ni de mon nom.

— (Paul) Vous êtes humain.

— (Arbre) Peut-être, peut-être pas.

— (Alex) Pourquoi vous tuez de jeunes femmes innocentes ?

— (Arbre) Je n'ai jamais levé la main sur qui que ce soit. Enfin si l'on peut dire. Si vous me posez autant de questions, c'est que vous n'êtes pas vraiment d'ici. Je me trompe ?

— (Paul) Non en effet. Nous venons d'une autre planète et on n'est pas réellement fan de ce qui se passe ici.

— (Arbre) Je n'ai pas réellement compris ce que vous venez de dire.

— (Éric) Bref, qu'est-ce qu'il se passe ici ? Quand la fille arrive, je veux dire.

— (Arbre) Au coucher du soleil, les hommes de main du maire apportent une jeune femme jusqu'à moi. Ensuite, l'un d'eux prélève ma sève et lui implante dans les veines. Ma sève, ou mon sang, je ne peux pas dire la différence, est du poison pour ces femmes. Elles se transforment rapidement comme moi et meurent peu après. Je n'en peux plus de ce spectacle. Je voudrais que vous me fassiez une faveur.

— (Alex) Je suppose qu'elle retrouve les précédentes enterrées là.

Alex montrait du doigt une grande forêt d'arbres bien alignés, comme dans un verger.

— (Paul à Éric) S'il n'y a plus d'arbre, il n'y a plus de problème.

— (Éric à Paul) Je suis d'accord, il faut le cramer.

— (Alex) Quelle faveur ?

— (Arbre) Tuez-moi.

— (Éric) Quelle coïncidence !

— (Paul) Attends, attends ! Le Bloomia. C'est ce qui fait vivre cette ville non ? Si on le brûle, il y aura des répercussions sur la ville ? Il n'y a pas un autre moyen ?

— (Arbre) Non, j'en ai bien peur. Quand ils m'ont découvert, ils ont fait beaucoup de tests sur moi. Les fruits ne poussent que sur les arbres provenant d'humains. Les jeunes femmes ont seulement le meilleur rendement.

— (Paul) Il faudra faire sa fête au maire avant de partir.

Graham qui ne savait pas vraiment quoi dire restait là à écouter le débat. Soudain, il se rappela que son système de communication transmettait ce qu'il entendait à tout l'équipage. Il avait activé cette fonctionnalité au cas où les choses tourneraient mal. Levi via ce système, prit la parole à destination de son groupe.

— (Levi) Tout le monde ! Je suis avec le maire actuellement. On peut dire que ce que vous venez de découvrir est intéressant. Je vais avoir une petite discussion avec lui ne vous en fait pas, faites comme bon vous semble. J'aviserai par la suite, j'ai un plan.

— (Paul) On compte sur toi.

— (Arbre) Décidez-vous de m'aider ?

— (Éric) Oui, on compte bien arrêter tout ça. On va tout brûler et ce sera fini.

— (Arbre) Non ! Je vous en prie. N'avez-vous pas de moyen plus rapide et indolore ? Je ne veux pas mourir de cette façon.

— (Paul) Ce n'est pas avec nos armes qu'on va y arriver ? En plus, le temps que ça prendrait, tout le village aura le temps de venir.

— (Alex) Je peux toujours essayer mon épée.

— (Éric) On ne découpe pas des arbres avec une épée. Mais je n'ai pas d'autre solution.

— (Arbre) Cela me convient également.

Alex brandit son épée qui s'activa en éclairant les alentours de sa lumière bleue. Il prit de l'élan et mis toute sa force dans le coup qu'il portait. Malheureusement, le tronc était trop épais et la lame resta figée, à peine plus loin que la moitié. Alex tenta aussitôt de retirer son arme de l'arbre agonisant, mais l'énergie qu'elle dégageait fit prendre feu l'arbre.

— (Alex) Mince. Pardon. Je suis vraiment désolé.

L'arbre commença à crier alors qu'Alex parvint à déloger son épée.

— (Éric) Désolé, mais comme ça on est sûr au moins.

— (Graham) Plus question de rebrousser chemin. La fumée va être visible depuis toute la ville. Pas question de redescendre devant tout le monde.

— (Éric) Il doit bien y avoir une autre sortie. Les hommes du maire doivent bien passer par quelque part.

— (Paul) Là, j'ai trouvé, derrière les buissons.

Une trappe était maladroitement cachée, recouverte de quelques feuilles et bâtons. Ils descendirent tous les quatre par cette issue qui plongeait d'une vingtaine de mètres. Arrivés tous en bas, ils activèrent les lampes de leur combinaison et empruntèrent un long tunnel. Celui-ci les fit passer sous toute la ville. Ils étaient trop profondément sous terre pour pouvoir communiquer avec l'extérieur. Ils étaient seuls. Au bout du tunnel, une faible lumière les attendait. Celle d'une commande de portes métalliques. Cette porte ne les mènerait pas au paradis, mais bien à un complexe souterrain qui n'était indubitablement pas construit de la main des hommes vivants au-dessus. La carte magnétique du défunt amant d'Eléanor permit de l'ouvrir. À l'intérieur, une grande salle soutenue par deux rangées de colonnes sur lesquels étaient sculptés des êtres humanoïdes, dont le temps avait érodé la plupart des formes, soutenaient la pièce. Ils entrèrent tous les quatre en formation semblable à une escouade d'intervention. L'entraînement que Graham leur avait fait subir sur les temps morts au vaisseau avait portait ses fruits. Aucun ennemi en vue. Paul supposa que le complexe serait certainement vide, car la plupart des gardes devaient être en train d'éteindre l'arbre et gérer la population. Ils procédèrent à l'exploration méticuleuse du complexe. N'ayant pas d'idée claire de ce qu'ils y trouveraient, ils ne prenaient aucun risque et ouvrir toutes pièces qui pouvaient être importante. Ils arrivèrent bientôt à une salle dont les écrans de contrôle et les tubes à essai faisaient grandement penser à un laboratoire. Alex qui entra le premier remarqua qu'il restait, d'après sa tenue, un scientifique qui décortiquait un graphique. Ne perdant pas une seconde il se jeta sur lui. Il n'avait rien à craindre d'un scientifique non armé. Il le maîtrisa rapidement et le mit à genoux, en joue de son arme de poing.

— (Éric) On a quelques questions à vous poser.

— (scientifique) Quoi ? Qui êtes-vous ? Comment êtes-vous entré ?

Alex donna un coup de crosse sur le crâne du scientifique pour lui rappeler qu'il n'était pas en position de poser des questions. Pendant ce temps, Graham surveillait l'entrée du laboratoire et Paul l'explorait.

— (scientifique) Qu'est-ce que vous voulez ?

— (Éric) Voilà, là on avance. Je veux savoir où on est, qu'est-ce que tu fais et pourquoi tu es tout seul ?

— (scientifique) On est dans le laboratoire ça ne se voit pas ?

C'est Éric qui mit une claque au scientifique cette fois-ci pour lui rappeler sa place.

— (scientifique) On produit le Bloomia ici et je vérifiais les constantes de fabrication. Si je suis seul c'est parce qu'il doit toujours y avoir quelqu'un ici au cas où, pour rafistoler les installations et autres, et que les autres sont là-haut en train de s'amuser. Chaque année ça tourne et aujourd'hui c'est moi qui reste.

— (Alex) Tu as un plan des lieux ?

— (scientifique) Non

Voyant une nouvelle main se lever il reprit rapidement.

— (scientifique) Non, je vous jure, il n'y en a pas, mais je peux vous aiguiller.

— (Éric) Décris-le-nous.

— (scientifique) À cet étage, on fait les contrôles et on gère l'apport en énergie. L'électricité est fournie par la chaleur dégagée d'une rivière de lave qui passe non loin.

— (Alex) De la géothermie, ok, et quoi d'autre ?

— (scientifique) De la géothermie ? C'est intéressant comme nom.

— (Éric) Donc ?

— (scientifique) C'est tout. Il y a juste un couloir après qui mène aux cuves pour fabriquer l'alcool. Ensuite, à l'étage supérieur, il y a la crypte.

— (Alex) La crypte de qui ?

— (scientifique) Des anciens maires de la ville. Les aïeux des Bloomia reposent dans leur tombe au-dessus.

— (Alex) Des soldats ?

— (scientifique) Pas que je sache.

— (Alex à Éric) On ne peut pas le laisser ici.

— (Éric à Alex) On n'a rien pour l'attacher, assomme-le.

Alex donna un violent coup de crosse qui fut accompagné d'une gerbe de sang et tua sur le coup le scientifique qui n'en méritait pas tant. Il avait oublié qu'il portait son armure et d'adapter sa force.

— (Éric) Merde Alex ! Fais attention.

— (Alex) Je n'ai pas maîtrisé mon coup, pardon.

— (Paul) Pourquoi il est mort ?

— (Alex) J'ai tapé un peu fort pour l'assommer.

— (Paul) Oui un peu trop fort je pense. Il n'était pas innocent, mais quand même.

— (Éric) Ça fait deux fois quand même. La prochaine fois c'est moi qui assomme.

— (Paul) Deux fois ?

— (Alex) On ne te l'a pas raconté celle-là ?

— (Paul) Non. Enfin bon, c'est trop tard. On fait quoi maintenant ? J'ai vérifié la salle. Comme il disait, ils font juste des analyses ici.

— (Graham) Je propose de couper l'électricité qui est à ce niveau, en plus de couper la production du Bloomia, s'il reste des gardes, ils perdront la visibilité alors que nous avons des lampes sur nos combinaisons.

— (Éric) Bonne idée. Merde ! On a oublié de lui demander où c'était.

— (Paul) Tu peux toujours poser ta question, mais s'il te répond je me tire de cette planète.

Ils continuèrent alors l'exploration du complexe et finirent par trouver la salle des générateurs. Ils l'inspectèrent et constatèrent la rivière de lave à travers une vitre placée sur le sol. Ne sachant pas comment arrêter le système et n'ayant pas la motivation de chercher, Éric lança un éclair sur le panneau de contrôle qui semblait le plus important, le plus gros. Quelques secondes plus tard, le complexe fut plongé dans le noir. Ils décidèrent de procéder au niveau suivant en prenant les escaliers qu'ils avaient repérés en cherchant cette pièce. Au second étage, quelques mètres après l'escalier et avant une porte massive, un flambeau était allumé. Une fois la porte ouverte, une pièce en cercle les attendait. Sur les murs de cette salle, il y avait de nombreuses portes, certaines ouvertes et d'autres non. Trois anneaux concentriques s'élevaient à hauteur d'homme, gravé de symboles dont le traducteur ne trouvait aucune correspondance parmi ses milliers de langages stockés. Avant même de pouvoir explorer la pièce plus en avant, la curiosité d'Éric le poussa à tourner l'un des anneaux, ce qui enclencha un mécanisme. Certaines portes qui étaient ouvertes se fermèrent et une partie de celles qui étaient fermées s'ouvrit. Avant de jouer un peu plus avec les portes, ils décidèrent d'investiguer les salles qu'ils avaient ouvertes. Ce tombeau ne contenait que des sarcophages plus ou moins décorés et plus ou moins vieux. L'un d'entre eux en revanche était beaucoup plus riche d'ornement que les autres et Alex vit dans le symbole d'une hache creusé sur la stèle, une serrure à déverrouiller. Il se mit alors à revisiter les tombeaux en quête d'un objet à disposer dans les formes de la stèle. Ne le trouvant pas le groupe accepta de bouger les anneaux afin d'ouvrir d'autres portes. La combinaison suivante ferma toutes les portes et ouvrit une qui n'avait pas encore été ouverte. Éric qui était le plus proche s'en approcha nonchalamment et esquiva au dernier moment un tir de pistolet. Éric fit un pas en arrière alors que ses compagnons mirent en joue dans la seconde suivante l'ouverture de la porte. Un homme en armure complète bondit, armé d'un pistolet dans chaque main. Il tira sur Éric et Graham. La balle érafla l'armure d'Éric qui sortit sa lame et l'attaqua. Graham qui était aussi visé fit une roulade derrière la stèle centrale et fit tourner par mégarde l'anneau extérieur. Paul mal positionné pour aider Éric se décala vers la porte qui venait de s'ouvrir à cause de Graham. Alex prit son épée à deux mains et chargea à la rescousse d'Éric qui était aux prises avec l'ennemi. Suite à d'habiles manœuvres parfaitement coordonnées d'Éric et Alex, soutenus par Graham, ils virent à bout de leur ennemi. Paul ne remarqua pas la porte ouverte derrière lui, mais entendit le bruit vibrant d'une épée dont la lame était inspirée d'une tronçonneuse. Il mit son fusil au dernier moment entre lui et la chaîne en mouvement, le sauvant d'une mort douloureuse. La lame coupa en deux le fusil de Paul qui tomba sur le dos. Instantanément, il prit la lame qui était placée au niveau de sa poitrine et la plongea dans la cheville de son assaillant. Ses deux amis, trop pris dans leur combat, ne le remarquèrent pas. Graham dont la nature avait doté lui et son espèce de sens plus développé remarqua l'action. Alors que le soldat allait achever Paul au sol, il reçut dans l'épaule une balle de Graham qui le déstabilisa laissant le temps à Paul de rouler en direction de son sauveur. La cheville inutilisable et à présent à un contre quatre, ce dernier ennemi ne fit pas long feu. Après avoir confirmé sa dette envers Graham pour lui avoir sauvé les fesses, Paul examina l'armure pour se l'approprier. Malheureusement pour lui, les deux soldats avaient été criblés de balles pour l'un et découpés pour l'autre. Éric et Alex entreprirent de fouiller les deux salles et furent ravis de constater des coffres. Le groupe de pilleur de tombes s'évertuait alors à l'ouverture de chacun des coffres qui contenaient de l'argent, des bijoux et la recette du Bloomia qu'Éric garda précieusement. Bien décidé à trouver sa hache, Alex fit rester le groupe un peu plus longtemps afin de fouiller toutes les salles. Il finit par trouver une combinaison qui ouvrit une porte sur un immense miroir.

— (Graham) Pourquoi avoir un tel miroir ici ?

— (Éric) Pas très utile dans une crypte.

— (Paul) Il y a un étrange disque collé au miroir.

— (Graham) Rien d'intéressant.

— (Alex) Bon, revenons au village maintenant. Les autres doivent s'inquiéter.

En sortant de la trappe par laquelle ils étaient rentrés, les communications fonctionnaient de nouveau.

— (Saphir) Capitaine, me recevez-vous ?

— (Éric) Saphir, ici le capitaine. Je vous reçois cinq sur cinq.

— (Saphir) Nous avions perdu le contacte depuis plus d'une heure.

— (Paul) Comment ça se passe au village ?

— (Saphir) Mal. Les villageois sont rassemblés sur la place centrale et ils ont l'air énervés.

— (Alex) On s'en doutait un peu.

— (Saphir) Le prince Levi et le maire tentent de calmer la foule.

— (Éric) Levi ? Pourquoi est-il avec le maire ?

— (Graham) Allons voir ça nous-mêmes.

Devant l'estrade qui servait quelques heures auparavant à l'élection des candidates au sacrifice, le groupe retrouva Balek, Apport et Victoria qui consolait encore Elénaor.

— (Paul) Il se passe quoi ?

— (Apport) Levi et le maire essayent de calmer la foule qui panique d'avoir perdu leur divinité.

Levi qui remarqua l'équipage au complet descendit de l'estrade et le rejoignit.

— (Levi) Éric. La situation est plus compliquée que prévu.

— (Éric) Tu es au courant de ce qu'il se passe ici ?

— (Levi) Oui, j'ai su via le système de communication. J'en ai parlé au maire et il m'a raconté qu'ils n'ont pas le choix. Le Bloomia et le seul moyen qu'ils ont de survivre économiquement et de ne pas subir le courroux des Vénérables.

— (Paul) Tu peux développer ?

— (Levi) Cette planète vend presque exclusivement aux nobles

Vénérables, nos ennemis, et s'ils ne leur en fournissent pas ils risquent de se faire rayer de la carte.

— (Alex) Ce n'est pas une raison.

— (Levi) Je sais et je pense avoir une solution. J'aurais vraiment aimé voyager à travers la galaxie et sauver des planètes entières, mais je me rends compte que je serais plus utile en étant prince.

— (Paul) Tu es sûr ? Tu voulais tout faire pour partir de ce milieu il n'y a pas une semaine ?

— (Balek) Tu nous quittes déjà ? Pourquoi ?

— (Levi) Oui, et j'en suis sûr. Je vais proclamer cette planète territoire du Loupa et ainsi les Vénérables ne pourront plus rien faire.

— (Éric) Très généreux de ta part.

— (Alex à Paul) Du moment que je garde son épée.

— (Paul à Alex) Barbare !

— (Alex à Paul) Tu es jaloux parce que tu es un fragile et que tu ne peux pas la manier.

— (Paul à Alex) Oui, je l'avoue.

— (Levi) En attendant, je vous conseille de partir en faisant profil bas, car nombreux sont ceux qui vous soupçonnent.

— (Éric) Et à juste titre.

— (Apport) On n'a plus rien à faire ici de toute façon.

— (Paul) À une prochaine fois sans doute.

CHAPITRE 9

L'équipage remonta à bord du vaisseau en esquivant la foule qui avait déserté les abords du village pour se rassembler en place centrale et décolla sans délai. Comme à l'accoutumée, l'équipage se réunissait dans le salon pour participer au débriefing qui s'était instauré naturellement au fil de leurs aventures.

— (Éric) Bon, tout le monde est là. Ça s'est plutôt bien passé dans l'ensemble non ?

— (Paul) Ce n'était pas la pause reposante prévue, mais on n'est pas reparti les mains vides.

Paul sortit une bouteille de Bloomia et se dirigea vers la commode pour prendre des verres.

— (Paul) Qui en veut ?

— (Victoria) Je passe.

— (Balek) Je ne préfère pas.

— (Graham) Maintenant que je sais comment c'est fait, non merci.

— (Éric) Vraiment personne ?

— (Apport) Sans façon.

— (Alex) Pareil pour moi, je n'en veux pas.

— (Éric) Moi j'en prends.

— (Paul) Deux verres donc.

— (Alex) Je n'ai pas dit que je ne prenais rien non plus.

— (Paul) Trois verres alors.

— (Victoria) Je ne suis pas contre un verre de ce que tu prends habituellement Paul.

— (Paul) Je sors des verres pour tout le monde, j'ai compris.

Au fur et à mesure que Paul sortait les verres, Éric les remplissait à la convenance de chacun. Une fois tout le monde servi, Éric porta un toast.

— (Éric) Chez nous, on appelle ça un toast. Tout le monde frappe dans le verre des autres et on boit à la santé de quelqu'un ou quelque chose.

— (Graham) Vous avez des rituels étranges les Terriens, mais allons-y. Au meilleur équipage de toute la galaxie !

— (Paul) Bien dit !

Tout le monde se prêta au jeu avec plus ou moins d'entrain. L'alcool aidant, ils oublièrent vite les événements survenus sur la planète Malakel.

— (Éric) Quelle est la prochaine étape maintenant ?

— (Alex) On ne devait pas aller sur la planète où avait atterri Paul ?

Paul se précipita aux toilettes de la chambre du capitaine, qui se trouvait le plus près.

— (Éric) Tu nettoies après ! C'est mes chiottes !

— (Graham) Il est fragile.

— (Alex) Trois verres ce n'est vraiment pas grand-chose pourtant.

Paul revint en se tenant sur le pan de la porte.

— (Paul) La prochaine destination, c'est l'hôpital.

— (Balek) Viens à l'infirmerie, je vais te donner un onguent.

Paul marcha avec difficulté jusqu'à Éric et lui retira le verre des mains.

— (Paul) Il va sans doute falloir analyser ça.

L'ambiance retomba immédiatement. Éric qui commençait à s'inquiéter, se concentrant sur les messages envoyés par son estomac.

— (Paul) J'ai déjà vomi de l'alcool, mais normalement il n'y a pas des grumeaux.

— (Balek) Graham ! Alex ! Apportez-le-moi à l'infirmerie immédiatement.

— (Graham) Je ne crois pas que ce soit l'alcool. Je me sens mal aussi.

— (Éric) Tout le monde à l'infirmerie et que ceux qui se sentent le mieux trouvent des seaux, on va en voir besoin.

Balek examina tout l'équipage et demanda après les premiers résultats à Saphir de filtrer l'air du vaisseau.

— (Balek) Capitaine. Cough, cough. On a été empoisonné. Et j'ai bien peur que ce composé bactériologique soit très agressif.

— (Paul) En mots normaux, ça donne quoi ?

— (Balek) Je n'ai pas de quoi nous soigner ici et on risque bien d'y passer.

— (Alex) Pas cool.

— (Éric) Saphir fonce à l'hôpital le plus proche.

— (Saphir) Bien reçu capitaine. Je mets le cap sur Gralia.

— (Balek) Ça ne marchera pas.

— (Éric) Pourquoi ?

— (Balek) On n'a pas assez de temps. Il nous faut près d'une semaine pour y aller. Peut-être certains d'entre nous y arriveront encore en vie, mais certainement pas tout l'équipage. Surtout si les autorités mettent en place une quarantaine arrivé sur place.

— (Alex) Les habitants de Malakel vont bien eux ?

— (Saphir) J'ai fait une recherche sur les objets que vous avez ramenés de la planète et il y a un objet que je n'arrive pas à identifier.

Aidé par Saphir, Éric retrouva l'objet en question.

— (Éric) Une idée de ce que c'est ?

— (Graham) J'en ai déjà vu des grenades comme ça à l'armée.

Éric reposa doucement la grenade sur la table et recula lentement.

— (Graham) Celle-ci n'explose pas, mais libère un gaz. Elle est programmable donc on peut décider après combien de temps le gaz se libère. On a été attaqué.

— (Éric) Par qui ?

— (Apport) Levi ?

— (Alex) Je ne pense pas, il n'aurait aucune raison.

— (Paul) Ce n'est pas notre plus gros problème pour l'instant.

— (Balek) Paul à raison. Il faut trouver un moyen au plus vite de nous soigner et je pense avoir une idée.

— (Éric) On t'écoute.

— (Balek) Sur une planète pas très loin il y a un groupe d'humains qui ont construit une cité sous-marine, pour différentes raisons, mais l'important c'est que leur recherche sur la modification d'ADN était très avancée. Si ce n'est les plus avancées dans le domaine.

— (Alex) En quoi ça nous aiderait ?

— (Balek) Le virus agit comme un cancer à une vitesse fulgurante. Si j'arrive à comprendre le problème, on devrait pouvoir trouver un autre virus qui contrerait le premier.

— (Éric) C'est décidé alors.

— (Balek) Je dois cependant vous informer que c'est théorique.

— (Éric) Tu n'es même pas sûr que ça marche ?

— (Balek) Non, mais ce que je sais c'est que la sécurité, la loi et l'ordre ne sont pas leur priorité donc on n'aura pas de problème de quarantaines et la planète en question n'est pas loin. De plus, même si la chance est faible, on pourra sauver tout l'équipage.

— (Victoria) Si j'ai bien compris, soit on a de grandes chances de sauver une partie seulement de l'équipage, soit on en a une petite de sauver tout le monde.

— (Éric) C'est tout décidé pour moi. On n'abandonne personne.

— (Graham) C'est toi le capitaine.

À la suite de ces mots, Balek donna à Saphir les coordonnées de la planète en question. Personne ne prononça d'avis sur le jugement du capitaine et l'Interstellar42 se mit en route. Pendant la journée qu'avait duré le trajet, Victoria souffrit d'effets plus prononcés au même titre que Paul et Graham. Balek émit l'hypothèse selon laquelle Paul qui avait passé de nombreuses semaines en environnement stérile n'avait plus assez d'anticorps pour lutter correctement. Graham venait d'une espèce fragile et qui était sujette régulièrement à des problèmes de santé et quant à Victoria, elle sortait à peine d'une maladie qui aurait dû la tuer. Il précisa alors que d'après cette hypothèse qu'il serait sans doute le prochain à avoir des difficultés et que le dernier debout serait sans doute Apport. Il vient de cette galaxie et a eu des contacts avec beaucoup d'organismes différents, possédant donc un système immunitaire plus robuste. Éric avait alors les noms des personnes qui l'accompagneraient. Balek devait rester sur le vaisseau pour s'occuper au mieux des malades pendant que lui, Alex et Apport iraient chercher le remède ou quelqu'un pouvant les aider. Il prit dans cette optique tout l'argent et quelques objets précieux qui étaient transportables. Afin de ne pas contaminer la ville dans laquelle ils allaient, ils mirent leurs armures dans la navette et ouvrirent le sas en espérant que le vide et le froid intersidéral auraient raison de ce virus. Ils survolèrent la surface de l'océan qui semblait recouvrir toute la planète en attendant que les capteurs détectent le moindre signe de vie. C'est Apport, qui en regardant par l'une des vitres de la navette, repérera un phare. Au sommet de cet édifice une plate-forme les attendait, immense et vide, visiblement plus utilisée depuis longtemps. Une fois posés, ils partirent tous les trois suivant la seule direction qui menait à l'intérieur du phare et qui descendait jusqu'au niveau de la mer. Arrivés à l'altitude zéro, les membres encore vaillants de l'équipage tombèrent sur un sous-marin sphérique large de quelques mètres.

— (Alex) On dirait le Nautilus. En plus petit. Et un peu moins beau.

— (Éric) Attendez, on va monter là-dedans ? On va faire dix mètres
avant de couler.

— (Apport) Tu préfères y aller en combinaison ?

— (Alex) Ça fonctionnera peut-être pour toi, mais moi je vais couler
comme une pierre.

— (Éric) J'ai compris, on n'a pas le choix.

Bien que tous réticents à différents degrés, ils s'installèrent aussi
confortablement que possible et entamèrent leur descente dans les
tréfonds de l'océan où devaient vivre les créatures les plus monstrueuses
et gargantuesques que l'esprit d'Éric pouvait imaginer. Puis,
soudainement, les craintes laissèrent place à l'étonnement. Une ville se
dessinait au fur et à mesure que le sous-marin progressait dans sa
direction. Telle une métropole dont on ne distingue pas le sommet des
immeubles, ceux-ci dissimulaient leur base. Alex fut le premier à
remarquer que quelque chose n'allait pas. En effet, si la ville semblait
encore être vivante par le foisonnement de projecteurs et autres néons
publicitaires, certains bâtiments étaient en ruine, comme abandonnés.
Pensant que cela devait être dû à la pression que pouvait exercer l'eau à
cette profondeur il ne partagea pas ses observations. Le sous-marin passa
ainsi au milieu des tours gigantesques pour arriver au centre de la ville en
direction d'une fente aux dimensions du submersible, creusé dans le
bâtiment. Avant d'arriver, leur système de communication leur souffla la
voix de Saphir.

— (Saphir) Capitaine ?

— (Éric) Oui ?

— (Saphir) Je ne trouve aucune information sur le réseau sur cette
planète. Veuillez tous les trois faire extrêmement attention. Personne
ne peut venir vous aider.

— (Apport) Merci Saphir, on sera sur nos gardes autant que possible.

Tout se passera bien.

— (Balek) Il est raisonnable de penser qu'il ne circule pas ou peu d'informations sur cet endroit.

— (Apport) Que veux-tu dire par là ?

— (Alex) Tu peux nous en dire plus sur ce lieu ?

— (Balek) Je ne suis venue qu'une seule fois. Quand j'étais encore prisonnier de l'horizon noir. Ce que je peux vous dire sur cette ville c'est qu'il faut vous méfier de tout le monde. Ces gens se sont rassemblés ici pour fuir les gouvernements. Celui qui se fait appeler le maire est un anarchiste. Il a construit cette ville pour la cacher aux yeux de la galaxie pour créer son utopie. Le seul problème est que la plupart des personnes d'ici tiennent davantage du hors-la-loi que du mouvement anarchique.

— (Apport) J'imagine bien ce que peut représenter cet endroit pour la mafia.

— (Éric) Ce ne sera pas la première fois qu'on leur botte le cul.

— (Alex) On est juste trop fort pour eux, c'est tout.

— (Apport) Je le sens mal.

Le sous-marin s'arrima à une plate-forme au beau milieu de l'immeuble. Donnant sur une immense salle, on pouvait distinguer via les hublots, des bancs et des panneaux d'informations semblables à une zone d'attente d'aéroport. La pièce était mal entretenue et la lumière ne provenait que des spots des bâtiments alentour via les hautes baies vitrées dont l'eau parvenait en certains endroits à traverser. Alors que la séquence d'ouverture du sas se lançait, ils observaient leur environnement par le hublot, jusqu'à ce que dans seul coup, un homme se jetât sur celui que regardait Éric.

— (homme) Oh ! Des nouveaux ! Sortez. Sortez !

Éric fit un bon en arrière. Cet homme avait le visage déformé, boursouflé et tenait dans sa main un revolver. Éric sortit son pistolet et le pointa sur cet homme qui le tenait également en joue. Apport et Alex mirent quelques secondes pour pointer leur arme sur ce nouvel ennemi. Ils gardèrent le statu quo quelques instants avant qu'une ancre vienne s'écraser sur l'homme. Stupéfait, les trois arrivants ne prononcèrent pas un seul mot et alors qu'ils attendaient de voir ce qui allait se passer, un autre homme encore plus déformé vint reprendre son projectile. Il le délogea de la carcasse encore chaude, sans effort apparent, puis il le posa sur son dos avant de se retourner vers le sous-marin.

— (homme) Vous finirez bien par sortir.

Il bondit en direction du plafond avant de disparaître dans la pénombre.

— (Apport) On est vraiment obligé de sortir ?

— (Éric) On a besoin de ce remède.

— (Alex) Il avait l'air balèze pour se déplacer comme ça avec une ancre sur le dos.

— (Éric) Il peut être aussi fort qu'il veut, un coup de couteau dans la nuque et on en parle plus.

— (Apport) Vous ne prenez jamais rien au sérieux ?

— (Éric et Alex) Non.

Alex sortit le premier comme à l'accoutumée, suivi d'Éric et d'Apport. Ils se dirigèrent lentement vers la seule sortie du lieu en regardant dans toutes les directions. Arrivant juste devant la porte menant à la ville, Apport éclaira de sa lampe le plafond juste au-dessus de lui et esquiva de justesse l'ancre qui tomba lourdement à ses pieds. L'homme tomba dans la seconde précédant le choc et arriva dans le dos d'Apport. Il venait de frôler la mort et ne remarqua pas la nouvelle menace. L'homme le prit par le cou et l'éjecta à plusieurs mètres au milieu de la pièce. Alex n'eut pas le temps de pointer son arme sur lui que l'homme lui bondit dessus. Sa force naturelle décuplée par son armure lui permit de résister. Alors que le rapport de forces tournait progressivement en la défaveur d'Alex, Éric sauta du dos de ce dernier et planta sa dague profondément dans le crâne de l'assaillant.

— (Alex) Merci. Il était trop fort, même pour moi.

— Apport qui se relevait seulement les rejoignit.

— (Éric) Tu vois. Un coup de couteau et on en parle plus.

— (Apport) Ce n'était pas la nuque, mais ça compte.

Reprenant leur chemin, Éric et Alex entendirent la voix de Paul dans leur esprit.

— (Paul) Les gars ! Vous m'entendez ?

— (Alex) Oui. Ça va là-haut ?

— (Éric) Vous tenez le coup ?

— (Paul) On va dire ça. Graham est le plus touché, mais avec Victoria on tient le coup. Je ne vous appelle pas pour ça. Balek est super étrange depuis quelques minutes. Je ne sais pas trop si c'est pour le cas de Graham qui est grave ou autre chose, mais il a changé de couleur. Celle-là je ne l'avais jamais vu.

Apport qui n'était pas encore au fait de cette faculté regardait ses deux camarades regarder bêtement le plafond sans faire un geste.

— (Apport) Hum ! Ça va ?

— (Éric à Apport) Oui, on parle, attend.

— (Apport) À qui ?

— (Alex) A Paul, mais on t'expliquera.

— (Éric à Paul) Préviens-nous dès que tu en sais plus. Nous venons d'arriver et pour l'instant aucun de nous ne présente de symptômes.

Éric se tapa fermement la poitrine de son poing fermé pour montrer sa force en tant qu'homme et malheureusement pour lui ce geste fit remonter l'intérieur de son estomac.

— (Alex) Rectification. Éric vient de vomir. Dans son casque. Ce n'est
   pas joli à voir. On se reparle arrivé à l'hôpital.
Après qu'Éric eut fini de nettoyer son casque, ils s'aventurèrent plus loin
dans la cité. Les immeubles étaient reliés entre eux par des passerelles
dont la majeure partie était inondée dû au manque d'entretien et des
combats qui avaient lieu dans la cité. En effet, plus ils progressaient dans
la ville, plus ils se faisaient attaquer par des personnes ou groupes aux
facultés physiques impressionnantes. Certains possédaient une force
herculéenne et d'autres pouvaient s'écréter de l'acide voire même des
liquides inflammables. La maladie finit par toucher Alex puis Apport
quand ils arrivèrent enfin devant les portes de l'hôpital. Paul reprit contact
avec les groupes, mais cette fois via le système de communication.

— (Paul) Les gars ? Je sais pourquoi Balek se comportait de façon
   étrange. Cet enfoiré nous a trahit !
— (Éric) Quoi ? Pourquoi ?
— (Alex) J'en étais sûr.
— (Apport) Pour quelle raison ? Il est touché par la maladie lui aussi ?
— (Paul) Oui. Mais tout n'est pas très clair. On s'explique avec lui et
   Victoria le cuisine en ce moment. Il va parler, c'est moi qui vous le
   dis.
— (Éric) OK, nous on arrive à l'hôpital. Par contre, il n'est plus question
   de trouver une âme charitable. Tous ceux que l'on croise veulent notre
   mort.
— (Paul) Merde ! Vous comptez faire quoi alors ?
— (Apport) On a décidé d'aller à l'hôpital et de prendre tout ce qu'on
   peut trouver d'intéressant.
— (Alex) Du coup si Balek pouvait rester en vie en attendant pour qu'on
   sache quoi faire sur place.
— (Paul) On ne va pas le tuer non plus. C'est au capitaine de décider ça.

Mais d'abord, je vais lui demander des infos. Pour l'instant, continuez. Il doit sûrement avoir un étage dédié pour les maladies contagieuses.

— (Apport) C'est aussi notre conclusion. On se revoit bientôt les mains pleines de remèdes.

— (Paul) On l'espère tous ici.

Ils reprirent la marche de plus belle, comme si les combats auxquels ils avaient participés ne les avaient même pas fatigués. Leur état empirait et ils savaient que s'ils ne se dépêchaient pas ils n'y auraient plus personne à sauver. Apport ne savait pas si les prévisions de Balek étaient erronées où s'il avait fait exprès mais la maladie gagnait du terrain bien plus rapidement que prévu. Il se dit qu'ils avaient pris la bonne décision en allant sur cette planète, car ils n'auraient jamais pu en atteindre une autre. Il eut une pensée pour sa famille avant de rejoindre ses deux camarades arrêtés devant l'objectif. L'hôpital était dans un triste état. La plupart des équipements médicaux et médicaments avaient déjà été emmenés. En tombant sur un plan, ils trouvèrent l'étage de virologie et s'y rendirent avec le même élan. Les ascenseurs ne fonctionnant plus ils durent prendre les escaliers, ce qui leur rappela leur fatigue et arrivèrent presque exténués. Le niveau était sous quarantaine et l'accès principale était fermée par une lourde porte de métal. Cependant, on les avait devancés. Un homme portant un imposant scaphandre était en train de découper la porte au chalumeau. Le scaphandrier les entendit entrer dans la pièce, coupa le chalumeau et se retourna vers eux.

— (Éric) Au moins tout l'équipement est encore à l'intérieur.

— (Alex) Le truc c'est que je ne pense pas qu'il nous laisse le prendre bien sagement.

On pouvait à peine distinguer l'homme à travers les quelques hublots de son casque. Comme s'il avait fusionné avec son équipement métallique. Alex courut dans sa direction tête baissée, pendant qu'Éric faisait le tour pour l'attaquer par-derrière et qu'Apport lui tirait dessus. Le scaphandrier alla à la rencontre d'Alex ne prêtant pas attention aux balles tirées par Apport ni à Éric qui pouvait difficilement se cacher dans un hall presque vide. Suite aux nombreux combats précédents, Apport et Alex étaient presque à court de munitions. Alex décida de prendre son épée pour ce combat. Il parvint à asséner le premier coup dans l'épaule qui ne provoqua qu'un grognement. Maintenant au corps-à-corps Alex put voir plus précisément le monstre qu'était devenu cet homme. Un visage qui avait complètement muté et un corps recouvert d'excroissance semblable à des tumeurs et parcouru par des veines palpitantes. Il contre-attaqua avec son chalumeau sur le bras d'Alex en maintenant son poignet pour qu'il ne puisse bouger son épée.

— (Alex) C'est chaud ! C'est chaud !

Éric arriva au secours de son ami en plantant son couteau de presque toute la lame dans le dos, mais sans aucun effet visible

— (Alex) Le bras ! Le bras! Visez le bras.

Apport se rapprocha pour tirer les dernières balles qui lui restaient dans le bras maintenant le chalumeau, alors qu'Éric le tailladait autant que possible. Le scaphandrier finit par lâcher son arme à feu, mais le bras d'Alex avait déjà subi les dégâts de la température et ne pouvait plus l'utiliser. Il parvint cependant à se retirer de son étreinte en gardant son épée.

— (Alex) Vos armes sont trop faibles, ça ne lui fait rien. Aidez-moi à
    donner le coup de grâce.

Apport et Éric aidèrent Alex à soulever l'épée alors que le scaphandrier hurlait de douleur et de rage si bien qu'il en crachait du sang qui maculait les hublots.

— (Alex) Vite !

Le monstre tenta une dernière charge vers le trio qui abattu l'épée sur lui, le transperçant jusqu'au niveau où devait normalement être son nombril. Ils furent recouverts de sang, mais victorieux. Difficilement, ils finirent le travail du scaphandrier et ouvrirent la porte qui donnait sur l'aile de la virologie. Ils prirent contact avec l'interstellar42 pour savoir quels objets prendre et sous les conseils de Balek cela fut rapide. Ils entamèrent alors le chemin de retour, ne prenant plus de temps pour les combats futiles qu'ils rencontraient. À court de munitions, de force et de temps, ils préféraient se faire tirer dessus et avancer le plus vite possible que d'être discret ou d'engager un combat. Cette stratégie fut payante et malgré quelques contusions ils purent retourner à la navette. Pendant le chemin de retour, Éric prit de nouveau contact avec le vaisseau pour leur annoncer leur retour.

— (Éric) C'est bon, on est dans la navette, on arrive ! Tout le monde est encore vivant ? Vous n'avez pas éjecté Balek par un sas ?

— (Victoria) Il était temps capitaine !

— (Éric) Tu vas bien Victoria ? Tient le coup, on arrive.

— (Victoria) Merci, je tiens bon pour l'instant, mais Graham est inconscient depuis plusieurs minutes.

— (Paul) Pour ce qui est de Balek, c'est un peu compliqué.

— (Alex) Explique ?

— (Paul) Pour résumer, quand vous l'avez sauvé de l'horizon noir sur le vaisseau que vous avez détruit, d'après ce que vous m'avez raconté.

— (Éric) Oui peut-être.

— (Alex), Mais si, rappelle-toi, il était dans une capsule de sauvetage.

— (Paul) Bref ! S'il était sur ce vaisseau, c'est parce que son équipage à lui, avait été attaqué et que pour leur sauver la vie il a accepté de travailler pour eux en tant que médecin. Donc quand vous avez détruit le vaisseau de ses ravisseurs il n'avait plus qu'un moyen pour protéger son équipage.

— (Alex) Ça explique pourquoi ils ont toujours une longueur d'avance sur nous et qu'on les rencontre toujours partout où on va.

— (Paul) Exactement. Le hic aujourd'hui, c'est que la mafia a essayé de tous nous tuer, lui y compris, ce qui veut dire qu'ils n'ont plus besoin de lui.

— (Éric) Si je comprends bien, ça veut dire que son équipage est probablement mort.

— (Paul) C'est pour ça qu'il se comportait bizarrement et qu'il était devenu bleu nuit.

— (Balek) Capitaine. Vous tous.

La voix de Balek était tremblante, tant par l'émotion que par la maladie.

— (Balek) Je suis sincèrement désolé. Je n'avais que ça pour sauver mes compagnons. Maintenant, je n'ai plus rien à protéger. Il ne sert plus à rien de vous le cacher. Et après tout ce que vous avez fait pour moi, je vous dois la vérité.

— (Éric) On en reparlera plus tard. Pour l'instant, la priorité c'est de soigner tout le monde.

— (Apport) Je vois le vaisseau. Saphir, peux-tu préparer l'amarrage?

Ils se dirigèrent immédiatement vers l'infirmerie où Balek les attendait avec tous les équipements allumés pour ne pas perdre un instant. Graham reposait dans le caisson, reprenant doucement connaissance à cause du brouhaha environnant. Victoria et Paul rejoignirent l'infirmerie depuis les quartiers d'équipages où ils se reposaient. Apport et Éric soignèrent tant bien que mal dans le couloir, les brûlures du bras d'Alex puisque Balek était occupé à la préparation des remèdes. Ceux-ci avançaient bien. Balek, ne se préoccupait pas du fonctionnement de l'enzyme qui permettait de faire tant d'exploits, mais simplement d'utiliser ses propriétés étonnantes et déclara d'une voix basse

— (Balek) J'ai fini.

— (Éric) Super ! Vite, soigne Graham en premier.

Balek se retourna complètement violet avec six seringues dans les mains.

— (Balek) Je suis désolé.

— (Paul) Attends !

— (Apport) Il en manque une là !

— (Balek) Je n'ai pas assez d'éléments pour en faire plus.

— (Paul) Vous êtes bien sûr d'avoir tout pris.

— (Alex) Certain ! J'ai vérifié trois fois toutes les salles.

— (Apport) Je confirme.

Éric, Alex et Paul entamèrent une conversation télépathique.

— (Éric) On va devoir sacrifier quelqu'un.

— (Paul) On est d'accord sur le fait que Victoria a droit au sien.

— (Éric) Évidemment.

— (Alex) Je suis d'accord, c'est une femme.

— (Paul) On fait comment pour choisir ?

— (Alex) C'est mort, je ne veux pas choisir !

— (Éric) On tire à la courte paille ?

— (Alex) Arg ! C'est encore pire. Imagine que ça tombe sur l'un d'entre nous ?

— (Paul) Tu ne nous aides pas beaucoup là.

— (Alex) Tu me demandes d'exécuter un membre de l'équipage, ce n'est pas si facile.

— (Paul) Ce n'est pas moi qui le demande. C'est comme ça, c'est tout.

— (Éric) Faisons le point sur l'équipage.

— (Alex) Graham est le plus vieux membre et c'est un bon combattant.

— (Éric) Victoria est une femme et ma future copine même si elle ne le sait pas encore.

— (Alex) Balek est le médecin, mais il nous a trahis.

— (Paul) Si j'avais été dans la même situation, j'aurais sacrifié plein de gens pour vous sauver.

— (Éric) Enfin, Apport est le dernier venu, mais il est doué en informatique ce qui n'est pas négligeable.

— (Alex) On ne peut pas faire comme ça. Juger de la valeur des gens.

— (Paul) Je sais bien, mais il faut bien choisir. On peut faire le hasard avec ceux qui le souhaite

— (Alex) OK, on leur demande.

Éric prit une grande inspiration pour expliquer la situation.

— (Éric) Il va falloir évidemment choisir l'un d'entre nous et je ne veux pas faire ce choix ni forcer qui que ce soit à le faire. Je demande alors à chacun de me dire si vous voulez participer à la courte paille pour désigner la personne à sacrifier. Je commence. En tant que capitaine je ne vous demanderai pas quelque chose que je ne ferais moi-même. Je joue.

— (Alex) Je joue aussi. Je ne veux pas avoir vos morts sur la conscience.

— (Paul) Je pensais finir ma vie comme cobaye alors vous sauver la vie ce n'est pas si mal comme fin.

— (Balek) Je ne mérite même pas cette chance. Évidemment que je participe.

— (Graham) J'écouterai la décision de mon capitaine. Je suis un guerrier et dans le combat on ne questionne pas les ordres. Il n'y a parfois pas de bon choix, pas de solution. Un chef est parfois contraint de faire des choix pour le bien de tous et si je meurs ici je serai d'accord avec ça. Éric tu dois choisir, aussi dur que ça peut l'être.

— (Apport) Je suis désolé, mais j'ai une famille qui m'attend, je ne peux risquer ma vie si j'en ai la possibilité. Je suis sincèrement navré, mais je ne joue pas.

— (Victoria) Quant à moi, je joue, et sans hésiter une seule seconde. Je devais mourir dans cette cuve. Depuis ce jour où vous m'avez sauvé la vie, ce que je vis n'est que du bonus.

— (Alex) Évidemment qu'ils allaient répondre ça. Je ne veux pas que vous mouriez non plus. Il n'y a vraiment pas de solution.

Éric sortit son pistolet et sans dire un mot, en une fraction de seconde, tira sur Graham. Il y eut un silence de mort qui régna pendant des secondes qui parurent une éternité. Éric ne revenait pas lui-même de son geste. L'équipage était tiraillé par la tristesse de voir Graham, leur compagnon et même ami, mourir ainsi et la joie immense, malgré ce qu'il pouvait dire, de ne pas mourir. Balek ne comprenait pas comment il était en vie. Pourquoi ? Comment, après ce qu'il avait fait, mais il n'eut pas le courage de le demander et commença à injecter le contenu de ses précieuses seringues dans le bras de l'équipage. Éric tenait son arme encore fumante dans la main, le cœur lourd d'une irrépressible envie de dire pardon et merci.

CHAPITRE 10

La voix de Saphir brisa le long silence que personne n'osait interrompre.

— (Saphir) Capitaine, il serait sage de s'occuper du corps de Graham.

Éric prit quelques instants encore avant de répondre.

— (Éric) Tu as raison Saphir. Qu'on l'enveloppe à l'aide d'une couverture et emmenons-le au hangar.

Tout l'équipage participa en silence. Un silence seulement coupé de politesses. Arrivés au hangar, ceux qui soutenaient Graham le posèrent devant la grande porte puis tous allèrent s'équiper de leur combinaison. Pour les Terriens, cette façon de faire était digne des plus grands et ceux de la galaxie Ketner n'avaient pas le cœur de leur dire que les coutumes étaient différentes ici. De retour au hangar, ils se mirent en arc de cercle autour du corps de leur compagnon.

— (Éric) Tu étais et resteras le premier membre que nous avons recruté. C'est toi qui nous as appris ce qu'il faut savoir pour survivre ici et chaque jour que nous vivrons sera en partie grâce à toi. C'était un honneur.

— (Alex) Malgré le peu de temps qui nous avons passés ensemble je peux affirmer que tu étais mon ami. Nous avons ri, bu, pleuré et combattu ensemble. Je suis heureux de t'avoir rencontré.

— (Saphir) Je ne peux mettre des mots sur ce que je ressens, ni même dire si j'ai ce que vous appelez des sentiments, mais je sais que j'ai appris énormément de choses grâce à toi. Je ne sais pas si tu peux réellement m'entendre, mais, merci.

— (Balek) Plus qu'un soldat, plus qu'un guerrier, tu étais une force de la nature. Fort et juste, prêt à tout pour son équipage. Je n'oublierai jamais ton sacrifice.

— (Victoria) Toujours de bon conseil, tu étais quelqu'un sur qui on pouvait toujours compter. Tu vas nous manquer.

— (Apport) Tu étais d'une loyauté sans faille, jusque dans tes derniers instants. Un véritable exemple pour tous. Au revoir, j'espère.

— (Paul) Étant le dernier arrivé je n'ai pas vécu avec toi autant d'aventures que les autres, mais les quelques-unes que l'on a partagées resteront à jamais gravées dans ma mémoire. Repose-toi bien dans la beauté de l'espace infini. Adieu.

Sur un hochement de tête l'équipage s'agrippa aux rambardes du hangar puis Saphir ouvrit le sas, expulsant leur compagnon dans le vide intersidéral.

La plupart ne purent retenir leurs larmes. Saphir attendu que les pleures cessent pour annoncer le message qu'elle venait de recevoir.

— (Saphir) J'ai un message pour tout l'équipage de la part du prince Bokur. Lorsque vous serez prêts, je vous le diffuserai au salon.

L'équipage ne prit pas plus d'une minute avant de se mettre en marche.

Tous réunis autour de l'écran, affalés dans le canapé, ils regardèrent le message. Celui-ci affichait le bureau du député Grust avec en premier plan lui-même et Bokur.

— (Bokur) Bonjour équipage de l'interstellar42. J'imagine que vous êtes actuellement aux confins de la galaxie en train de changer la destinée d'une civilisation inconnue, mais si vous le voulez bien, j'ai une proposition à vous faire.

— (Grust) Je ne sais pas si l'information vous est déjà parvenue, mais notre souverain est décédé des suites de sa maladie il y a deux jours. L'élection du nouveau régent se fera dans les prochaines semaines.

— (Bokur) Lors de ces élections, les préposés au trône tels que moi peuvent nommer un sponsor. Il s'agit du sujet de ce message.

— (Grust) En effet, nous en avons discuté et il nous paraît judicieux et nous serions honorés que vous soyez nos sponsors.

— (Bokur à Grust) Ils ne connaissent sans doute pas ce que cela implique.

— (Grust) Toutes mes excuses, les sponsors sont des personnes qui dans le cadre des élections seront amenées à mettre en valeur le candidat qu'ils représentent.

— (Bokur) Il y aura des galas, des interviews et d'autres choses encore.

— (Grust) Nous ne vous obligeons pas à répondre dans l'immédiat. Nous vous invitons même à la résidence du prince afin d'en discuter davantage.

— (Bokur) Dans l'attente de vous revoir bientôt.

— (Grust) Au revoir, aventuriers.

À la fin du message, Éric prit la parole.

— (Éric) On n'a pas vraiment d'autres choses à faire.

— (Paul) Je ne suis pas contre, je ne suis jamais allez là-bas moi.

— (Alex) Je ne sais pas si c'est une bonne idée d'accepter, mais on peut toujours écouter ce qu'ils ont à dire.

— (Apport) Si on participe à son élection, il devrait nous être redevable.

— (Victoria) Avoir le roi d'un des plus puissants empires de la galaxie peut s'avérer utile.

— (Alex) On lui a sauvé la vie, il nous est déjà redevable, mais il ferait sûrement un bon souverain.

— (Saphir) Je mets le cap sur Gralia.

— (Éric) Tu as raison Saphir, on n'avancera pas en restant là.

Le vaisseau mis près d'une semaine à arriver à destination. Laissant un peu de temps à l'équipage de faire leur deuil. Si certains méditaient dans la baie d'observation en contemplant les étoiles, les Terriens et les autres humains burent des verres à la mémoire de leur compagnon. En arrivant aux portes de l'espace contrôlé par la République Grumbok, on pouvait constater une nette augmentation de la sécurité. Des vaisseaux de guerre de différentes tailles sillonnaient au-dessus de la planète capitale.

— (Éric) Si personne n'a des courses à faire, direction le palais.

L'équipage en sortant du spatioport fut surpris de la réaction de la foule. Telles des stars, les passants les prenaient en vidéo et les montraient du doigt.

— (Paul) ça me rappelle Taïwan. Tout le monde nous dévisage.

— (Alex) Là-bas, c'était parce qu'on était européen. Ici je n'ai pas la moindre idée de pourquoi ?

— (Paul) Vous n'auriez pas fait un truc répréhensible dont vous ne m'auriez pas parlé par hasard ?

— (Éric) Pas que je sache ?

— (Victoria) Non-pas grand-chose. À part piller une épave, déclencher une émeute sur Malakel après avoir détruit leur culture ou avoir envoyé une station secrète dans une étoile. Non, vraiment rien.

— (Éric) On a juste brûlé un arbre et c'était pour leur bien.

— (Apport) On n'a peut-être pas toujours utilisé la voie diplomatique, mais cela ne nous vaut pas un tel accueil.

— (Balek) Tant que nous n'en saurons pas plus, il vaut mieux faire profil bas.

Pendant que Balek formulait sa phrase, un écran publicitaire en trois dimensions affichait leur vaisseau ainsi que tous les membres de l'équipage composé de sept membres.

— (Victoria) Ça risque d'être compliqué.

— (Paul) La noble escouade. Prince sauvé : 2.

— (Alex) La classe !

— (Éric) Ils ont eu ces photos comment ?

Il n'était plus question de passer inaperçu à présent. Ils décidèrent de marcher alors fièrement jusqu'à leur destination. À peine eurent-ils passé le seuil du parlement que Grunt les accueillit et les emmena au bureau du diplomate Grust où attendait également le prince Bokur. Pour la plupart de l'équipage, cela fut une rencontre et cela se vit notamment par une façon plus élégante de saluer le prince. Balek et Apport mirent un pied légèrement en arrière, l'avant-bras droit sur le ventre, l'autre dans le dos et se penchèrent légèrement en avant. Victoria et Paul n'étant pas familier avec ces coutumes les imitèrent autant que possible. En revanche, Alex et Éric avancèrent d'un pas soutenu pour leur serrer ce qui leur servait de main.

— (Grust) Bon retour parmi nous chers aventuriers !

— (Bokur) Comment vont mes sauveurs favoris ?

— (Éric) Mieux que lorsqu'on vous a trouvé.

— (Bokur) En meilleure forme et plus nombreux également.

— (Alex) À une exception faite.

— (Grust) Je pense deviner. Comment cela est-il arrivé.

L'équipage se jetait des regards pour se mettre d'accord sur quoi dire et Éric prit la parole.

— (Éric) Il s'est sacrifié pour nous.

— (Bokur) Une mort digne de lui.

Pour changer de sujet, Victoria enchaîna.

— (Victoria) Nous avons reçu votre message il y a quelques jours et pour tout vous dire nous sommes venus pour en discuter avec vous avant de prendre notre décision.

— (Paul) On ne connaît pas non plus les modalités des élections. C'est un vote ? Si oui, qui vote ? Comment ? Pour quoi ?

— (Grust) Je ne sais pas quels sont les types de gouvernements dans votre univers, mais pour la république Grumbok cela se passe de la façon suivante. Chaque famille noble choisit un représentant parmi ces membres pour les représenter au cours des élections à l'exception de la précédente famille qui a gouverné. Ensuite, le peuple vote pour l'un de ces représentants qui sera empereur avec l'appui de sa famille jusqu'à sa mort.

— (Paul) Élu à vie donc. Et comment se passent ces élections ?

— (Grust) Chaque famille fournit aux citoyens un document expliquant leurs objectifs. Une semaine après environ, en fonction du nombre de candidats, chaque préposé au trône est interviewé. Enfin, les sponsors entament une campagne de publicité pour leur représentant, pour offrir un point de vue différent de celui offert par la famille.

— (Bokur) Et c'est là que vous intervenez.

— (Alex) En quoi consiste cette campagne ?

— (Bokur) Vous allez sans doute faire des commentaires sur le RIDIQ, être interviewé. Vous ferez ma publicité en somme.

— (Éric) Pourquoi nous ?

— (Alex) C'est vrai, on n'est pas si célèbre que ça. En plus, on ne connaît rien de cette galaxie.

— (Bokur) Premièrement, il faut des personnes non apparentées à la famille. Deuxièmement, ces personnes représentent pendant les élections la famille qu'ils soutiennent, donc il faut qu'elles soient aimées et écoutées du peuple.

— (Grust) Contrairement à ce que vous pensez, vous êtes très connus ici.

— (Apport) Maintenant que j'y pense, quand on est arrivé ici les gens dans les rues nous ont reconnus.

— (Grust) Avoir un vaisseau spatial capable de vitesse supraluminique reste rare. Ces vaisseaux sont extrêmement onéreux et sont généralement achetés par des empires, plus que par des particuliers.

— (Bokur) En mettant de côté les pirates et les forces armées, seules des compagnies de commerce en exploitent. Donc la venue d'un équipage qui ne se revendique sous aucune bannière et vient au secours des plus démunis n'est pas passée inaperçue.

— (Paul) On a fait ça nous ?

— (Grust) Vous avez sauvé deux princes de deux races et empire différents. De plus, vous avez déjoué le complot et révélé les terribles secrets du Bloomia.

— (Balek) L'information circule très vite en effet.

— (Éric) C'est vrai qu'on est les meilleurs.

— (Grust) Pour toutes ces raisons, nous avons jugé qu'il était intéressant de vous proposer cet engagement.

— (Éric) Vendu ! On accepte !

— (Bokur) Vraiment ? Vous n'avez pas d'autre question ?

— (Grust) Vous ne connaissez même pas notre programme.

— (Alex) Vous nous avez aidés alors qu'on était complètement perdu. Vous nous avez aidés à chercher notre ami disparu. Vous avez embauché d'autres Français qui étaient arrivés avant nous. Vous nous avez permis de garder un vaisseau qui vous l'avez dit vous-même, coûte extrêmement cher. Voulez-vous d'autres raisons ?

— (Paul) Si vous avez du mal à accepter ses raisons dites-vous que nous profiterons également d'avoir un empereur stellaire en tant qu'allié. Je fais totalement confiance à mes amis, s'ils sont d'accord pour ça je n'ai rien à ajouter.

— (Balek) Il en va de même pour moi.

— (Victoria) Je suis d'accord.

— (Apport) Je n'ai rien à dire non plus.

— (Éric) Alors, c'est décidé.

— (Grust) Je vais faire un récapitulatif succinct des différents programmes. Le nôtre est fédérationiste. Nous cherchons à créer un espace libre et sans guerre pour toutes les espèces pensantes de la galaxie. Notre principal opposant est Bacli. Il est plus âgé et très respecté au sein de l'armée dont il a été Général. Beaucoup plus nationaliste, il veut réunifier les deux empires Grumbok. Il laisse cependant le reste de la galaxie au second plan.

— (Bokur) Le dernier opposant dans la course est Kogra d'une famille d'extrémistes. Au vu des tensions entre les empires humains ces derniers temps, sa famille a vu ses sondages augmenter fortement au vu de leur politique agressive. Il voudrait augmenter la puissance de l'armée, réunifier les deux empires Grumbok par la force, mais également participer au conflit, s'il éclate.

— (Victoria) Quand est-il des autres familles en jeu ?

— (Grust) Les autres sont présentes pour se faire connaître et glaner quelques contrats commerciaux.

— (Bokur) Pour l'instant, les sondages sont en faveur de Bacli avec 28 % des voix, nous le suivons avec 26 % et enfin Kogra sort du lot avec 20 %. Mais cela changera pour le mieux après l'interview de cet après-midi.

— (Alex) Aujourd'hui ?

— (Grust) On compte sur vous pour faire de votre mieux.

— (Éric) Pas d'échauffement, rien ?

— (Bokur) On va vous laisser entre de très bonnes mains.

— Un Grumbok entra alors dans la salle.

— (Grust) On peut dire qu'il est notre attaché de presse si cela vous parle. Il vous guidera et vous donnera toutes les informations pour la suite.

Le groupe salua Grust et Bokur avant de suivre leur guide qui avait l'air extrêmement pressé. Il leur expliqua qu'il y avait une séance d'enregistrement dans l'après-midi pour l'interview avec l'une des personnalités les plus regardées du RIDIQ. En attendant, il leur organisa une visite dans un centre de beauté et de couturiers afin qu'ils soient le plus présentable possible. Pendant le repas, leur guide avait également prévu de leur faire rencontrer un agent de presse afin qu'ils soient au courant des coutumes et meurs Grumbok et des sujets à éviter. La liste continua ainsi, mais le nombre de tâches prévues pour eux était devenu beaucoup trop grand pour tout le monde et encore plus pour Éric qui interrompit son guide.

— (Éric) Stop !

Tout le monde se tourna vers Éric.

— (Éric) C'est très gentil de te donner tant de mal pour nous, mais on ne va pas faire tout ça.

— (Paul) Bien d'accord.

— (Apport) Le prince nous fait confiance et ce sera plus réaliste si l'on dit ce qu'on pense vraiment.

— (Balek) Je pense également que vous êtes optimiste quant à la faculté de chacun d'apprendre un discours préparé en si peu de temps.

— (Paul) Bien d'accord aussi.

— (Éric) Pour la tenue, moi je reste en armure. C'est mon équipement, c'est comme cela qu'on me reconnaît. Je suis le capitaine et je fais ce que je veux.

— (Alex) Moi aussi.

— (Paul) Si ça se trouve, porter un costume est ringard ici. Je ne préfère pas prendre de risque. Une armure reste une armure pour tout le monde et en tout temps. Elle n'est pas la plus classe, mais je préfère.

— (Victoria) Moi je veux bien faire les magasins. Le maquillage me semble indispensable également.

— (Paul) Ce n'est pas qu'on est moche, mais on va passer à la télé. Enfin, sur internet donc il faudrait faire un petit effort.

Le guide comprit qu'il n'arrivera pas à faire changer d'avis le groupe. Il décida de ne pas les brusquer et de céder à leurs caprices. Ainsi, même si tout le monde se prêta au jeu du centre de beauté, les Terriens restèrent en armure pour l'interview qui sera peut-être cruciale pour l'élection du prince.

Le studio d'enregistrement était une sphère dont la surface intérieure était pavée de caméras. Cela permettait de retranscrire la scène en trois dimensions qui siégeait en son centre, où quelques fauteuils, disposés en cercle, attendaient les aventuriers. Le présentateur commençait son introduction pendant que l'équipage attendait le signal pour entrer en scène.

— (Bhol) Bonsoir, bonjour et bienvenus spectatrices et spectateurs de tous genres. Votre présentateur préféré va mettre le feu aujourd'hui en direct sur Gralia M5. Ce présentateur c'est moi ! Bhol ! Dans cette période d'élections nous avons déjà rencontré les sponsors de différents préposés, un peu trop sérieux pour la plupart, mais aujourd'hui c'est différent. Mes invités n'ont été vus ou entendus nul par ailleurs dans la galaxie. D'après mes sources, ils seraient arrivés dans la capitale ce matin même et je serai donc le premier à vous les présenter. Je vous demande d'accueillir le seul, l'unique, le vaillant équipage de l'interstellar42 !

Les uns à la suite des autres, chacun entra et s'installa sur le fauteuil le plus près de lui, en souriant et saluant les caméras qui les scrutaient sous tous les angles.

— (Bhol) Commençons par les présentations. Tout d'abord le capitaine ! Éric, vous êtes le capitaine c'est bien cela ?

— (Éric) Tout à fait.

— (Bhol) Pouvez-vous nous en dire un peu plus sur vous.

— (Éric) Je suis Éric, le capitaine de l'interstellar42. Je viens d'une
planète appelée la Terre, dans une autre galaxie.

— (Bhol) Dans une autre galaxie ? Les questions que j'ai à vous poser
ne cessent d'augmenter. D'un point de vue personnel, avez-vous des
choses à nous raconter ?

— (Éric) Je suis célibataire et j'occupe mon temps principalement à
voyager dans l'espace avec mes amis.

Au moment où Éric prononça le mot célibataire, il lança un regard à
Victoria.

— (Bhol) Cela va en intéresser plus d'une. Quant à vous Alexandre ?

— (Alex) Vous pouvez m'appeler Alex. Je suis également terrien et
célibataire. Je suis arrivé ici en même temps et au même endroit
qu'Éric.

— (Bhol) L'équipage s'est bien étoffé en si peu de temps. Avec vous
également Paul.

— (Paul) En effet. Mes deux amis ont fini par me retrouver il n'y a pas
si longtemps et depuis on sauve la veuve et l'orphelin ensemble.

— (Bhol) Que voulez-vous dire par retrouvé.

— (Paul) Nous ne sommes pas arrivés en même temps ni au même
endroit dans cette galaxie.

— (Bhol) Vous êtes donc terriens également ?

— (Paul) Oui, et je connais ces deux-là depuis quelques années déjà.

— (Bhol) Êtes-vous aussi terrienne Victoria ?

— (Victoria) Je fais exception avec Apport. Non, je viens de Ducalion.
Je suis célibataire également et passionné de biochimie.

Victoria répondit au regard d'Éric en prononçant le même mot.

— (Victoria) Éric et l'équipage m'ont sauvé la vie alors que j'étais
atteinte d'une maladie incurable sur ma planète. Depuis je paye ma

dette en aidant au mieux.

— (Bhol) C'est tout à votre honneur. Balek, vous êtes Traburien. Vous êtes membres d'une espèce que l'on croise rarement. Dites-nous en plus sur vous.

— (Balek) Je suis le médecin de l'équipage. Comme vous le savez sans doute, ces recherches sont interdites dans ma patrie alors j'en suis parti. Après différentes péripéties, j'ai été également secouru par Éric et Alexandre qui m'ont extirpé des griffes des pirates.

— (Bhol) Enfin, le dernier membre. Apport.

— (Apport) Mon recrutement est bien moins spectaculaire. Banni de chez moi, je cherchais à gagner ma vie comme je le pouvais et j'ai cherché à pirater leur vaisseau. Pris sur le fait, ils m'ont pardonné et accueilli au sein de l'équipage, car d'après eux, il leur manquait un informaticien. Comme chaque membre, ma situation tient grandement de la gentillesse de chacun et à bien des égards nous leur devons la vie.

— (Bhol) Que d'éloges ! Chacun à l'air d'avoir beaucoup d'affinité avec les autres. Cela se voit immédiatement que ce groupe est soudé. En revanche, il me semble qu'il manque quelqu'un à l'appel.

— (Éric) Malheureusement oui, Graham est mort il y a quelque temps. Il nous a quittés en se sacrifiant pour nous. Augmentant le compteur de fois où il nous a sauvés.

— (Bhol) Nous regrettons tous la mort de votre ami. Cela nous rappelle que l'espace est un endroit dangereux et à ne jamais sous-estimer. Continuons les questions si vous le voulez bien. Votre vaisseau. Comment l'avez-vous eu ? Pourquoi ce nom ?

— (Alex) Nous l'avons récupéré sur la planète où nous avons atterri, situé non loin de là.

— (Éric) Quant au nom, cela vient de notre culture et serait très long à expliquer.

— (Bhol) Cela est bien dommage, mais vous avez raison, nous avons encore beaucoup de sujets à traiter ensemble. Maintenant que nous en connaissons davantage sur vous, pouvez-vous nous dire pourquoi avez-vous choisi d'être les sponsors du préposé Bokur Galagel ?

— (Éric) Nous avons accepté, car nous entretenons de très bonnes relations avec le diplomate Grust ainsi que le prince. Lorsque nous sommes arrivés dans ce monde, ils nous ont proposé leur aide. Il était normal pour nous de les aider en retour.

— (Bhol) Votre équipage dispose, enfin disposait, de presque toutes les espèces évoluées de cette galaxie. Cela était-il voulu ?

— (Alex) Aucunement. Comme ils vous l'on décrit précédemment, chaque membre s'est fait recruter par une rencontre aléatoire. Dans notre monde, il n'y a aucune espèce autre que l'humaine découverte pour l'instant, aussi, nous n'avons aucun apriori.

— (Bhol) Le temps touche à sa fin et je poserai donc ma dernière question. Que pensez-vous du programme du prince ?

Voyant qu'Éric ne se souvenait plus du briefing du guide sur ce sujet et que les autres membres étaient peu enclins à prendre la parole devant des millions de personnes sur un sujet aussi important, Paul se lança.

— (Paul) Je ne connais pas l'histoire de cette galaxie. Je ne peux que baser mon jugement sur mon monde natal. Mon monde a connu d'innombrables conflits. De plus en plus sanglant, au fur et à mesure que les armes devenaient plus dévastatrices. Il n'a connu la paix qu'une fois que les empires étaient en ruine, incapable de discerner un vainqueur tant les dégâts étaient considérables dans chaque camp. Cela à fait naître des alliances, puis des organisations, afin que le monde ne connaisse plus jamais cela. Cette volonté commune a généré une ère de prospérité et de paix comme jamais il y en avait eu.

Aujourd'hui, au sein de Ketner, les tensions entre les empires humains sont extrêmement tendues. Si pour une fois les populations pouvaient apprendre de l'histoire et non de l'expérience, d'innombrables vies seraient sauvées et la république Grumbok serait alors un phare, un exemple à suivre. Je crois, profondément, que l'acceptation est une solution, si ce n'est la seule.

— (Victoria) D'autant plus que l'on observe déjà ses effets au sein même de cette magnifique capitale. Tout le monde vit en harmonie ici. C'est vraiment une ville où il fait bon vivre.

— (Bhol) C'était un témoignage très émouvant en effet, et je suis sûr que vous avez touché plus d'une personne aujourd'hui. Malheureusement, notre rencontre touche à sa fin. Merci d'être venu jusqu'à moi et avoir répondu à mes nombreuses questions. Quant à vous, chers spectateurs et spectatrices de tous âges et de tous genres, je vous retrouve demain à la même heure.

Très anxieux du déroulement de l'émission, Grust et leur guide les attendaient à la sortie. Malgré un début assez plat, ils avaient su répondre avec cœur et conviction aux questions.

— (Paul) c'est passé super vite.

— (Éric) C'est sûr que c'est plus vif que les débats politiques chez nous.

— (Victoria) J'espère que ça aidera tout de même Bokur.

Ils se retrouvèrent tous pour débriefer et discuter de la suite des événements. Malheureusement pour l'équipage, ils allaient devoir continuer leurs efforts jusqu'à tard ce jour-là, car ils étaient attendus à une réception tenue par la famille du précédent régent.

Pour cet événement, tout le monde se mit sur son 31, au grand soulagement de leur guide. Cela mit plus de temps pour Victoria qui nécessitait un peu plus de travail sur sa chevelure. Elle décida de les rejoindre plus tard. Ce banquet réunissait toutes les familles de la noblesse Grumbok, des personnages politiques de toute la galaxie ainsi que les personnes les plus riches, donc influentes, de la république. Le Palais-Royal était somptueux. Des pièces gigantesques ornées de statues de bois, de pierres et d'autres en matériaux semblables à du métal liquide, composaient l'espace de réception. Ce festin s'étendait également dans une cour où des fontaines et des plantes aussi rares que magnifiques côtoyaient les invités. Cependant, parmi toutes ces décorations réalisées par certainement les meilleurs artisans Grumbok de leur histoire, Éric n'avait d'yeux que pour la seule silhouette de Victoria. Dans une longue robe de nacre concurrençant les meilleurs couturiers terriens, Victoria attirait le regard de beaucoup de monde, mais c'est celui d'Éric qui l'intéressait. Constatant cela, le reste de l'équipage qui ne se mêlait que peu à tous ces étrangers s'en alla en direction du buffet le plus proche.

— (Éric) Ai-je besoin de te dire que tu es magnifique ?

— (Victoria) Merci. C'est plaisant également de te voir habillé autrement qu'en armure ou dans la tenue sobre du vaisseau.

— (Éric) Si cela peut te faire plaisir, tu me feras ma garde-robe. Tu pourras choisir ce que je porte.

— (Victoria) Attention, je vais te prendre au mot.

Victoria se rapprocha d'Éric, l'embrassa sur les lèvres et partit rejoindre le reste de l'équipage qui les espionnait, caché derrière les piles de nourriture du banquet. Éric se retourna, se retenant de crier victoire et alla rattraper son retard sur les petits fours. Paul et Balek firent l'effort de parler aux invités afin de se faire connaître et se faire un réseau. Les autres restaient là à discuter de la nourriture, des œuvres d'art et de la suite des événements. Ils étaient de temps à autre, interrompus par de puissants industriels qui leur proposaient, contre rémunération importante, de mettre leur logo sur leur vaisseau. Éric refusait catégoriquement à chaque fois. Balek et Paul les rejoignirent presque une heure après.

— (Paul) Heureusement que Bokur ne compte pas exclusivement sur vous pour gagner.

— (Éric) En attendant, on a bien bu et bien mangé.

— (Balek) Il est vrai que je n'ai pas eu l'occasion de beaucoup manger.

— (Paul) Si tu ne mangeais pas aussi lentement aussi.

— (Alex) C'était utile au moins ?

— (Paul) On dira que l'on a semé des graines.

— (Apport) Les élections sont dans trois jours. J'espère pour toi qu'elles pousseront vite.

— (Balek) On a même essayé de convaincre un serveur.

— (Éric) Haha, le nul.

— (Paul) Balek, tu es de quel côté ? Merci du soutien.

— (Alex) Tu as dû te sentir tellement con.

— (Paul) Il se ressemble tous et les vêtements sont bizarres. Comment tu veux que je m'y retrouve aussi ?

— (Pascal) Je te comprends tellement.

Éric et Alex furent étonnés de voir ici Pascal et Philippe alors que Paul était surtout impressionné d'entendre du français. Les présentations faites, les deux ingénieurs firent part de leur découverte à leurs compatriotes.

— (Philippe) Premièrement, on sait que nous ne sommes pas dans le même univers !

— (Pascal) Exactement ! Nous avons recalculé les constantes fondamentales et on y a trouvé de très, très légères variations pour certaines d'entre elles.

— (Éric) Ça explique quelque chose ?

— (Paul) Oui, ces constantes sont intrinsèques à l'univers ! La vitesse de la lumière, la constante gravitationnelle ou celle de Planck ne change pas en fonction de l'endroit, à part à Bollywood où les lois de la physique ne s'appliquent pas.

— (Philippe) La plupart des constantes sont identiques, et heureusement d'ailleurs, mais d'autres non.

— (Victoria) Vous n'avez donc plus aucun moyen de rentrer chez vous ?

— (Paul) C'est vrai ça ! Comment on va faire ?

— (Pascal) Pas tout à fait. D'après ce que l'on sait, il y a des objets étranges dans cet univers et c'est à cause de l'un d'eux que nous sommes ici.

— (Philippe) Théoriquement, le déplacement pourrait se faire dans l'autre sens. Comme un trou de verre.

— (Apport) Qu'est-ce qui vous fait dire ça ?

— (Pascal) D'après les renseignements du Loupa, les Vénérables font des expériences avec un de ces objets étranges afin de parvenir à notre univers et exploiter librement les ressources qu'il contient.

— (Alex) Il nous resterait alors qu'à récupérer le machin et on pourrait rentrer sur Terre.

— (Philippe) Ce n'est qu'une hypothèse, mais en effet ce serait possible.

— (Balek) Cependant, entrer dans le territoire Vénérable et cambrioler un laboratoire secret ne va pas être une mince affaire.

— (Éric) On a un objet qui nous permet de passer le blocus déjà.

— (Pascal) Si vous avez un tel objet, je vous conseille de faire un tour chez les Vélutars.

— (Paul) Chez qui ?

— (Alex) Moi je sais.

— (Philippe) C'est un pari risqué.

— (Pascal) Moins que foncer dans la gueule du loup.

— (Apport) Pourquoi devrions-nous allez dans l'endroit le plus mystérieux de la galaxie, au sein du peuple le plus ancien.

— (Philippe) Il n'est pas que le plus ancien, il est également le plus évolué.

— (Pascal) D'après ce que l'on sait, il aurait plusieurs millénaires d'avance technologique sur nous.

— (Paul) S'ils sont si évolués que ça, ils devraient nous aider à rentrer chez nous ou sinon on pourra essayer de les convaincre de nous aider.

— (Éric) C'est sans doute plus judicieux en effet.

— (Philippe) Même si la tension est palpable ici, la guerre ne devrait pas commencer avant un bon mois.

— (Levi) Seulement si on n'arrive pas à l'éviter.

— (Paul) Salut ! Comment tu vas ?

— (Levi) Assez tendu je dois dire. Si pour une quelconque raison un incident devait se produire ce soir, cela pourrait déclencher la guerre.

— (Balek) Comment vont les choses sur Malakel ?

— (Levi) Plutôt mal, mais c'est une période de transition, c'est normal. Les gens se sont révoltés d'avoir sacrifié leurs filles, c'est compréhensible qu'ils soient remontés. Il faut leur laisser du temps.

— (Victoria) Au moins, c'est fini maintenant.

— Au même moment, un homme d'âge mûr entouré de gardes s'avança sur une estrade.

— (Levi) Mon père va faire son discours.

Le silence se fit rapidement dans la pièce.

— (Cadis) Je tiens personnellement à remercier la famille encore régente pour cette somptueuse cérémonie. Je profite de l'attention que vous me portez à présent pour signifier, avec beaucoup de fierté, que nous soutenons la famille Galagel dans ces élections. En ces temps troublés, il est important de fonder des liens solides. Si le préposé au trône Bokur accède à la position de régence de ce merveilleux et puissant empire, l'union de nos nations sera un symbole de paix et de prospérité pour toute la galaxie. Que nos familles puissent à jamais se faire confiance.

Des applaudissements des mains et des becs, léger et distingué accompagnèrent la descente du roi et la montée du roi Vénérable qui s'empressait de faire son propre discours. Jaloux de ne pas avoir été le premier.

— (Helbert) J'aimerais également faire une annonce. Ne vous inquiétez pas, vous pourrez bientôt reprendre la dégustation des fabuleux plats qui nous sont offerts ce soir. Notre famille soutient quant à elle le préposé Kogra dans ces élections. Notre race et notre peuple ne connaissent que trop bien les effets de la division. Un peuple uni est un peuple fort. J'espère profondément que les civilisations Grumbok pourront bientôt faire qu'un à nouveau. Merci de votre attention. Je ne vous retiens pas plus longtemps.

Les convives remercièrent de la même façon la participation du roi de l'Empire Vénérable et reprirent leurs activités.

— (Levi) Au moins ça, c'est fait !

— (Balek) On peut sentir la tension entre les deux rois quand on voit la façon dont ils se regardaient lors des discours.

— (Apport) Les effets de la guerre froide sans doute.

— (Alex) Une guerre froide ?

— (Levi) Même si on ne se combat pas avec nos armées nos deux empires emploient officieusement des groupes de mercenaires pour la conquête de certaines planètes.

— (Paul) Qui est en avance en ce moment ?

— (Levi) 7 à 8 pour eux je dirais. Certains conflits ne sont pas encore finis. Mais on serait à 5 sans vous.

— (Éric) De rien. Mais pourquoi ?

— (Levi) Même si on n'a encore jamais réussi à le prouver l'horizon noir est le bras armé des Vénérables.

— (Victoria) Ce qui expliquerait leur tentative de kidnapping du prince Bokur et de vous.

— (Alex) Donc grâce à nous, vous avez récupéré Malakel et Scipilia ?

— (Levi) Oui, en grande partie. Merci une fois encore pour l'aide que vous nous avez apporté.

— (Alex) Ce n'était pas vraiment dans ce but, mais ravis de pouvoir aider.

— (Éric) Il faudrait peut-être revoir avec qui vous travaillez parce qu'on a quand même rencontré l'horizon noir plus souvent que les vôtres.

— (Victoria) La faute à qui d'aller à chaque fois dans des zones dangereuses ?

— (Apport) Elle marque un point.

— (Alex) Bref ! Tu veux rester profiter de la fête avec nous ?

— (Éric) On va se remplir la panse et boire sans fin aux frais de la princesse, ce sera sympa.

— (Levi) Bien que ce soit toujours sympa de voir Balek complètement saoul. Je ne peux pas rester. Petit conseil au passage, faite attention quand même, tout est filmé.

Paul s'arrêta immédiatement de mettre ces deux énormes gâteaux en même temps dans sa bouche et commença à les manger plus distinctement. Levi les salua et rejoignit son père. Le groupe quant à lui continua de profiter, mais se retint toutefois d'aller trop loin avec alcool. Fatigués de leur journée et un peu ennuyé de la soirée, ils décidèrent de rentrer dans leur logement offert par les Galagel. Sur le chemin du retour, Victoria prit le bras d'Éric.

— (Victoria) Je n'ai pas envie de dormir seule ce soir.

— (Éric) Vos désirs sont des ordres.

Cette nuit-là, tout le monde dormit profondément même si pour certains ce fut un peu plus trad. Comme à l'accoutumé, Éric rejoignit le dernier les autres, assis à la table du petit déjeuner et s'installât en face d'Alex en le regardant avec un grand sourire. Après quelques instants, il comprit l'objet d'une telle joie chez son ami.

— (Alex) Haha ! Bravo.

Paul qui était à côté prit les épaules d'Éric.

— (Paul) Champion !

— (Apport) Aucune classe.

— (Balek) Les hommes sont incorrigibles.

— (Victoria) Tu m'en diras tant.

Alors qu'elle portait un léger sourire également, Grust vint les rejoindre.

— (Grust) Avez-vous tous bien profité de la soirée ?

— (Paul) De la soirée et de la nuit pour certains.

— (Grust) Très bien, parce qu'il reste encore beaucoup à faire pour les prochains jours.

— (Balek) Comment ont évolué les sondages ?

— (Grust) Relativement bien. Nous avons repris quelques points sur Bacli.

— (Éric) Allez tout le monde ! On se prépare.

L'équipage continua alors les interviews, les cérémonies et autres moyens de faire campagne jusqu'au verdict final. Malgré toutes les tentatives plus ou moins agressives de Kogra, la bataille finale se fit entre Bacli et Bokur qui était, à la veille de l'élection à un point d'écart dans les sondages. Au moment du résultat, tout le monde était réuni au palais. Un membre de la famille précédemment régente s'avança avec un sceptre à côté du trône. Tous les proposés au trône étaient alignés devant les marches qui menaient au siège d'or, de plumes et de pierres précieuses. Le silence régnait dans la salle immense. La personne tenant le sceptre s'avança alors en direction de Bokur, le lui tendit et lui demanda de prendre soin de l'empire. Bokur venait d'être élu par le peuple, avec un peu plus 52 % des voix. Des applaudissements firent écho alors que Bokur avançait vers le siège qui lui était destiné jusqu'à la fin de sa vie.

Après différentes cérémonies aux coutumes étranges, Grust revint vers le groupe qui attendait près de l'entrée du palais en profitant de la lumière de jour.

— (Grust) Enfin ! Nous avons gagné !

— (Éric) C'était long.

— (Grust) Notre famille vous est énormément redevable et en guise de premier remerciement nous vous offrons l'immunité diplomatique jusqu'à la fin de notre règne.

— (Paul) C'est très généreux, merci.

— (Apport) Quelle est la suite des événements ?

— (Alex) On va voir les Vélutars ?

— (Grust) Vous nous quittez déjà ?

— (Paul) Nous vous laissons profiter de la victoire. Nous avons fini notre mission ici.

— (Grust) Je comprends, je ne vous retiens pas. Pour votre nouvelle destination, vous avez trouvé un moyen de passer leur frontière ?

— (Éric) Tu nous prends pour qui ?

— (Grust) Vous êtes toujours autant surprenant. Je suis content que vous soyez de notre côté. Si jamais vous parvenez jusqu'à l'une de leurs planètes, je serais ravi d'apprendre tout ce que vous aurez découvert.

— (Paul) Saphir vous fera parvenir toute information intéressante.

— (Grust) Votre vaisseau aura finalement bien rempli son rôle d'exploration.

Se disant que le prince ne serait pas disponible avant les prochains jours, ils décidèrent de se rendre le soir même chez les Vélutars pour en apprendre plus sur ce fameux artefact et si possible trouver un moyen de rentrer sur Terre.

CHAPITRE 11

Leur dispositif marcha à merveille et ils entrèrent facilement dans le territoire des Vélutars. Saphir dirigea le vaisseau en direction du centre du territoire et passa en vitesse subluminique au sein d'un système stellaire afin de l'étudier.

— (Éric) On est arrivé ?

— (Paul) Alors, c'est où ?

— (Saphir) Je me suis arrêté, car je naviguais à l'aveugle. N'ayant aucune donnée sur ces systèmes, il faudra peut-être les vérifier un par un jusqu'à trouver une planète habitable.

— (Alex) Ça va prendre des plombes.

— (Balek) N'y a-t-il pas d'autres moyens de trouver le bon système ?

— (Saphir) S'il existe un moyen, je ne le connais pas.

— (Éric) On a de quoi voir venir. Suis ton plan Saphir et si jamais tu trouves préviens-nous.

Le vaisseau passa une heure à étudier les données qu'il recevait de son nouveau système avant de ne constater aucune planète viable et passa au système suivant. Une semaine passa ainsi sans trouver la moindre trace d'une quelconque civilisation.

— (Éric) J'en ai marre ! Si ça se trouve, c'est du flan. Ils n'ont jamais existé.

— (Victoria) Ce serait surprenant que personne ne l'ait remarqué.

— (Paul) Saphir, tu as pris en compte la possibilité qu'ils ne soient pas ou plus sur des planètes viables, voire même, plus sur une planète du tout ?

— (Saphir) Cela semble peu probable, mais je vais réétudier les données acquises.

— (Apport) Pourquoi pas sur une planète ?

— (Paul) C'est la civilisation la plus avancée de la galaxie. Il est possible avec leur technologie de faire une station gigantesque et pour une raison X ou Y ils n'ont plus de planètes viables dans leur territoire.

— (Saphir) Je constate que sur notre antépénultième système, il y a une structure fortement métallique qui pourrait être prise pour un champ d'astéroïdes, mais cette hypothèse semble peu probable.

— (Victoria) Antépénultième ?

— (Éric et Paul) Avant-avant-dernier !

— (Alex) Un point pour Éric qui était légèrement en avance !

— (Paul) Je demande l'arbitrage audio !

— (Saphir) Je nous y dirige ?

— (Victoria) S'il te plaît. Deux semaines dans l'espace ne leur réussissent pas.

Saphir prit alors la direction du fameux système. Au centre de celui-ci, une géante rouge éclairait quelques petites planètes telluriques, mais également un étrange anneau.

— (Saphir) J'infirme l'hypothèse du champ d'astéroïde.

— (Paul) Tu m'en diras tant.

Le vaisseau était apparu à une centaine de milliers de kilomètres d'une structure en forme d'anneau qui entourait l'étoile.

— (Apport) C'est incroyable.

— (Balek) Cela doit exiger une quantité faramineuse de ressources.

— (Saphir) Environ une centaine de systèmes.

— (Éric) je veux y aller !

— (Saphir) Début de l'approche.

À mesure qu'ils approchaient de la surface, ce qu'ils voyaient au loin comme d'immenses ballons étaient en réalité des immeubles. Le vaisseau passât suffisamment proche de certain pour voir à travers les vitres, des Vélutars. Ces sphères de métal étaient composées des tours jaillissant d'un noyau central. Si le centre était opaque, les tours faisaient office d'immeubles d'une cinquantaine d'étages. Elles étaient réparties de façons homogènes dans le ciel et relativement éloignées les unes des autres. Maintenant assez proche de la surface, l'équipage pouvait constater la végétation dense qui y régnait. Quelques petits bâtiments sobres et des étendues d'eau perçaient la teinte majoritairement verte du sol. Saphir s'approcha lentement d'une clairière où étaient allongés plusieurs Vélutars. Ceux-ci se mirent à voler pour laisser place au vaisseau qui entamait son atterrissage.

— (Éric) Ils peuvent voler ! C'est trop la classe !

— (Alex) On sort en combinaison ?

— (Saphir) Le taux d'oxygène est de 22 % et il n'y a pas de gaz nocif pour vous. Vous devriez pouvoir tous respirer normalement.

— (Paul) La combinaison de combat est sans doute un peu trop agressive pour un premier contact non ? Je prends un pistolet quand même, mais c'est tout.

— (Balek) Allons dévoiler un autre mystère de l'univers.

Ils sortirent avec précaution du vaisseau et virent un attroupement de Vélutars s'approcher par curiosité. Certains marchaient, d'autres volaient et restaient en suspension à quelques mètres d'eux. Les Vélutars étaient des êtres sveltes et élancés. Mis à part leur paire de bras supplémentaire et un nombre de doigts légèrement supérieurs, ils étaient semblables aux humains. Un d'entre eux s'avança et tenta de communiquer. Leur système de communication ne connaissant pas cette langue ne traduisit aucun mot, laissant l'équipage arborer un grand sourire en essayant d'interpréter les mouvements de leur interlocuteur. Il s'arrêta à environ un mètre d'eux et tendit la main vers le haut. Un petit robot arriva à toute vitesse, lui donna un objet et repartit aussi brusquement qu'il était apparu. Le Vélutar regarda l'objet avec attention. Saphir envoya immédiatement un signal au groupe et Apport inspecta l'état du vaisseau via son dispositif.

— (Apport) On se fait pirater !

— (Éric) Quoi ? Par qui ? Lui ?

— (Apport) Ça va trop vite ! Je n'ai pas le temps de réagir !

Éric et Alex se préparaient à bondir sur le Vélutar alors que Paul empoignait son arme.

— (Vihlo) Bonjour ! Excusez ce désagrément. Je m'appelle Vihlo.

La tension retomba immédiatement. Tout le monde, excepté Apport qui faisait un diagnostic complet, l'écoutait.

— (Vihlo) J'ai pris la liberté de pénétrer dans votre système de traduction afin d'y ajouter notre langue. J'espère que vous comprendrez.

— (Éric) Si tu n'as touché qu'à ça, ce n'est pas grave.

— (Apport) Je confirme qu'il n'y a eu aucun changement dans les autres programmes, mais je pourrais me tromper.

— (Paul) Continuons les présentations. Nous sommes un équipage libre de voyageurs. Nous venons sans aucune mauvaise intention. Voici Éric, notre capitaine. Ensuite Victoria, Balek, Apport, Alex, notre vaisseau Saphir et enfin moi-même, Paul.

— (Vihlo) C'est un plaisir de vous rencontrer.

— Une foule de plus en plus épaisse s'était rassemblée où l'on pouvait distinguer beaucoup plus de membres de la gent féminine.

— (Vihlo) Cela fait déjà quelques générations que nous n'avons pas communiqué avec l'extérieur. Je dois dire que c'est assez excitant. J'ai énormément de questions à vous poser, et je ne suis pas le seul si on en croit la foule qui nous entoure.

— (Paul) Ça tombe bien, on a plein de réponses.

— (Éric) On a aussi beaucoup questions.

— (Alex) Commençons par celle qui saute aux yeux. Il n'y a que des femmes ici ? On est chez les amazones ?

— (Balek) Il y a en effet une proportion beaucoup plus importante de femelles.

— Vihlo esquissa un léger sourire.

— (Vihlo) Le sexe n'a pas vraiment de sens chez nous.

— (Paul) Vous êtes hermaphrodites ?

— (Vihlo) Je vous expliquerai tout ça bientôt. Si vous le voulez bien, allons chez moi. Un endroit plus propice à la conversation.

Une flottille de robot arriva, passant au travers de la foule et amenant des ceintures et des gants.

— (Vihlo) J'ai pris la peine de vous apporter ceci. Ce sont des dispositifs qui vous permettront de vous déplacer comme nous.

— (Victoria) On va pouvoir voler!

— (Alex) C'est très généreux de votre part.

— (Paul) On vous remboursa pour tout ceci.

— (Éric à Paul) Pas besoin d'être si généreux, imagine le prix que ça doit coûter !

— (Vihlo) Ne vous inquiétez pas. Vous le verrez bientôt, mais beaucoup de choses sont différentes. L'argent n'existe plus depuis une centaine de vos années.

Légèrement gêné d'avoir été entendu, Éric le remercia tout de même et s'équipa comme le reste du groupe.

— (Vihlo) Si nos données sur votre anatomie sont toujours correctes, la ceinture devrait agir sur votre bassin et vous permettre de voler. Le gant quant à lui sert à vous diriger. Ayant moins de doigts, certains orifices seront vides, mais cela ne devrait pas déranger. Levez la main pour essayer.

Tout le monde leva la main, mais seul Éric parvint à rester droit. Les membres de son équipage faisaient des tours sur eux-mêmes ou se retrouvaient la tête en bas. Aidés par les autres Vélutars, ils suivirent Vihlo qui se dirigeait vers l'une des sphères. Victoria qui commençait à appréhender le système pouvait se permettre de discuter.

— (Victoria) Vous ne portez pas de ceinture ? Ni des gants ?

— (Vihlo) Non. Dès l'âge de deux ans pour vous environ, un appareil à la fonction équivalente est incrusté dans certains de nos os. Le tout est ensuite commandé par des puces incorporées à notre système nerveux.

— (Apport) Vraiment astucieux.

Paul maîtrisait maintenant aussi bien qu'un Vélutar son équipement. Il virevoltait comme un enfant dans les airs et embêtait Alex qui avait encore du mal.

— (Paul) Prends ça Alex ! Rocket punch !

Paul fonça vers Alex le poing en avant à la manière de superman. Éric arriva à la rescousse de son ami.

— (Éric) Attaque-surprise de ninja.

Éric agrippa Paul par le dos et le fit tourner sur lui-même.

— (Vihlo) Est-ce vraiment votre capitaine ?

Les trois autres hochèrent la tête en soupirant.

— (Vihlo) Vous ne devez jamais vous ennuyer.

Ils arrivèrent enfin au domicile de Vihlo alors que la plupart des Vélutars étaient partis durant le trajet qui avait été un peu plus long que prévu.

— (Vihlo) Bienvenue chez moi ! Installez-vous, il y a suffisamment de place pour tout le monde. Continuons les présentations. Je suis Vihlo, j'ai 56 ans selon vos critères et j'affectionne particulièrement les sculptures.

— (Paul) Pour faire vite je ne vais pas te présenter nos espèces, je pense que tu les connais. Sans trop rentrer dans les détails, on peut dire que nous sommes des explorateurs. Ceux-là viennent d'un peu partout dans la galaxie et nous trois venons d'un univers parallèle.

— (Vihlo) Un autre univers ? C'est peu banal. Comment avez-vous fait ?

— (Alex) On est venu jusqu'ici en espérant trouver une réponse à ce sujet.

— (Vihlo) Malgré les technologies dont nous disposons, nous ne sommes pas en mesure de voyager entre les univers. Je suis sincèrement navré.

— (Paul) Si je vous parle d'objets qui défient les lois de la physique, cela vous dit quelque chose ?

— (Vihlo) Oh, je vois. J'ai fais mon service dans un laboratoire qui en conservait quelques-uns.

— (Éric) C'est vrai ?

— (Vihlo) Je n'ai pas l'autorisation d'en dire plus. Je vais arranger une rencontre avec nos dirigeants. Si ce n'est pas déjà fait.

— (Alex) Volontiers. On pourra négocier directement avec eux.

— (Vihlo) Je ne peux pas les contacter directement alors cela risque de prendre quelques jours avant qu'ils ne répondent.

— (Balek) J'en profite alors pour poser moi aussi des questions. Vous disiez que le sexe n'avait pas vraiment de sens. Si ce n'est pas une question indiscrète, quel est votre mode de reproduction ?

— (Victoria) C'est très indiscret.

— (Vihlo) C'est tout à fait normal. Afin de répondre à de nombreuses questions, je vais devoir faire un peu d'histoire. Il y a plusieurs de vos siècles, après que l'organisation galactique de la paix ait échoué, notre peuple a décidé de ne plus intervenir dans les affaires de la galaxie. Nous avons fermé les frontières de notre territoire et avons décidé de réaliser l'expérience sociologique la plus ambitieuse jamais tentée. Après avoir constaté l'échec de plusieurs types de gouvernements dans notre histoire et ceux des autres races, nous avons décidé de tester sur une période de 50 ans un nouveau type de gouvernement.

— (Paul) Mais si le dirigeant en question prend le pouvoir par la force ?

— (Vihlo) Pour éviter cela, nos machines ont géré la transition.

— (Apport) Elles sont fiables à ce point ? Pas de piratage possible ?

— (Vihlo) Elles sont sur un réseau propre et aucun être vivant ne peut en prendre le contrôle. Il se ferait éjecter du système immédiatement.

— (Éric) Vous n'avez pas peur qu'elles se rebellent ?

— (Vihlo) Nous avons proscrit l'intelligence artificielle. Aucun risque de ce côté-ci.

— (Alex) Vous avez essayé l'anarchie ?

— (Vihlo) Oui et à vrai dire si la situation était stable grâce au travail des robots, l'oisiveté poussa beaucoup d'entre nous à la folie. Enfin, après plusieurs échecs plus ou moins flagrants, nous avons trouvé une vraie stabilité. Cela fait 47 ans que nous sommes sous ce régime et il a résolu la majorité des problèmes rencontrés par les précédents. Je pense qu'il sera accepté.

— (Éric) Je suis curieux d'entendre ça. On pourra peut-être rapporter le concept chez nous.

— (Vihlo) Nous avons un conseil de cinq dirigeants. Un seul devient généralement mégalomaniaque ou faisait tellement de sous-ministères que cela devenait impossible à gérer.

— (Apport) Pourquoi cinq ?

— (Vihlo) Un pour chaque branche principale. Un dirigeant du monde industriel, un scientifique, un sociologue, un littéraire et enfin un meneur. La population appartient à une sous-catégorie en fonction de ses études. Une personne ayant passé la moitié de sa vie à étudier les mystères de la physique est plus à même de juger les facultés de ses confrères que quelqu'un qui s'intéresse à l'art et réciproquement. Enfin, le meneur choisit la direction globale et joue le rôle médiateur entre les autres dirigeants.

— (Paul) Cela ne règle pas le problème de la corruption.

— (Vihlo) Ils l'ont réglé en bannissant l'argent.

— (Éric) Comment c'est possible ?

— (Vihlo) La transition fut rude, mais à présent la vie est beaucoup plus plaisante. Nos machines font le nécessaire quotidiennement et nous avons suffisamment de ressources pour que tout le monde ait ce qu'il souhaite.

— (Paul) Si je veux la moitié du système pour moi ?

— (Vihlo) Ce genre de comportement a cessé avec les années. Les besoins varient entre les personnes, mais dépassent rarement l'entendement. Quand cela arrive toutefois, le conseil intervient pour arrondir les bords.

— (Éric) Si vous ne travaillez plus, vous devez mourir d'ennui, comme avec les anarchistes.

— (Vihlo) Cela avait causé aussi des difficultés en effet. Il est prouvé que le travail est nécessaire au maintien de la psyché. C'est pourquoi après les études, chacun doit travailler dans un secteur de son choix un quart de l'année. Disons pour vous deux mois tous les neuf mois au minimum. Ensuite, chacun profite du temps restant en fabriquant des objets, en faisant de la musique ou pour ma part en sculpture. Il est possible de continuer à travailler. Il n'est pas rare de voir certaines personnes augmenter par deux ou trois cette période.

— (Balek) Je ne vois toujours pas le rapport avec votre anatomie.

— (Vihlo) Pardon je me suis perdu en racontant notre histoire. L'argent n'existant plus, le temps libre disponible et la technologie nous le permettant, nous pouvons changer de sexe à l'hôpital en quelques heures. Il y a simplement une majorité de femmes, car le genre féminin de notre race prend plus de plaisir sexuellement.

— (Balek) J'aimerais étudier vos traitements médicaux qui permettent une telle prouesse. Cependant, il me vient une question à l'esprit. Au vu de votre technologie, vous devez être immortel. De plus, la population devrait croître de façon exponentielle et limiter les ressources disponibles.

— (Vihlo) Il a été décidé avec l'accord de la majeure partie de la population que l'immortalité était une mauvaise chose. Tout est amené à mourir et nous ne devons pas échapper à la règle. Pour ne pas créer d'avantage de problèmes, les soins médicaux sont arrêtés à partir de 120 ans. Ainsi la nature se chargera du temps restant, qui est généralement d'une trentaine d'années. Pour la croissance, le sujet est un peu plus épineux et est encore en débat. Les naissances ne sont acceptées que via une demande à l'administration et en général le nombre d'enfants par personne n'excède pas un.

— (Éric) Personne n'a envisagé de partir dans une simulation et y vivre éternellement ?

— (Vihlo) Cette technologie a aussi été interdite, car trop d'abus en avait été fait. Des objets similaires existent, mais ne transfèrent pas la conscience.

— (Paul) J'ai trouvé comment je vais passer les prochains jours.

— (Vihlo) Pour cela, je vous invite ce soir à une soirée que vous ne risquez pas d'oublier.

— (Victoria) Comment peut-il faire nuit ?

— (Alex) C'est vrai, mais pourtant l'étoile est plus basse que tout à
l'heure.

— (Vihlo) L'anneau est segmenté en de nombreux petits morceaux qui
tournent sur eux-mêmes. Le cycle jour-nuit joue un rôle important
pour l'organisme.

— (Éric) Ce soir, on sort !

Le groupe dégusta quelques plats typiquement Vélutarien puis suivirent
Vihlo qui les emmena vers une autre sphère volante. Beaucoup plus
éclairée que celle d'où ils venaient. Ils passèrent le début de la soirée à
boire et à en apprendre plus sur Vihlo et sa culture. Les Vélutars leur
réservèrent un accueil chaleureux si bien qu'après trois bonnes heures, ils
partirent pour un endroit à l'ambiance plus sensuelle. Le vol fut chaotique
pour ceux dont le foie traitait moins bien l'alcool comme pour Balek.
Passé le seuil de cette autre boite de nuit, un petit flacon leur fut offert.
Instinctivement, ils le burent cul sec, mais regrettèrent vite leur geste
après avoir vu Vihlo simplement respirer les vapeurs.

— (Vihlo) Cela aide à se détendre en temps normal. Je suis sûr que vous
n'oublierez jamais cette nuit.

L'effet de cette drogue fut presque instantané. L'alcool aidant ils suivirent
tous d'un pas décidé Vihlo qui poussa la porte d'une curieuse pièce.

— (Paul) Ce qui va se passer ce soir restera ici.

— (Alex) J'emporterai ce souvenir dans ma tombe.

Dans ce lieu où Vihlo les emmenait, des Vélutars faisaient l'amour dans
une grande orgie, en totale apesanteur. Il y avait des boissons, des drogues
qui flottaient en se déplaçant au rythme lent des lumières sombres et de
la musique enivrante. Sous l'effet des aphrodisiaques et de l'alcool, tout
le groupe se laissa emmener au centre de la salle. Ils étaient le centre de
l'attention. Comme le veut la culture Vélutars, tout le monde accepta ce
sexe désacralisé. Malgré les sentiments et les relations de chacun, ils ne

regrettaient rien. Cette expérience ne fit que renforcer le lien de cet équipage qui passa une nuit endiablée.

Au petit matin, le groupe se retrouva autour de la table de Vihlo pour petit déjeuner. Éric se plaça à côté de Victoria.

— (Éric) Bonjour tout le monde.

— (Vihlo) Bien dormi ?

— (Éric) Je ne me souviens pas de tout, mais c'était sympa.

— (Paul) Il n'y a pas à dire, les Vélutars ont le sens de l'hospitalité.

— (Apport) J'avais peur que ce soit gênant, mais c'était un moment sympathique.

— (Vihlo) Le composé que vous avez bu hier y est sans doute pour quelque chose. Quoi qu'il en soit, j'ai des nouvelles des dirigeants et ils vous recevront dans l'après-midi.

— (Victoria) J'ai presque envie de dire, déjà ?

— (Alex) La question qu'on se pose maintenant c'est, qu'est-ce que l'on va faire jusque-là ?

— (Vihlo) J'ai plein d'idées pour ça.

— (Paul) On te fait confiance pour ça.

Après un repas copieux pour reprendre des forces et atténuer la gueule de bois, Vihlo fit visiter son monde. Certains s'arrêtaient pour essayer le monde virtuel, d'autres pour observer les œuvres d'art. La journée passa bien top vite au goût des touristes, mais ils étaient venus ici dans un but. La chambre du conseil était au centre d'un bâtiment presque vide. La majeure partie de l'administration étant gérée par les machines, seules quelques personnes travaillaient pour faire leur service. Vihlo n'avait pas l'autorisation d'aller plus loin et s'arrêta devant la porte.

— (Vihlo) Je ne peux pas aller plus loin. Je vous attends là. J'espère que vous obtiendrez les réponses que vous souhaitez. Bonne chance.

Ils entrèrent dans une pièce ronde disposant de sièges élégants et confortables. Devant eux se tenaient les cinq dirigeants de la plus puissante civilisation. Assis sur les mêmes chaises, en vis-à-vis des leurs. Le groupe s'installa en les saluant.

— (Meneur) Bonjours étrangers. Quand nous avons eu la nouvelle qu'un vaisseau avait franchi nos frontières sans même qu'on s'en aperçoive, nous sommes arrivés au plus vite. J'occupe la position de meneur de l'empire et si nous nous rencontrons aujourd'hui c'est pour expliquer cette situation.

— (Littéraire) Nous sommes rassurées de constater un équipage divers et pacifiste. J'ai quant à moi la responsabilité du monde des arts.

— (Scientifique) Je fais en sorte que notre peuple n'oublie pas d'où il vient et que notre civilisation ne décline pas technologiquement.

— (Sociologue) Technologiquement pour lui et psychiquement pour moi. Je fais en sorte que notre peuple soit le plus heureux possible.

— (Industriel) Puisque tout le monde se présente, je fais en sorte que notre peuple ne manque de rien.

— (Scientifique) Inutile de vous présenter nous savons déjà qui vous êtes dans les grandes lignes. Même si nous avons fermé nos frontières, nous savons encore comment récupérer des informations de l'extérieur.

— (Éric) Cela va nous simplifier les choses. Allons donc droit au but, avez-vous un moyen de voyager à travers les univers.

— (Industriel) Nous répondrons à la plupart de vos questions si vous faites également l'effort de répondre aux nôtres.

— (Alex) Faisons ainsi. Que voulez-vous savoir ?

— (Scientifique) Comment avez-vous passé la frontière ?

— (Balek) Cela va sans doute vous paraître absurde, mais nous disposons d'un artefact capable d'un tel exploit.

— (Sociologue) Le reste de la galaxie aurait-il avancé à ce point ?

— (Apport) Je vous assure que cela n'est pas de création humaine, Grumbok ou traburienne.

— (Meneur) Nous comprenons. Comme convenu, nous répondons à votre question. Je suis sincèrement navré mais nous ne possédons pas cette technologie.

— (Paul) Attendez ! Il y a quelque chose qui cloche. Vous ne demandez pas plus d'informations sur notre artefact ?

— (Éric) C'est vrai. Vous savez quelque chose !

— (Meneur) Coupons court au malentendu. Nous n'avons effectivement pas la technologie pour voyager d'un univers à un autre, mais il existe des objets qui le permettent.

— (Victoria) Vous n'en auriez pas un par hasard ?

— (Scientifique) Malheureusement, certains de ces objets sont hautement instables et des incidents surviennent de temps à autre. Nous n'avons pas non plus en notre possession tous les objets spéciaux de la galaxie.

— (Balek) Les ruines trouvées sur la planète aux hommes lézard seraient donc le vestige d'un de vos vaisseaux ?

— (Littéraire) Aucun de nos vaisseaux n'est sorti de nos frontières depuis la rupture.

— (Alex) Toujours est-il que l'un de ces objets que vous avez perdus est maintenant aux mains d'un empire humain et qu'à force d'expérimentations, ils ont créé des cataclysmes sur notre planète et nous ont fait venir ici.

— (Sociologue) Il est fort probable qu'un incident ait pu engendrer de telles conséquences, aussi je parle au nom de l'Empire Vélutar quand je vous dis que nous en sommes désolés.

— (Meneur) En effet, en guise de bonne foi, vous pouvez garder votre objet spécial et venir ici comme bon vous semble.

— (Alex) Peu m'importe votre monde parfait et vos excuses. Je conçois que cela remonte à des personnes mortes bien avant vous, mais vous devez agir dans ce cas.

— (Industriel) Nous n'ouvrirons pas nos frontières pour entrer en conflit avec les autres races.

— (Apport) Il ne s'agit plus de ça, la guerre est inévitable et vous avez le pouvoir d'arrêter ça.

— (Éric) Il suffirait juste de récupérer l'objet qui nous a amenés ici et tout serait réglé.

— (Meneur) Cela serait du vol et causera une volonté de revanche.

— (Alex) Ce n'est pas pour trois scientifiques qui se prennent pour Dieu. Une unité commando indiscernable et on en parle plus.

— (Littéraire) La violence est le dernier refuge des incompétents.

— (Paul) Il y a une différence entre exercer la force et être violent.

— (Meneur) Nous n'interviendrons pas et cela ne changera pas, quels que soient vos arguments. En revanche, nous acceptons de vous aider à utiliser l'objet pour rentrer dans votre univers si vous nous le ramenez.

— (Éric) Si vous n'avez pas d'autres questions, nous en resterons là.

— (Sociologue) Nous sommes attristés que cela se passe ainsi. Vous pouvez sortir.

Éric sortit vivement, retenant sa colère contre l'inaction de ces êtres pourtant si puissant.

— (Saphir) Tout le monde. J'ai reçu des nouvelles de Grust. La guerre a éclaté. Il vous invite à le rejoindre incessamment sous peu.

— (Vihlo) Comment cela s'est-il passé ?

— (Paul) On a eu nos réponses.

— (Alex) Par contre en ce qui concerne leur aide, on repassera.

— (Vihlo) S'il y a quoi que ce soit que je peux faire pour vous ?

— (Victoria) C'est très aimable de ta part, mais je crains que ce ne soit pas dans tes capacités.

— (Éric) On va partir en guerre, récupérer le bidule magique et rentrer chez nous. Tu veux toujours aider ?

— (Vihlo) Je suis au regret de devoir refuser, je ne suis pas fait pour me battre. Je comprends que vous devez partir au plus vite, mais si jamais l'envie vous en prend sachez que vous serez toujours bien accueilli ici.

— (Paul) Éric, je commence à baliser. Là, on ne parle pas d'une aventure, c'est la guerre. Ce n'est pas si mal ici. On a tout ce dont on peut rêver.

— (Éric) On y arrivera, fais-moi confiance.

— (Alex) J'ai envie de revoir mes amis et ma famille. On ne fait que risquer nos vies à chaque fois qu'on va quelque part, ce ne sera pas différent.

— (Victoria) Je vois bien depuis le temps que vous parlez de la Terre qu'elle vous manque. Je vous protégerai quoiqu'il arrive.

— (Apport) Ma famille sera peut-être prise entre deux feux, si on peut diminuer ce risque d'une manière ou d'une autre, je veux aider.

— (Paul) Tu as raison Apport. Il ne s'agit pas que de nous. Si nous arrivons à faire pencher la balance, d'innombrables vies seront sauvées.

— (Éric) Nous en avons les moyens et contrairement à eux, nous allons agir.

— (Alex) Bien dit capitaine.

— (Balek) Allons voir le prince, enfin l'empereur Bokur. Cela ne rallonge pas beaucoup le trajet et il pourra nous expliquer la situation. Vihlo les accompagna jusqu'à leur vaisseau et leur offrit une de ses sculptures en cadeaux. Il fut accepté quand bien même la beauté de l'artisanat Vélutars échappait à l'équipage. Ils s'éloignèrent le cœur lourd d'un sentiment de quitter la douceur du paradis pour entrer dans l'enfer de la guerre.

Arrivés à Gralia, ils furent escortés par une patrouille jusqu'au palais. Bien que la guerre allât se passer à des milliers d'années-lumière de là, l'ambiance au sein de la ville avait changé. Il y avait beaucoup moins de véhicules volants et les Grumboks planant en toute légèreté d'un bâtiment à l'autre avaient disparu. À l'arrivée de la noble escouade, l'empereur annula ses rendez-vous et organisa une réunion de crise. Le groupe qui attendait devant la porte du bureau impérial finit enfin par entrer.

— (Bokur) Je suis ravi de constater que vous êtes revenus sains et saufs de l'espace Vélutar.

Grust entra par une porte située dans le fond de la pièce, derrière le siège de Bokur.

— (Grust) Et rapidement, si je puis dire.
— (Éric) On devrait déjà être là-bas. Quelle est la situation pour l'instant ?
— (Bokur) L'heure n'est plus à la guerre froide, la flotte Vénérable a commencé à attaquer des systèmes en bordure du territoire Loupanien.
— (Paul) Qu'en est-il de la riposte ?
— (Grust) Il s'agit d'une flotte considérable. Elle surpasse nos attentes. Sans l'aide de leur allié, j'ai bien peur que le Loupa n'ait aucune chance.
— (Bokur) Même avec cette aide l'espoir d'une victoire reste faible.
— (Alex) C'est sans compter sur notre aide.
— (Grust) Vous avez raison et pour cela, laissez-moi vous présenter le

commandant de notre vaisseau capital. Le commandant Batros.
Grust se pencha respectueusement vers la porte d'entrée pour accueillir le nouvel arrivé. Batros avança rapidement jusqu'au milieu de la pièce et salua son empereur. Il avait le plumage de la même couleur que Graham, bien que ses plumes ne bougeassent pas d'un millimètre.

— (Bokur) Bienvenue commandant. Si je vous ai amené ici, dans d'aussi brefs délais, c'est évidemment pour aider le Loupa dans cette guerre. Nous avons trop d'enjeux pour ne pas intervenir, pour autant je ne puis directement envoyer la flotte impériale.

— (Alex) C'est donc là que nous intervenons.

— (Grust) Vous l'avez compris. Nous allons vous faire passer une formation de commandement. Ainsi pour la durée de l'examen, vous pourrez voyager où bon vous semble. Si jamais il s'avérait que vous êtes attaqués, il serait normal de vous défendre.

— (Éric) Je vais vraiment commander un vaisseau de cette taille ?

— (Paul) La classe.

— (Bokur) Officiellement oui, mais officieusement, Batros ici présent s'en chargera. Il ne pourra donner d'ordre jusqu'à ce que vous soyez engagé dans un combat.

— (Batros) Je ferai comme bon vous semble empereur. Nous reviendrons victorieux pour le bien de l'empire.

Le commandant se tourna vers Éric.

— (Batros) J'espère que votre réputation n'est pas surfaite, car je vais mettre mon équipage entre vos mains.

— (Éric) Ne vous en faites pas, j'en prendrai grand soin et je ferai en sorte que tout le monde rentre chez soi.

— (Batros) Seigneur si vous n'avez plus besoin de mes services ?

— (Bokur) Je ne vous retiens pas plus longtemps.

— Batros repartit à reculons, jusqu'à avoir passé le seuil de la porte et repris une marche vive.

— (Grust) Encore une fois, nous comptons sur vous. Je comprendrai que vous refusiez, nous vous demandons de partir en guerre tout de même.

— (Éric) J'ai fait une promesse à mes amis ici présents, que nous rentrerions sur Terre coûte que coûte.

— (Victoria) Nous leur devons au moins ça, après tout ce que ces Terriens on fait pour nous ce n'est pas une guerre qui va nous arrêter.

— (Balek) Ce n'est de toute façon pas notre première.

— (Paul) Rejoignons au plus vite le commandant, il risquerait de nous laisser sur place.

— (Éric) Je vous dis adieu. Dans un cas comme dans l'autre, il y a peu de chances que nous nous revoyons. Merci pour tout ce que vous avez fait.

Alex le remercia également, suivit d'autres membres.

— (Bokur) J'aurais aimé en faire davantage. Soit, j'espère que vous parviendrez à rentrer chez vous sain et sauf. Adieu. L'empire et moi-même vous serons à jamais redevables.

— (Grust) Merci, adieu et bonne chance.

Mise à part Balek et Apport, le groupe tourna le dos à l'empereur qui leur avait depuis longtemps pardonné ces manquements au code. Éric décida de se rendre seul sur le vaisseau capital, donnant le commandement provisoire à Alex même si cela n'avait que peu d'importance. La hiérarchie au sein de l'équipage n'était pas réellement existante.

Éric arriva sur le pont où se tenait debout Batros, après s'être perdu dans les longs couloirs identiques du vaisseau.

— (Batros) Vous voilà enfin.

— (Éric) J'arrive toujours à l'heure et il est justement temps de décoller.

— Batros ordonna à l'équipage présent sur le pont de lancer la séquence de démarrage.

— (Éric) Il serait possible de contacter l'interstellar42 ?

— Un Grumbok confirma la possibilité et dans la seconde suivante une communication était établie.

— (Éric) Allô ? Vous m'entendez ?

— (Alex) Oui c'est bon.

— (Éric) On arrive dans l'espace. Vous êtes où ?

— (Alex) Juste à côté, on vous attend.

— (Batros) Il n'y a aucun vaisseau actuellement aux abords du vaisseau.

— (Éric) Nous avons un vaisseau furtif.

— (Alex) J'ai appelé Levis pour savoir comment ça aller se passer. Ils ont prévu de faire une grande bataille avec leur allié pour tenter le tout pour le tout.

— (Éric) S'ils mettent tout leur espoir dans une bataille, ils ne doivent absolument pas la perdre. Dis-leur qu'on les rejoint.

Les coordonnées furent transmises et les deux vaisseaux partirent en direction de l'ultime bataille. Sur le trajet, Batros demanda à son équipage de mettre au point un système pour connaître la position de l'interstellar42 afin qu'il ne soit pas la cible de tir allié. Arrivée à destination, une flotte impressionnante se tenait sur le pied de guerre. Le Loupa et la Démétria formaient un « V » pour prendre en tenaille la flotte Vénérable. Chacun possédant une vingtaine de croiseurs, équivalent à l'interstellar42 en taille, un vaisseau capital ainsi que de nombreux chasseurs. Le groupe se plaça à la pointe du « V », le plus éloigné du combat, prêt à foncer dans le tas. Une liaison directe fut établie entre Éric et son équipage, si bien que quand Levis les appela, les deux équipages pouvaient profiter de la conversation.

— (Levis) Vous n'êtes pas venus les mains vides à ce que je vois. Quand vous dites que vous venez en renfort, c'est quelque chose.

— (Éric) Il n'y a pas de quoi. Quand vont-ils arriver ?

— (Levis) Ils devraient arriver dans l'heure d'après nos renseignements.

Soudain la flotte ennemie arriva. Possédant quasiment autant de croiseurs et de chasseurs qu'eux, la bataille promettait d'être terrible. S'ils ne possédaient que deux vaisseaux capitaux, l'un d'eux dépassait l'entendement. Si les vaisseaux capitaux étaient déjà démesurés, celui-là élevé le cran un niveau plus haut.

— (Éric) Ils sont pourris tes renseignements !

— (Batros) Je prends la relève. Tout le monde à son poste de combat ! Attendez mon ordre pour faire feu.

— (Alex) On avance en premier, on est indétectable.

— (Éric) Laissons-leur le temps d'arriver derrière les lignes ennemies.

— (Levis) J'ai bien peur que cela ne soit pas possible.

— (Batros) Ils sont en train de charger leurs armes.

— (Paul) On fait le grand tour, ne vous inquiétez pas. Feu à volonté.

— (Batros) vous l'avez entendu ? Feu à volonté sur le plus gros.

— (Éric) Levis, on va essayer de couler le plus gros, si on réussit, ils devraient perdre leur moral. Il doit certainement y avoir tous les généraux.

— (Levis) Très bien, on se charge de vous couvrir.

Les projectiles de plasma et les missiles fusaient dans tous les sens. Les chasseurs tombaient comme des mouches. Les débris s'accumulaient de seconde en seconde. S'il devait y avoir un vainqueur, il n'était pas encore déterminé. Lorsque les premiers croiseurs commencèrent à tomber, l'interstellar42 avait enfin franchi les lignes. Bien que peu armé, il visait les parties les moins protégées comme les réacteurs. Les capsules de sauvetages commençaient à pleuvoir des vaisseaux en ruine des deux côtés. Alex décida de ne pas les attaquer par principe et il avait de toute façon besoin de concentrer toute son attention aux croiseurs encore restants qui commençaient à tirer à l'aveugle.

— (Alex) Éric, ils commencent à nous tirer dessus.

— (Éric) Déjà ? Comment ils ont fait ?

— (Alex) Non, ils ne nous ont pas repérés, ils tirent au hasard, mais ils se doutent de quelque chose.

— (Batros) Cela les tient occupés. Nous commençons à prendre l'avantage.

— (Levis) Éric, je ne sais pas si cette information va vous être utile, mais un de nos laboratoires se fait actuellement attaquer.

— (Paul) Quel type de laboratoire ?

— (Levis) Si je vous le dis, c'est parce que c'est celui qui étudie l'uranium.

— (Éric) Les enfoirés, cette bataille est une diversion.

— (Apport) L'objet doit être là-bas.

À ce moment, une autre flotte surgie dans le dos de la démérita. Plus petite certes, mais cela allait faire pencher la balance.

— (Paul) C'est qui ceux-là ?

— (Levis) Arcadia ! Ils étaient censés rester neutres. Les traîtres.

— (Éric) Parce que tu crois ce genre de propos dans une période de guerre ? En tout cas, on ne peut pas faire demi-tour alors qu'on est en mauvaise posture. Si on s'en va, nous allons perdre.

— (Alex) On continue alors. La défaite n'est pas une option.

— (Levis) La Démétria va devoir leur faire face seule. On doit tenir en attendant.

— (Éric) On va foncer dans le tas pour vous faire attirer leur attention et gagner du temps.

La moitié des effectifs avaient été perdus des deux côtés. L'espace était rempli de capsule de sauvetages qui passaient au travers des tirs et d'innombrables débris afin de rejoindre une planète habitée. La Démétria avait réussi à obtenir un match nul dans son combat, mais cela ne suffisait pas. Les adversaires étaient une fois et demie plus nombreux et malgré tous les tirs reçus, le gros vaisseau capital tenait toujours le coup.

— (Éric), Mais il va mourir celui-là ?

— (Levis) Nous avons perdu le réacteur de notre vaisseau je suis obligé de quitter l'espace de bataille.

— (Batros) La situation tourne en notre défaveur.

— (Éric) Merde ! On a perdu. On ne peut plus gagner. Sonnons la retraite.

— (Levis) On va récupérer le plus de capsules possible et rentrer à la capitale.

— (Éric) Batros, faites de même. Je vais rejoindre mon vaisseau et partir à la chasse de ceux qui ont attaqué le laboratoire.

— (Batros) Je dois dire que je vous ai sous-estimé. S'il vous reste encore beaucoup à apprendre, vous n'avez jamais flanché et vous avez l'étoffe d'un commandant. Je vous souhaite bonne chance. Ne vous en faites pas trop. Ils ne pourront pas vaincre tout un peuple avec si peu de vaisseau restant. Nous leur avons infligé de lourds dégâts.

Rassuré par cette phrase, Éric parti mais énervé d'avoir perdu sur un coup déloyal.

À bord de l'interstellar42, ils prirent la direction du lieu indiqué par Levis avant sa fuite. Arrivée sur place, le bâtiment était en ruine, encore fumant des explosions récentes.

— (Éric) On y va ?

— (Saphir) Il doit y avoir leur vaisseau dans les parages.

— (Paul) Si on prend leur vaisseau, on est sûr qu'ils ne repartent pas.

— (Victoria) Surtout qu'on ne sait pas si l'objet est à la surface.

Alors qu'ils discutaient du plan, un pic énergétique interpella Saphir.

— (Saphir) Ils sont en train d'utiliser l'objet. À 500 kilomètres environ.

— (Éric) C'est eux, fonce !

Ils rattrapèrent facilement le vaisseau au sein du tunnel interdimensionel qu'il venait de créer et d'emprunter. Ne sachant pas qu'il était suivi, celui-ci avançait prudemment vers cet autre univers. Il était tout en longueur et possédait deux anneaux qui tournaient autour. Stabilisé sur leur vitesse, le groupe s'équipa et rentra dans la navette. Sur ordre d'Éric, Saphir fit une brèche dans le flanc du vaisseau ennemi vers l'arrière. Éric fonça dans le trou et pénétra entièrement dans le vaisseau, dans la salle des réacteurs. Les Terriens sortirent en furie, ne faisant qu'une bouchée des techniciens présents dans la salle. Une fois sécurisés, ils laissèrent Apport et Balek tenir la porte pour couvrir leur retraite. Victoria les suivait en direction de l'avant du vaisseau. Énervés d'avoir perdu la bataille, voire même la guerre et excités de toucher enfin au but, ils avançaient tout droit. Les quelques soldats en garnison ne purent que les ralentir. Le poste de commandement se trouvait devant eux. Alex dessina un rectangle dans la porte à l'aide de son épée et par sa volonté projeta la plaque de métal qui écrasa un membre d'équipage au passage. Éric électrocuta deux autres membres alors que Victoria et Paul finissaient de faire le ménage avec leurs armes à énergie, tirant à tout va. Cet équipage de scientifiques n'avait aucune chance contre la noble escouade. Devant la vitre principale, il y avait un objet sphérique ressemblant à un fullerène qui brillait d'une vive couleur bleutée.

— (Alex) 1000 clings que c'est ce qu'on cherche.

Alors qu'ils avançaient en sa direction Paul reconnu
le capitaine qui se cachait derrière un panneau de contrôle.

— (Paul) Tiens, tiens, tiens. Qui voilà donc ?

— (Éric) Il en restait un.

— (Paul) Comme on se retrouve Vanus.

— (Alex) Qui ça ?

— (Vanus) Toi ? Comment est-ce possible ?

— (Paul) Je suis un homme plein de ressources.

Paul le prit par le col et le fit voler hors de sa cachette.

— (Paul) Vous vous rappelez le noble qui m'a envoyé à la fondation ? C'est lui.

— (Éric) Quel heureux hasard !

— (Paul) J'en profite pour dire que la chirurgie fait des merveilles. Pas une seule trace.

— (Vanus) On va venir me chercher et vous serez exécuté.

— (Victoria) Ils vendront chercher une carcasse.

— (Paul) Je me pose une question. Pourquoi tous ces efforts ? Pourquoi cette guerre ?

— (Vanus) Pour conquérir la galaxie évidemment !

— (Éric) Classique.

— (Paul) Je n'ai jamais compris cette raison.

— (Alex) Je suis d'accord, c'est sans intérêt.

— (Paul) Tu es noble. De quoi tu peux bien manquer ? Tu as des femmes, de la nourriture à volonté, tu as des gens sous tes ordres, tu diriges ton monde, tu peux voyager partout. Tu as déjà tout. Je ne pense pas non plus que ce soit pour le futur de ton peuple.

— (Vanus) Je n'ai pas la galaxie !

— (Alex) Qu'en feras-tu après ? C'est ça la question. Imagine que tu gagnes. Tout est à toi. Que feras-tu de différent de ce que tu faisais avant ?

Énervé d'avoir été pris en otage par l'homme qui l'avait humilié, il ne se rendit pas compte de son absurdité.

— (Paul) En définitive, tu ne fais qu'un caprice d'enfant. Tu es trop
  dangereux pour cette galaxie et beaucoup trop con. Adieu.

Paul renifla et cracha un énorme mollard sur le visage de Vanus, s'écarta,
claqua des doigts et la tête de Vanus vola en éclats.

— (Victoria) C'est dégueulasse. Tu ne pouvais pas faire autrement ?

— (Paul) Sur le moment, j'ai trouvé ça poétique. La boucle est bouclée.

— (Alex) Il faudra revoir ta notion de poésie.

Soudainement le vaisseau sortit du tunnel pour arriver devant une planète
d'un bleu profond. Tout le monde regardait la vitre alors qu'ils étaient
rejoints par Apport et Balek. Après tant d'effort, ils étaient arrivés justes
devant leur destination. Les terriens furent portés par leurs émotions et ne
purent retenir quelques larmes.

— (Éric) Il m'avait manqué ce caillou.

— (Victoria) Encore plus belle que je ne l'avais imaginé.

— (Balek) C'est donc la Terre.

— (Apport) Félicitations. Vous avez réussi.

— (Paul) On y est les gars ! C'est chez nous!

— (Alex) J'avais encore des doutes je l'avoue, mais ça fait vraiment
  plaisir de la voir.

Les terriens se prirent dans les bras pour célébrer la conclusion de leur
aventure. Apport se rapprocha de la sphère.

— (Apport) C'est donc ça la cause de tout. C'est si petit.

— (Saphir) Capitaine, félicitations, cependant il me semble important de
  vous préciser que le vaisseau dans lequel vous êtes est en train de
  bouger. Les anneaux se séparent.

Les deux anneaux concentriques se mirent à tourner sur eux même dans
un sens opposé l'un à l'autre et le même genre de tunnel par lequel ils

étaient arrivés se forma.

— (Balek) C'est sans doute la porte de retour.

— (Éric) C'est bon pour moi.

— (Alex) Moi aussi.

— (Paul) J'ai vécu assez d'aventures pour une vie.

— (Victoria) Si ça ne vous dérange pas, je voudrais rester avec vous.

— (Éric) Bien sûr que tu peux.

— (Balek) Je n'ai plus rien qui m'attend de l'autre côté et il reste toute une galaxie à étudier ici.

— (Apport) J'en conclus que c'est l'heure des adieux.

— (Paul) C'est vrai. Va rejoindre ta famille.

— (Éric) Prends la navette et tout l'argent qu'on a, on ne risque plus d'en avoir besoin.

— (Victoria) Prends ta famille et allez vivre sur Gralia.

— (Alex) Ils te doivent bien ça, l'empereur vous accueillera les bras ouverts.

— (Apport) Ce fut un véritable plaisir de vous rencontrer.

— (Éric) Plaisir partagé.

Apport prit ses affaires sur l'interstellar42, entra dans la navette et partit en direction de son univers. L'équipage le regarda s'éloigner. Une fois arrivé de l'autre côté Apport leur dit une dernière fois adieu.

— (Apport) Bon retour chez vous.

— (Paul) Pareil pour toi. Adieu.

Sur ordre du Capitaine, Saphir tira sur les anneaux, détruisant ainsi la porte reliant leurs deux univers.

— (Éric) Si on rentrait chez nous maintenant ?

THE END

Edition : Books on Demand,
12/14 rond-Point des Champs-Elysées, 75008 Paris
Impression : BoD - Books on Demand, Norderstedt, Allemagne
ISBN : 9782322190362
Dépôt légal : novembre 2019

FSC
www.fsc.org
MIXTE
Papier issu
de sources
responsables
Paper from
responsible sources
FSC® C105338